KB114879

한국 대표 단편선 02

해설과 함께 읽는 **봄봄 / 미스터 방** 외

한국 대표 단편선 02

해설과 함께 읽는 **봄봄** / **미스터 방** 외

초판 1쇄 2018년 7월 25일
2판 1쇄 2019년 4월 5일
지은이 전도현

펴낸곳 서연비람
등록 2016년 6월 29일 제 2016-000147호
주소 서울시 강남구 도곡로 422 5층
전화 02-563-5684
팩스 02-563-2148
전자주소 birambooks@daum.net

ⓒ서연비람 2018, Printed in Korea.

ISBN 979-11-958474-6-4 (54810)
ISBN 979-11-958474-4-0 (전6권)

값 12,000원

해설과 함께 읽는

봄봄/미스터 방 외

전도현 엮음

서연비람

이 책을 추천하며

이 책이 청소년들을 위해 만들어졌다는 말을 듣는 순간 내 귀가 번쩍 뜨였다.

한창 자라는 청소년들에게 좋은 소설을 읽어주겠다니 참 아름다운 인간교육이라는 생각을 해본다. 소설은 그 시대가 창출한 가장 강렬한 정신적 유산이자, 미래를 지향하는 상상적 공간일 텐데, 커가는 청소년들로 하여금 그걸 성장의 발판으로 삼게 하겠다니 반갑지 않을 수 없다. 대학에서 소설을 가르치고 연구하고 또 직접 창작을 해온 사람으로서, 문학이 인성개발에 미치는 영향을 높게 평가함은 당연하며, 한바탕 성장과 발육을 향해서만 치닫는 청소년기야말로 좋은 소설을 많이 읽을 때라는 생각을 늘 해온 사람이다.

강소천 선생의 「꿈을 찍는 사진관」을 읽으면서 자랐다. 중학생이 되어 처음 도시로 나간 시골소년 앞에 갑자기 나타난 이 동화집은 나로서는 세상에는 없던 신대륙이나 마찬가지였다. 어떻게 이토록 아름답고도 신비한 글 세상이 존재할 수 있을까. 나는 그동안 모르고 살았던 책들을 찾아 읽기를 계속하였다. 그리고 훨씬 훗날 미국에 가서 한국문학을 소개할 기회가 있었는데, 무엇을 가르칠까 고심하다가 나는 결국 나의 성장기에 읽은 「꿈을 찍는 사진관」을 갖고 가서 읽어주기로 하였다. 그때 그들은 대학생이었지만 그들이 한국을 이해하는 정도는 아직 중학생이었을 것이기 때문이다. 그렇게 한 학기 수업을 마치고 귀국했을 때 나는 내가 미국에 다녀왔다는 생각보다 그들의 세상이 태평양을 건너 우리 대한민국까지 뻗친 것을 보는 것 같아 마음 뿌듯했던 기억이 있다.

이번에 〈서연비람〉이 엮어낸 『해설과 함께 읽는 한국 대표 단편선』이 오늘의 청소년들에게도 같은 즐거움과 보람을 안겨줄 것으로 기대한다. 읽어라! 모르겠거든 알 때까지 읽어라! 이것이 내가 대학에서 가르치고 연구하고 또 소설을 쓰면서 얻은 올바른 소설독법 가운데 하나다. 여기에 친절한 해설까지 곁들였으니 서연비람의 독자들이야말로 천군에 만마를 얻은 셈이다. 모두 6권 40편의 아름다운 단편소설 모음집이 될 것이다. 새로운 작품을 발굴한다는 등의 이유를 걸어 괜히 낯설거나 정체가 불명한 책을 만들기보다는, 좀 해묵어보이더라도 우리 조부모 때부터, 부모 때부터 대를 이어 읽히고 검증을 받아온 모범적인 작품들을 선별하고자 노력한 책이다.

편편이 '작가 소개 - 작품 해설 - 작품 - 선생님이 들려주는 그 시절 이야기'의 순서를 밟아 읽는 이들로 하여금 쉽게 이해할 수 있도록 완벽을 기하였다. 그중에서도 특히 '선생님이 들려주는 그 시절 이야기'는 이 책이 고안한 아주 특별한 코너로서, 그동안 그 어떤 책에서도 보지 못한 선생과 학생의 실체를 여기서 만나게 될 것이다. 학습은 꼭 배워서만 안

다기보다 그것을 가르치던 선생님의 회초리와 함께 기억된다는 말이 있다. 배우고 가르치는 일에서 그만큼 교사의 역할이 중요하다는 말일 것이다. 여기 실린 단편들도 그렇게 선생님이 들려주신 그 시절 이야기와 함께 오래 기억될 것을 바라는 마음이다.

송하춘 고려대학교 명예교수

책머리에

이 책은 한국 현대 소설의 세계에 첫발을 들여놓는 청소년들을 위해 만들어졌다. 이제 청소년기에 접어드는 중학 시절은 자아와 세계에 대해 눈떠가는 때이다. 감수성이 예민하고 주변 환경의 영향을 많이 받으며, 신체적 성장과 함께 정서적·사회적 발달도 활발히 이루어진다.

이러한 시기에 접하는 소설 작품들은 다양한 삶의 간접 체험을 제공하여 인생과 세상에 대한 폭넓은 인식을 자극하고 세련된 정서를 길러 준다. 또 예비 수험생들인 학생들로서는 작품에 대한 지식과 감상 능력을 갖추기 위해서라도 반드시 읽어야 하는 대상이다.

소설의 이해와 감상에서 가장 중요한 것은 많은 작품을 직접 읽는 일이다. 그러나 학생들이 막상 현대 소설 작품을 집어 들고 독서를 시작하면 적지 않은 곤란을 느낀다. 초등학교 시절에 접하던 동화 위주의 이야기들과는 현격한 차이가 있기 때문이다.

우선 수많은 낯선 단어들이 학생들에게 당혹감으로 다가온다. 교과서 수록 소설 중에는 거의 100년 전의 작품을 비롯하여, 지금과 상당한 시간적 거리가 있는 시기에 창작된 작품들이 많다. 이들 작품의 어휘와 표현은 웬만한 교양을 갖춘 어른들에게도 쉽지 않다.

또 작품 내용들도 자상한 설명이 없으면 잘 이해되지 않는 부분이 많다. 삶과 사회에 대한 경험 자체가 많지 않은 데다 시대적 격차가 크기 때문이다. 식민지 피지배와 극도의 가난, 분단과 전쟁, 급속한 산업화와 도시화로 이어져 왔던 우리의 근현대사는 아직은 어린 학생들이 자연스럽게 받아들이기에는 무거운 내용이 아닐 수 없다.

필자는 이 같은 학생들의 어려움에 주목하여, 눈높이에 맞는 해설로써 작품 이해를 돕고자 하였다. 책의 제목을 '해설과 함께 읽는 한국 대표 단편선'으로 삼은 것도 이 때문이다. 책의 구성과 체제는 다음과 같다.

우선 첫머리에서 '작가 소개'를 통해 우리 문학사에 기록된 대표적인 작가들의 생애와 소설 세계를 소개하였다. 작가들의 삶과 창작 경향에 대한 이해가 작품 감상의 발판이 되어줄 것이다.

다음으로 줄거리와 주제, 기법적 특징 등을 정리하여 '작품 해설'란에 실었다. 특히 주제와 핵심적인 특징에 초점을 맞춰 기술하여 작품 이해를 돕고자 하였다. 이 해설은 작품 감상 전에 읽어도 좋고, 독서 후에 자신의 느낌과 견주어 보며 읽어도 좋을 듯하다.

그리고 작품의 원문 아래에는 어려운 어휘에 대한 '뜻풀이'를 각주 형식으로 제시하였다. 지금은 잘 쓰이지 않는 옛말과 난해한 한자어, 시골 사람들의 토속어와 방언 등에 대해 그 말뜻과 쓰임새를 가능한 한 쉽고 자세하게 풀이하였다. 이를 통해 학생들이 어휘력을 키우면서 원문의 의미를 정확하게 파악할 수 있을 것이다.

마지막으로 작품 말미에는 '선생님이 들려주는 그 시절 이야기'라는 코너를 통해 작품 이해의 바탕이 될 내용들을 설명하였다. 시대적·공간적 배경, 당시 사람들의 관습과 생활상, 기타 작품에 등장하는 요소들의 이해에 필요한 내용을 대화체로 기술하였다. '서연'과 '태환'이라는 가상의 학생이 질문하고, 선생님이 답하는 형식이다. 이처럼 또래 친구들이 질문하는 형식은 학생들로 하여금 친근함을 느끼면서 주체적인 문제의 식을 갖고 작품을 대하게 만들 것으로 기대한다.

아무쪼록 학생들이 이러한 해설과 도움말을 통해 한국 현대 소설 읽기의 어려움과 부담을 덜고, 재미와 감동을 만끽하면서 작품 감상 능력을 키워 나가기를 바란다.

엮은이 전도현

이 책을 추천하며 · 4
책머리에 · 7

순수한 첫사랑과 순박한 데릴사위의 이야기

소나기 | 황순원 ··· 15
봄봄 | 김유정 ·· 43

시대 현실에 대한 인식과 비판

만무방 | 김유정 ·· 77
미스터 방 | 채만식 ··· 133
자전거 도둑 | 박완서 ··· 165

아버지의 사랑과 어머니에 대한 그리움

나비를 잡는 아버지 | 현덕 ······································ 201
별 | 황순원 ·· 229

순수한 첫사랑과
순박한 데릴사위의 이야기

황순원 「소나기」 / 김유정 「봄봄」

소년 소녀의 서정적인 사랑과 데릴사위와 장인이 벌이는
익살스러운 다툼을 그린 작품들이다. 순수하고 때 묻지 않은
사랑과 순박한 인물을 감싸 안는 해학을 느낄 수 있다.

소나기

황순원 (1915~2000)

작가 소개

황순원은 평안남도 대동면에서 태어났다. 평양의 숭실중학교를 졸업한후 일본으로 건너가 와세다대학 영문과를 다녔다. 1939년 대학을 졸업하고 귀국해서는 중고등학교 교사로 재직하였다. 1946년에 가족과 함께고향을 떠나 남쪽으로 내려왔으며, 경희대학교 국문과 교수로 재직하며학생들을 가르치다 정년 퇴임하였다.

그는 1930년대에 문단에 나온 후, 일제 말기와 해방, 분단과 전쟁의혼란기를 거치는 동안 지속적으로 주목받는 작품을 발표하며 자신만의문학 세계를 구축하였다. 이어 1980년대까지 꾸준한 창작 활동을 펼치면서 뛰어난 작품들을 많이 남겨, 해방 이후 우리나라의 대표 작가 중의한 명으로 손꼽히고 있다.

황순원이 처음 문학 활동을 시작한 것은 시인으로서였다. 1931년 잡지『동광』에 첫 작품 「나의 꿈」을 발표한 후, 수년 사이에 두 권의 시집을출간하였다.

그러다가 1937년 문학동인지 『단층』의 동인으로 참여하면서 소설에관심을 가지게 되고, 1940년 첫 단편집 『늪』을 내면서부터는 소설 창작에 전념하였다. 일제 말기에 이르러 탄압이 심해지자 고향으로 내려가집필에만 몰두하였는데, 이때 쓰인 「독 짓는 늙은이」 등의 작품은 해방후에야 발표되었다.

그의 초기 소설 중에는 소년, 소녀가 주인공으로 등장하는 작품이 많다. 「별」과 「소나기」 등이 대표적인데, 이들 작품에서 작가는 어린 주인공들이 죽음과 상실, 사랑과 이별 등을 충격적으로 경험하면서 성장해가는 모습을 서정적으로 그렸다.

한편 동심의 세계와는 달리, 혼란한 시대를 배경으로 고통스러운 현실을 그린 작품들도 많이 발표하였다. 그중에서 각각 일제강점기와 한국전쟁을 배경으로 하는 단편 「목넘이 마을의 개」와 「학」이 유명하다.

한국전쟁 이후부터는 장편소설을 주로 발표하였는데, 해방 직후 북한의 토지 개혁을 둘러싼 이야기를 그린 『카인의 후예』를 비롯하여, 『나무들 비탈에 서다』, 『일월』, 『움직이는 성』 등이 이에 해당한다. 이 작품들에서는 시대적 모순에서 비롯되는 극한의 상황 속에서도 인간의 존엄성과 순수성, 정신적 아름다움을 지키려는 모습이 주로 그려지고 있다.

이와 같은 작가의 문학 세계는 간결하고 세련된 언어와 다양한 소설적 기법을 통해 인간의 본원적 모습에 대한 성찰과 생명 존중의 정신을 서정적 아름다움 속에 형상화하고 있다는 평가를 받고 있다.

작품 해설

이 소설은 아름다운 농촌을 배경으로 소년 소녀의 순수하고 애틋한 사랑 이야기를 서정적으로 그려낸 작품이다.

소년은 개울가에서 소녀를 처음 만난다. 소녀는 윤초시네 증손녀로 서울에서 왔다. 소년은 징검다리에 앉아 물장난을 치는 소녀에게 비켜달라는 말도 못하고 개울둑에서 기다리곤 하는데, 어느 날 소녀는 '이 바보' 하며 조약돌을 던지고 달아난다.

며칠 후 다시 만난 소녀는 소년에게 말을 걸고, 둘은 함께 들판을 지나 산으로 가며 즐거워한다. 그러다 소나기를 맞고 소녀는 입술이 파랗게 질리며 떤다. 소년은 겹저고리를 벗어주고 수숫단을 덧세워 그 속에서 소녀와 함께 비를 피한다. 비가 그친 후 물이 불어나자 소년은 소녀를 업고 개울을 건넌다. 그때 소녀의 스웨터 앞자락에는 소년의 등에서 옮은 진흙물이 든다.

그런 뒤 며칠 만에 나타난 소녀는 그동안 앓았으며 곧 이사를 갈 것이라 한다. 소녀가 이사 가기 전날, 소년은 마을에 다녀온 아버지가 어머니에게 하는 이야기를 듣는다. 소녀가 죽었다는 것이다. 자기가 입던 옷을 꼭 그대로 입혀서 묻어 달라는 말을 남기고…….

작품 속에서 사건은 시간의 흐름을 따라 전개된다. 처음에 수줍어하던 소년은 내면의 이끌림을 따라 점점 적극적으로 행동하게 되고 소녀에 대한 사랑은 깊어진다. 그것은 소나기를 만나는 장면에서 가장 고조되지만, 병약한 소녀의 죽음으로 충격과 안타까움 속에 끝을 맺는다.

이 짧고 애잔한 사랑 이야기에서는 어떤 사회적 배경도 드러나지 않는다. 그 대신 개울가로부터 갈대밭과 들판, 가을걷이하는 논과 허수아비, 원두막과 수숫단으로 이어지는 시골 풍경이 아름답게 펼쳐진다. 그리고 이를 배경으로 사랑에 눈떠가는 순수한 소년 소녀의 이야기가 한 폭의 수채화처럼 그려지고 있다.

이 같은 낭만적인 이야기는 간결하고 함축적인 표현으로 더욱 서정적인 분위기를 형성한다. 사건들은 간결한 문체에 의해 시적인 여운을 남기며 속도감 있게 서술되며, 주인공들의 미묘한 감정의 교류는 외적 행동과 표정에 대한 묘사를 통해 간접적으로 암시된다.

이와 함께 소년의 그리움을 은유하는 '조약돌', 갑작스러우면서도 짧은 사랑을 나타내는 '소나기', 불길한 결말을 암시하는 '먹장구름'과 '우그러진 꽃묶음' 등의 다양한 상징적 소재들도 함축미를 더하며 예술적 정취를 높이고 있다.

이런 점들로 인해 이 작품은 미적 완결성 속에 인간의 본질적인 순수성을 옹호해온 황순원 단편의 특징과 장점을 잘 보여 주는 대표작의 하나로 평가되고 있다.

소나기

　소년은 개울가에서 소녀를 보자 곧 윤 초시[1]네 증손녀딸이라는 걸 알 수 있었다. 소녀는 개울에다 손을 잠그고 물장난을 하고 있는 것이다. 서울서는 이런 개울물을 보지 못하기나 한 듯이.

　벌써 며칠째 소녀는 학교서 돌아오는 길에 물장난이었다. 그런데 어제까지는 개울 기슭에서 하더니 오늘은 징검다리 한가운데 앉아서 하고 있다.

　소년은 개울둑에 앉아 버렸다. 소녀가 비키기를 기다리자는 것이다.

　요행[2] 지나가는 사람이 있어 소녀가 길을 비켜 주었다.

　다음날은 좀 늦게 개울가로 나왔다.

　이날은 소녀가 징검다리 한가운데 앉아 세수를 하고 있었다. 분홍 스웨터 소매를 걷어 올린 팔과 목덜미가 마냥 희었다.

　한참 세수를 하고 나더니 이번에는 물속을 빤히 들여다본다. 얼굴이라

---

1 초시 : 과거의 첫 시험, 또는 그 시험에 급제한 사람을 가리킨다. 또, 예전에 한문을 좀 아는 유식한 양반을 대접하여 이르던 말이기도 하다.
2 요행 : 뜻밖에 얻는 행운

도 비추어 보는 것이리라. 갑자기 물을 움켜 낸다. 고기 새끼라도 지나가는 듯.

소녀는 소년이 개울둑에 앉아 있는 걸 아는지 모르는지 그냥 날쌔게 물만 움켜 낸다. 그러나 번번이 허탕이다. 그대로 재미있는 양, 자꾸 물만 움킨다. 어제처럼 개울을 건너는 사람이 있어야 길을 비킬 모양이다.

그러다가 소녀가 물속에서 무엇을 하나 집어낸다. 하얀 조약돌이었다. 그리고는 홀3 일어나 팔짝팔짝 징검다리를 뛰어 건너간다.

다 건너가더니 홱 이리로 돌아서며,

"이 바보."

조약돌이 날아왔다.

소년은 저도 모르게 벌떡 일어섰다.

단발머리를 나풀거리며 소녀가 막 달린다. 갈밭4 사잇길로 들어섰다. 뒤에는 청량한5 가을 햇살 아래 빛나는 갈꽃6뿐.

이제 저쯤 갈밭머리로 소녀가 나타나리라. 꽤 오랜 시간이 지났다고 생각했다. 그런데도 소녀는 나타나지 않는다. 발돋움을 했다. 그러고도 상당한 시간이 지났다고 생각됐다.

저쪽 갈밭머리에 갈꽃이 한 옴큼 움직였다. 소녀가 갈꽃을 안고 있었다.

---

3 홀 : 동작이나 행동을 단번에 아주 가볍게 하거나 쉽고 능란하게 하는 모양
4 갈밭 : 갈대밭. 갈대가 우거진 곳
5 청량하다 : 맑고 서늘하다.
6 갈꽃 : 갈대꽃

그리고 이제는 천천한 걸음이었다. 유난히 맑은 가을 햇살이 소녀의 갈꽃 머리에서 반짝거렸다. 소녀 아닌 갈꽃이 들길을 걸어가는 것만 같았다.

소년은 이 갈꽃이 아주 뵈지 않게 되기까지 그대로 서 있었다. 문득 소녀가 던진 조약돌을 내려다보았다. 물기가 걷혀 있었다. 소년은 조약 돌을 집어 주머니에 넣었다.

다음날부터 좀 더 늦게 개울가로 나왔다. 소녀의 그림자가 뵈지 않았 다. 다행이었다.

그러나 이상한 일이었다. 소녀의 그림자가 뵈지 않는 날이 계속 될수 록 소년의 가슴 한구석에는 어딘가 허전함이 자리 잡는 것이었다. 주머 니 속 조약돌을 주무르는 버릇이 생겼다.

그러한 어떤 날, 소년은 전에 소녀가 앉아 물장난을 하던 징검다리 한 가운데에 앉아 보았다. 물속에 손을 잠갔다. 세수를 하였다. 물속을 들여 다보았다. 검게 탄 얼굴이 그대로 비치었다. 싫었다.

소년은 두 손으로 물속의 얼굴을 움키었다. 몇 번이고 움키었다. 그러 다가 깜짝 놀라 일어나고 말았다. 소녀가 이리로 건너오고 있지 않으냐.

숨어서 내 하는 꼴을 엿보고 있었구나. 소년은 달리기 시작했다. 디딤 돌을 헛짚었다. 한 발이 물속에 빠졌다. 더 달렸다.

몸을 가릴 데가 있어 줬으면 좋겠다. 이쪽 길에는 갈밭도 없다. 메밀 밭이다. 전에 없이 메밀꽃 내가 짜릿하니 코를 찌른다고 생각됐다. 미간 이 아찔했다. 찝찔한 액체가 입술에 흘러들었다. 코피였다. 소년은 한 손 으로 코피를 훔쳐 내면서 그냥 달렸다. 어디선가, 바보, 바보, 하는 소리가 자꾸만 뒤따라오는 것 같았다.

　토요일이었다.

　개울가에 이르니 며칠째 보이지 않던 소녀가 건너편 가에 앉아 물장
난을 하고 있었다.

　모르는 체 징검다리를 건너기 시작했다. 얼마 전에 소녀 앞에서 한 번
실수를 했을 뿐, 여태 큰길 가듯이 건너던 징검다리를 오늘은 조심성스
럽게 건넌다.

　"얘."

　못 들은 체했다. 둑 위로 올라섰다.

　"얘, 이게 무슨 조개지?"

　자기도 모르게 돌아섰다. 소녀의 맑고 검은 눈과 마주쳤다. 얼른 소녀
의 손바닥으로 눈을 떨구었다.

　"비단조개."

　"이름두 참 곱다."

　갈림길에 왔다. 여기서 소녀는 아래편으로 한 삼 마장7쯤, 소년은 우
대로8 한 십 리 가까이 길을 가야 한다.

　소녀가 걸음을 멈추며,

---

7 마장 : 거리의 단위. 오 리나 십 리가 못 되는 거리를 이른다.
8 우대로 : '위쪽으로, 높은 쪽으로'라는 의미의 사투리

"너 저 산 너머에 가 본 일 있니?"

벌 끝을 가리켰다.

"없다."

"우리 가 보지 않을래? 시골 오니까 혼자서 심심해 못 견디겠다."

"저래 뵈두 멀다."

"멀믄 얼마나 멀겠게? 서울 있을 땐 아주 먼 데까지 소풍 갔었다."

소녀의 눈이 금세, 바보, 바보, 할 것만 같았다.

논 사잇길로 들어섰다. 벼 가을걷이⁹하는 곁을 지나갔다.

허수아비가 서 있었다. 소년이 새끼줄을 흔들었다. 참새가 몇 마리 날아간다. 참 오늘은 일찍 집으로 돌아가 텃논¹⁰의 참새를 봐야 할 걸 하는 생각이 든다.

"아, 재밌다!"

소녀가 허수아비 줄을 잡더니 흔들어 댄다. 허수아비가 대고 우쭐거리며 춤을 춘다. 소녀의 왼쪽 볼에 살포시 보조개가 패었다.

저만치 허수아비가 또 서 있다. 소녀가 그리로 달려간다. 그 뒤를 소년도 달렸다. 오늘 같은 날은 일찌감치 집으로 돌아가 집안일을 도와야 한다는 생각을 잊어버리기라도 하려는 듯이.

소녀의 곁을 스쳐 그냥 달린다. 메뚜기가 따끔따끔 얼굴에 와 부딪친

---

9 가을걷이 : 추수. 가을에 익은 곡식을 거두어들임.
10 텃논 : 집터에 딸리거나 마을 가까이 있는 논

다. 쪽빛11으로 한껏 개인 가을 하늘이 소년의 눈앞에서 맴을 돈다. 어지럽다. 저놈의 독수리, 저놈의 독수리, 저놈의 독수리가 맴을 돌고 있기 때문이다.

돌아다보니 소녀는 지금 자기가 지나쳐 온 허수아비를 흔들고 있다. 좀 전 허수아비보다 더 우쭐거린다.

논이 끝난 곳에 도랑12이 하나 있었다. 소녀가 먼저 뛰어 건넜다.

거기서부터 산 밑까지는 밭이었다.

수숫단을 세워 놓은 밭머리를 지났다.

"저게 뭐니?"

"원두막."

"여기 차미13 맛있니?"

"그럼. 차미 맛두 좋지만 수박 맛은 더 좋다."

"하나 먹어 봤으면."

소년이 참외 그루에 심은 무밭으로 들어가, 무 두 밑14을 뽑아 왔다. 아직 밑이 덜 들어 있었다. 잎을 비틀어 팽개친 후 소녀에게 한 밑 건넨다. 그리고는 이렇게 먹어야 한다는 듯이 먼저 대강이15를 한 입 베물어

---

11 쪽빛 : 남빛. 짙은 푸른빛
12 도랑 : 매우 좁고 작은 개울
13 차미 : '참외'의 방언
14 밑 : 밑동. 채소 따위 식물의 굵게 살진 뿌리 부분
15 대강이 : '머리'를 속되게 이르는 말

낸 다음 손톱으로 한 돌이[16] 껍질을 벗겨 우적 깨문다.

소녀도 따라 했다. 그러나 세 입도 못 먹고,

"아, 맵고 지려."

하며 집어던지고 만다.

"참 맛없어 못 먹겠다."

소년이 더 멀리 팽개쳐 버렸다.

산이 가까워졌다.

단풍이 눈에 따가웠다.

"야아!"

소녀가 산을 향해 달려갔다. 이번은 소년이 뒤따라 달리지 않았다. 그러고도 곧 소녀보다 더 많은 꽃을 꺾었다.

"이게 들국화, 이게 싸리꽃, 이게 도라지꽃⋯⋯."

"도라지꽃이 이렇게 예쁜 줄은 몰랐네. 난 보랏빛이 좋아!⋯⋯ 근데 이 양산같이 생긴 노란 꽃이 머지?"

"마타리꽃."

소녀는 마타리꽃을 양산 받듯이 해 보인다. 약간 상기된 얼굴에 살풋한 보조개를 떠올리며.

다시 소년은 꽃 한 옴큼을 꺾어 왔다. 싱싱한 꽃가지만 골라 소녀에게 건넨다.

---

16 돌이 : '둘레'의 옛말

그러나 소녀는,

"하나두 버리지 말어."

산마루께로 올라갔다.

맞은편 골짜기에 오순도순 초가집이 몇 모여 있었다.

누가 말할 것도 아닌데 바위에 나란히 걸터앉았다. 별로17 주위가 조용해진 것 같았다. 따가운 가을 햇살만이 말라 가는 풀 냄새를 퍼뜨리고 있었다.

"저건 또 무슨 꽃이지?"

적잖이 비탈진 곳에 칡덩굴이 엉키어 끝물18 꽃을 달고 있었다.

"꼭 등꽃 같네. 서울 우리 학교에 큰 등나무가 있었단다. 저 꽃을 보니까 등나무 밑에서 놀든 동무들 생각이 난다."

소녀가 조용히 일어나 비탈진 곳으로 간다. 꽃송이가 달린 줄기를 잡고 끊기 시작한다. 좀처럼 끊어지지 않는다. 안간힘을 쓰다가 그만 미끄러지고 만다. 칡덩굴을 그러쥐었다.

소년이 놀라 달려갔다. 소녀가 손을 내밀었다. 손을 잡아 이끌어 올리며, 소년은 제가 꺾어다 줄 것을 잘못했다고 뉘우친다.

소녀의 오른쪽 무릎에 핏방울이 내맺혔다. 소년은 저도 모르게 생채기에 입술을 가져다 대고 빨기 시작했다. 그러다가 무슨 생각을 했는지 확

17 별로 : 따로 별나게. 또는 따로 특별히.
18 끝물 : 과일, 푸성귀, 해산물 따위에서 그 해의 맨 나중에 나는 것

일어나 저쪽으로 달려간다.

좀 만에 숨이 차 돌아온 소년은,

"이걸 바르면 낫는다."

송진을 생채기에다 문질러 바르고는 그 달음으로 칡덩굴 있는 데로 내려가 꽃 달린 줄기를 이빨로 끊어 가지고 올라온다. 그리고는,

"저기 송아지가 있다. 그리 가 보자."

누렁 송아지였다. 아직 코뚜레19도 꿰지 않았다.

소년이 고삐를 바투20 잡아 쥐고 등을 긁어 주는 척 후딱 올라탔다. 송아지가 껑충거리며 돌아간다.

소녀의 흰 얼굴이, 분홍 스웨터가, 남색 스커트가, 안고 있는 꽃과 함께 범벅이 된다. 모두가 하나의 큰 꽃묶음 같다.

어지럽다. 그러나 내리지 않으리라. 자랑스러웠다. 이것만은 소녀가 흉내 내지 못할, 자기 혼자만이 할 수 있는 일인 것이다.

"너희 예서 뭣들 하느냐?"

농부 하나가 억새풀 사이로 올라왔다.

송아지 등에서 뛰어 내렸다. 어린 송아지를 타서 허리가 상하면 어쩌느냐고 꾸지람을 들을 것만 같다.

그런데 나룻21이 긴 농부는 소녀 편을 한 번 훑어보고는 그저 송아지

---

19 코뚜레 : 소의 콧구멍 사이를 막고 있는 얇은 막을 꿰뚫고 거기에 끼는 고리 모양의 나무
20 바투 : 두 사물의 사이가 꽤 가깝게.

고삐를 풀어내면서,

"어서들 집으루 가거라. 소나기가 올라."

참 먹장구름 한 장이 머리 위에 와 있다. 갑자기 사면이 소란스러워진 것 같다. 바람이 우수수 소리를 내며 지나간다. 삽시간에 주위가 보랏빛으로 변했다.

산을 내려오는데 떡갈나무 잎에서 빗방울 듣는 소리가 난다. 굵은 빗방울이었다. 목덜미가 선뜻선뜻했다. 그러자 대번에 눈앞을 가로막는 빗줄기.

비안개 속에 원두막이 보였다. 그리로 가 비를 그을[22] 수밖에.

그러나 원두막은 기둥이 기울고 지붕도 갈래갈래 찢어져 있었다. 그런대로 비가 덜 새는 곳을 가려 소녀를 들어서게 했다. 소녀의 입술이 파랗게 질려 있었다. 어깨를 자꾸 떨었다.

무명[23] 겹저고리를 벗어 소녀의 어깨를 싸 주었다. 소녀는 비에 젖은 눈을 들어 한 번 쳐다보았을 뿐, 소년이 하는 대로 잠자코 있었다. 그러면서 안고 온 꽃묶음 속에서 가지가 꺾이고 꽃이 일그러진 송이를 골라 발밑에 버린다.

소녀가 들어선 곳도 비가 새기 시작했다. 더 거기서 비를 그을 수 없

---

21 나룻 : 수염
22 긋다 : 비를 잠시 피하여 그치기를 기다리다.
23 무명 : 솜에서 뽑아낸 실인 무명실로 짠 천

었다.

밖을 내다보던 소년이 무엇을 생각했는지 수수밭 쪽으로 달려간다. 세워 놓은 수숫단 속을 비집어 보더니 옆의 수숫단을 날라다 덧세운다. 다시 속을 비집어 본다. 그리고는 소녀 쪽을 향해 손짓을 한다.

수숫단 속은 비는 안 새었다. 그저 어둡고 좁은 게 안됐다. 앞에 나앉은 소년은 그냥 비를 맞아야만 했다. 그런 소년의 어깨에서 김이 올랐다.

소녀가 속삭이듯이, 이리 들어와 앉으라고 했다. 괜찮다고 했다. 소녀가 다시 들어와 앉으라고 했다. 할 수 없이 뒷걸음질을 쳤다. 그 바람에 소녀가 안고 있는 꽃묶음이 우그러들었다. 그러나 소녀는 상관없다고 생각했다. 비에 젖은 소년의 몸 내음새가 확 코에 끼얹혀졌다. 그러나 고개를 돌리지 않았다. 도리어 소년의 몸 기운으로 해서 떨리던 몸이 적이[24] 누그러지는 느낌이었다.

소란하던 수숫잎 소리가 뚝 그쳤다. 밖이 멀개졌다.

수숫단 속을 벗어 나왔다. 멀지 않은 앞쪽에 햇빛이 눈부시게 내리붓고 있었다.

도랑 있는 곳까지 와 보니, 엄청나게 물이 불어 있었다. 빛마저 제법 붉은 흙탕물이었다. 뛰어 건널 수가 없었다.

소년이 등을 돌려 댔다. 소녀가 순순히 업히었다. 걷어 올린 소년의

---

24 적이 : 꽤 어지간한 정도로

잠방이25까지 물이 올라왔다. 소녀는, 어머나 소리를 지르며 소년의 목을 그러안았다.

개울가에 다다르기 전에 가을 하늘이 언제 그랬는가 싶게 구름 한 점 없이 쪽빛으로 개어 있었다.

그 다음날은 소녀의 모습은 뵈지 않았다. 다음날도, 다음날도, 매일같이 개울가로 달려와 봐도 뵈지 않았다.

학교에서 쉬는 시간에 운동장을 살피기도 했다. 남몰래 오학년 여자반을 엿보기도 했다. 그러나 뵈지 않았다.

그날도 소년은 주머니 속 흰 조약돌만 만지작거리며 개울가로 나왔다. 그랬더니 이쪽 개울둑에 소녀가 앉아 있는 게 아닌가.

소년은 가슴부터 두근거렸다.

"그동안 앓았다."

알아보게 소녀의 얼굴이 해쓱해져 있었다.

"그날 소나기 맞은 것 때메?"

소녀가 가만히 고개를 끄덕이었다.

"인제 다 낫냐?"

"아직두……."

"그럼 누워 있어야지."

---

25 잠방이 : 가랑이가 무릎까지 내려오도록 짧게 만든 남자용 홑바지

"너무 갑갑해서 나왔다. …… 그날 참 재밌었어……. 근데 그날 어디서 이런 물이 들었는지 잘 지지 않는다."

소녀가 분홍 스웨터 앞자락을 내려다본다. 거기에 검붉은 진흙물 같은 게 들어 있었다.

소녀가 가만히 보조개를 떠올리며,

"이게 무슨 물 같니?"

소년은 스웨터 앞자락만 바라다보고 있었다.

"내 생각해 냈다. 그날 도랑을 건널 때 내가 업힌 일이 있지? 그때 네 등에서 옮은 물이다."

소년은 얼굴이 확 달아오름을 느꼈다.

갈림길에서 소녀는,

"저 오늘 아침에 우리 집에서 대추를 땄다. 낼 제사 지내려구……."

대추 한 줌을 내어 준다.

소년은 주춤한다.

"맛 봐라. 우리 증조할아버지가 심었다는데 아주 달다."

소년은 두 손을 오그려 내밀며,

"참 알두 굵다!"

"그리고 저, 우리 이번에 제사 지내구 나서 좀 이따 집을 내주게 됐다."

소년은 소녀네가 이사해 오기 전에 벌써 어른들의 이야기를 들어서 윤 초시 손자가 서울서 사업에 실패해 가지고 고향에 돌아오지 않을 수 없게 됐다는 걸 알고 있었다. 그것이 이번에는 고향집마저 남의 손에 넘기게 된 모양이었다.

"왜 그런지 난 이사 가는 게 싫어졌다. 어른들이 하는 일이니 어쩔 수 없지만……."

전에 없이 소녀의 까만 눈에 쓸쓸한 빛이 떠돌았다.

소녀와 헤어져 돌아오는 길에 소년은 혼자 속으로 소녀가 이사를 간다는 말을 수없이 되뇌어 보았다. 무어 그리 안타까울 것도 서러울 것도 없었다. 그렇건만 소년은 지금 자기가 씹고 있는 대추알의 단맛을 모르고 있었다.

이날 밤, 소년은 몰래 덕쇠 할아버지네 호두 밭으로 갔다.

낮에 봐 두었던 나무로 올라갔다. 그리고 봐 두었던 가지를 향해 작대기를 내리쳤다. 호두송이 떨어지는 소리가 별나게 크게 들렸다. 가슴이 선뜻했다. 그러나 다음 순간, 굵은 호두야 많이 떨어져라, 많이 떨어져라, 저도 모를 힘에 이끌려 마구 작대기를 내리치는 것이었다.

돌아오는 길에는 열이틀 달이 지우는[26] 그늘만 골라 짚었다. 그늘의 고마움을 처음 느꼈다.

불룩한 주머니를 어루만졌다. 호두 송이를 맨손으로 깠다가는 옴[27]이 오르기 쉽다는 말 같은 건 아무렇지도 않았다. 그저 근동[28]에서 제일가는 이 덕쇠 할아버지네 호두를 어서 소녀에게 맛보여야 한다는 생각만이 앞섰다.

---

26 지우다 : '지다'의 사동사. 어떤 현상이나 상태가 이루어지게 하다.
27 옴 : 옴진드기가 기생하여 일으키는 전염 피부병. 손가락이나 발가락의 사이, 겨드랑이 따위의 연한 살에서부터 짓무르기 시작하여 온몸으로 퍼진다. 몹시 가렵고 헐기도 한다.
28 근동 : 가까운 이웃 동네

그러다, 아차, 하는 생각이 들었다. 소녀더러 병이 좀 낫거들랑 이사 가기 전에 한 번 개울가로 나와 달라는 말을 못 해 둔 것이었다. 바보 같은 것, 바보 같은 것.

이튿날, 소년이 학교에서 돌아오니 아버지가 나들이옷으로 갈아입고 닭 한 마리를 안고 있었다.

어디 가시느냐고 물었다.

그 말에도 대꾸도 없이 아버지는 안고 있는 닭의 무게를 겨냥해 보면서,

"이만하면 될까?"

어머니가 망태기29를 내주며,

"벌써 며칠째 갈갈하구 날 자리를 보든데요. 크진 않아두 살은 쪘을 거예요."

소년이 이번에는 어머니한테 아버지가 어디 가시느냐고 물어 보았다.

"저, 서당골 윤 초시 댁에 가신다. 제사상에라도 놓으시라구……."

"그럼 큰 놈으루 하나 가져가지. 저 얼룩 수탉으루……."

이 말에 아버지가 허허 웃고 나서,

"임마, 그래도 이게 실속이 있다."

소년은 공연히 열적어30, 책보를 집어던지고는 외양간으로 가, 소잔등을 한 번 철썩 갈겼다. 쇠파리라도 잡는 척.

---

29 망태기 : 새끼나 갈대를 엮어 물건을 나르기에 편하게 만든 기구
30 열적다 : 열없다. 좀 겸연쩍고 부끄럽다.

개울물은 날로 여물어 갔다.

소년은 갈림길에서 아래쪽으로 가 보았다. 갈밭머리에서 바라보는 서당골 마을은 쪽빛 하늘 아래 한결 가까워 보였다.

어른들의 말이, 내일 소녀네가 양평읍으로 이사 간다는 것이었다. 거기 가서는 조그마한 가겟방을 보게 되리라는 것이었다.

소년은 저도 모르게 주머니 속 호두알을 만지작거리며, 한 손으로는 수없이 갈꽃을 휘어 꺾고 있었다.

그날 밤, 소년은 자리에 누워서도 같은 생각뿐이었다. 내일 소녀네가 이사하는 걸 가 보나 어쩌나. 가면 소녀를 보게 될까 어떨까.

그러다가 까무룩 잠이 들었는가 하는데,

"허, 참, 세상일두…….."

마을 갔던 아버지가 언제 돌아왔는지,

"윤 초시 댁두 말이 아니어. 그 많은 전답31을 다 팔아 버리구, 대대로 살아오든 집마저 남의 손에 넘기드니, 또 악상32까지 당하는 걸 보면……."

남폿불33 밑에서 바느질감을 안고 있던 어머니가,

"증손이라곤 기집애 그 애 하나뿐이었지요?"

---

31 전답 : 논밭

32 악상 : 집안에 부모보다 앞서 자식이 먼저 죽는 일

33 남폿불 : 석유를 넣은 그릇의 심지에 불을 붙이고 유리로 만든 등피를 끼운 등에 켜 놓은 불

"그렇지. 사내애 둘 있든 건 어려서 잃구⋯⋯."

"어쩌믄 그렇게 자식 복이 없을까."

"글쎄 말이지. 이번 앤 꽤 여러 날 앓는 걸 약두 변변히 못 써 봤다더군. 지금 같애서는 윤 초시네두 대가 끊긴 셈이지. ⋯⋯ 그런데 참 이번 기집애는 어린것이 여간 잔망스럽지가34 않어. 글쎄 죽기 전에 이런 말을 했다지 않어? 자기가 죽거든 자기 입든 옷을 꼭 그대루 입혀서 묻어 달라구⋯⋯."

---

34 잔망스럽다 : 얄밉도록 맹랑한 데가 있다.

선생님이 들려주는 그 시절 이야기

서연 : 선생님, 오늘은 황순원의 「소나기」를 읽었어요. 이 작품에 대한 얘기를 해주세요.

태환 : 네, 저도요. 그런데 이 소설은 모르는 사람이 거의 없을 정도로 유명하더군요. 나중에 영화, 애니메이션, 뮤지컬로도 만들어지고요.

선생님 : 맞아. 이 작품은 소년 소녀의 순수한 첫사랑을 아주 아름답고 서정적으로 그려내서 많은 사람들에게 사랑받고 있지.

태환 : 네, 저도 주인공들이 사소한 사건들을 함께 겪으면서 사랑을 느껴가는 이야기가 낭만적이었어요. 작품 속에 나오는 시골 마을도 아주 아름답게 느껴지고요.

서연 : 저도 그랬어요. 개울가와 갈대밭, 추수하는 논과 허수아비, 산기슭에 피어 있는 갖가지 꽃들, 원두막과 수숫단 등이 마치 그림 속 풍경처럼 느껴졌어요.

선생님 : 그래, 이 소설에 그려진 아름다운 시골 마을의 풍경은 낭만적인 사랑 이야기를 더욱 서정적으로 만들고 있지. 공간적 배경이 주제에 어울리는 분위기를 조성하는 걸 잘 보여 주는 작품이라고 할 수 있어.

태환 : 선생님, 그러면 이 작품의 시대적 배경은 언제예요? '윤 초시네'

라는 말이 쓰인 걸 보면 요즘과 가까운 때는 아닌 거 같은데, 언제인지 잘 모르겠어요.

선생님 : 잘 모르는 게 당연해. 이 작품에는 시대적인 배경이 분명하게 나타나 있지 않기 때문이지. 그게 특징이라면 특징일 수도 있다.

서연 : 그게 무슨 뜻이에요?

선생님 : 이 작품에서는 시대적 배경을 구체적으로 드러낼 필요가 없었거나, 작가가 의도적으로 배제했다고도 할 수 있다는 말이야.

태환 : 자세히 말씀해 주세요.

선생님 : 우선, 이 작품은 1953년 5월에 발표되었단다.

서연 : 그때는 한국전쟁 시기 아닌가요?

선생님 : 맞아. 한국전쟁은 1950년 6월 25일에 일어나서 1953년 7월 27일에야 휴전이 성립되었으니까. 이 작품은 작가가 부산으로 피난을 가서 쓴 것으로 알려져 있어.

태환 : 아주 의외네요! 전쟁은 많은 사람이 죽거나 다치고 이산가족이 되고 하는, 충격적이고 비참한 일이 많이 일어나는 사건이잖아요? 특히 한국전쟁은 우리 민족 전체가 휩쓸려 엄청난 피해를 입은 전쟁이고요.

그런데 그런 현실이 작품 속에 전혀 나타나지 않고, 평화로운 마을을 배경으로 낭만적인 사랑 이야기만 하는 건 이상하지 않나요?

선생님 : 그런 생각이 들 만하지. 그런데 좀 더 넓게 생각해 보면, 작가가 자신이 살고 있는 시대에 대응하는 방식은 다양하다고 할 수 있

단다. 모든 작품에서 당대의 현실이 자세하게 묘사되는 건 아니야. 작가와 작품에 따라서 그 시대의 모습이 직접적으로 그려질 수도 있고, 아니면 간접적으로 암시만 되거나 전혀 드러나지 않을 수도 있다는 말이야.

태환 : 이 작품은 일부러 시대 현실을 담아내지 않은 경우라는 말씀이군요.

선생님 : 그렇다고 할 수 있겠지. 참고로 이 작가는 같은 해에 『카인의 후예』라는 장편도 발표했는데, 여기에서는 해방 직후 북한을 배경으로 토지 개혁을 둘러싼 이념 대립과 계급투쟁이 자세하게 그려지고 있단다. 결국 작품에 따라 시대 현실을 끌어들이는 정도가 달랐다는 말이지.

서연 : 그럼, 이 작품에서 작가는 어떤 의도로 당시의 현실을 배제한 건가요?

선생님 : 그건 작가가 풋풋한 주인공들의 첫사랑 이야기에 초점을 맞춰 인간 내면의 순수성을 부각시키려고 한 게 아닐까? 즉 인간이면 누구나 지니는 본질적인 순수성이나 사랑의 감정을 강조하기 위해, 일체의 사회적 현실은 배제하고 청순한 소년, 소녀의 미묘한 심리를 그리는 데 힘을 쏟은 것이라 할 수 있지.

증오와 적개심이 들끓고 있는 것이 전쟁의 현실이지만, 이를 극복하기 위해서라도 근본적으로 인간적인 가치와 감정을 회복해야 한다는 작가 정신이 밑바탕에 깔려 있다고 이해할 수 있겠지.

태환 : 그러고 보니, 지난번에 읽은 「학」에도 작가의 비슷한 생각이 담

겨 있었어요. 단짝 친구였던 두 인물이 전쟁 중에 적으로 만나지만, 어릴 적 추억을 떠올리며 우정을 회복하고 풀어주는 이야기였잖아요?

선생님 : 그래, 잘 기억하고 있구나. 그 작품에는 전쟁이라는 시대 현실이 직접적으로 드러나 있고 다루는 내용도 다르지만, 인간의 순수한 본성과 사랑의 가치를 강조하는 주제 면에서는 일맥상통해. 이 작가의 일관된 주제 의식이라고 이해할 수 있지.

태환 : 네, 잘 알겠습니다.

서연 : 선생님, 이번에는 다른 거 여쭤볼게요. 이 소설이 첫사랑 이야기를 중심적으로 다루는 건 맞지만, 다른 측면도 있는 거 같아요.

선생님 : 어떤 부분에서 그렇게 생각했니?

서연 : 결말 부분에서 소녀가 죽은 걸로 나오잖아요? 그런데 여기서 둘의 사랑이 비극적으로 끝나서 안타깝기도 했지만, 조금 충격적으로 느껴지기도 했어요.

선생님 : 왜 그렇게 느꼈지?

서연 : 작품의 맨 마지막을 보면, 마을에 다녀온 아버지가 어머니에게 하는 말을 소년이 우연히 듣게 되잖아요? 소녀가 죽었고, 자기가 입던 옷을 꼭 그대로 입혀서 묻어달라는 말을 남겼다고…….
그런데 아버지의 그 말로 작품이 바로 끝나버려요. 소년의 입장에서 이야기를 따라 읽다가 그렇게 끝나니까, 약간 당황스럽기도 하다가 또 자연스레 소년의 심정이 어땠을까 상상하게 되었어요. 굉장히 슬프면서도 뭔가 충격을 받았을 거 같다는 생각이

들었어요.

선생님 : 작품을 섬세하게 잘 읽었구나. 그렇게 소년의 반응을 생략한 채
작품을 끝맺은 것은 작가의 능숙한 솜씨라고 할 수 있지. 구구
절절 설명하는 것보다 강한 여운을 남기면서 독자들로 하여금
상상하게 만들지 않니?
그건 그렇고, 소년이 느꼈을 거라고 짐작되는 슬픔과 충격은 통
과의례적인 과정의 하나로 이해할 수 있어.

서연 : 통과의례가 뭐예요?

선생님 : 통과의례란 사람이 일생 동안 살아가면서 새로운 상태나 단계로
넘어갈 때마다 겪어야 하는 여러 가지 의례를 말해. 대표적으로
는 탄생, 성년, 결혼, 사망 등이 있지만, 그밖에도 성장하면서 겪
게 되는 여러 체험이나 의식 상태를 두루 가리키는 말이지.
여기서는 소년이 '사랑에 눈떠가는 과정'이나 '소녀의 죽음을 경
험하는 일' 등이 그런 사건들이라 할 수 있어. 소년에게 이 사건
들은 처음 겪는 일들로서 충격적으로 다가오는데, 이를 통해 이
세계와 삶의 여러 측면을 이해하고 성숙해간다고 할 수 있지.
이렇게 아이가 어른이 되기까지 정신적으로 성장해 가는 과정을
다룬 소설을 '성장소설'이라고 해. 이것들은 '교양소설', '입사소
설'이라고 불리기도 하는데, 유년이나 소년의 주인공이 여러 가
지 일을 겪으면서 미성숙한 아이의 세계에서 벗어나 어른의 세
계로 나아가는 내용을 담고 있어.
그런데 사실 이 작품에서는 성장소설적인 면이 강하게 드러나고

있지는 않아. 참고로 이 작품 외에도 황순원의 소설 중에는 소년 소녀가 주인공으로 등장하는 작품들이 많이 있어. 그중에서 「별」이 가장 대표적인데, 그 작품에서는 성장소설적인 성격이 좀 더 분명하게 드러나지.

태환 : 마침 잘 됐네요. 얼마 후에 「별」도 읽을 거거든요. 그때 다시 이 야기해 주세요.

선생님 : 그래, 그게 좋겠다. 그때 다시 한 번 이야기해 주마.

태환 : 네, 알겠습니다. 감사합니다.

서연 : 저도, 감사합니다!

봄봄

김유정 (1908~1937)

작가 소개

　김유정은 강원도 춘천의 농촌 마을에서 태어났으며 서울에서 성장기를 보냈다. 그는 대지주 집안 출신이었다. 춘천에 조상 대대로 물려받은 많은 땅을 가지고 있었고, 서울에도 커다란 집이 있었다.

　하지만 그는 어렸을 때 부모님이 모두 돌아가시는 불운을 겪는다. 일곱 살 때 어머니가 돌아가신 데 이어 아홉 살 때에는 아버지마저 돌아가신 것이다. 그런데 이후 집안의 재산을 물려받은 맏형은 동생을 돌보지 않은 채 방탕한 생활을 하며 땅과 재산을 모두 탕진해 버렸다.

　이로 인해 김유정은 생활이 어려워져, 형과 누님네, 삼촌네를 돌아다니며 간신히 학교를 다녔다. 서울 재동공립보통학교와 휘문고보를 거쳐 연희전문학교 문과에 입학했으나 결국 중퇴하고 말았다. 그후 연애에도 실패하고 폐병까지 얻게 된 그는 1932년 고향인 실레마을로 내려간다.

　고향의 농촌 마을에서 김유정은 '금병의숙'이라는 학교를 세워 마을 사람들에게 한글을 가르치고, 금광 사업도 벌여 보지만 오래가지는 못하였다. 하지만 이때의 체험이 소설 세계를 이루는 바탕이 되었다. 그의 많은 작품이 바로 이 농촌 마을을 무대로 삼아 농민들의 삶을 그리고 있기 때문이다.

　그가 본격적으로 소설 쓰기를 시작한 것은 다시 서울로 올라온 후였다. 1933년에 「산골 나그네」와 「총각과 맹꽁이」라는 작품을 발표하였고,

1935년에 『조선일보』와 『조선중앙일보』의 신춘문예에 「소낙비」와 「노다지」가 각각 당선되어 정식으로 문단에 등장하였다. 그해 순수문학 단체인 구인회에 가입함과 동시에 매우 활발한 창작 활동을 펼치며, 불과 2년 남짓한 기간에 「금 따는 콩밭」, 「만무방」, 「봄봄」, 「동백꽃」 등 30여 편에 이르는 단편 걸작들을 쏟아내며 문단의 주목을 받았다.

그러나 이렇게 열정적으로 소설을 쓰던 때에 그는 깊은 병마에 시달리고 있었다. 만성적인 늑막염과 폐결핵, 치질 등을 심하게 앓았으나, 약값마저 없어 제대로 치료하지 못하고 쇠약해져 갔다. 병이 악화되는 가운데서도 창작에 몰두하던 그는 결국 등단 2년 만인 1937년, 29세의 젊은 나이에 세상을 달리하고 만다.

농촌을 배경으로 한 김유정의 소설들은 독특한 수법과 개성으로 1930년대 한국 단편소설의 새로운 지평을 열었다고 평가된다. 그의 농촌소설들에서는 토속적인 언어 감각과 해학미가 두드러진다. 많은 작품에서 그는 어리숙하고 순박한 인물을 통해 유머와 해학의 수법으로 농민들의 삶의 모습과 정서를 그려낸다. 또 식민지 농촌 현실의 모순을 정면에서 다루는 경우에도 이를 반어의 기법으로 처리하여 농민들의 고통과 체험을 더욱 인상 깊고 효과적으로 형상화하고 있다. 이런 그의 작품 세계는 독자들에게 현실에 대한 인식과 함께 읽는 재미를 안겨 주고 있다.

작품 해설

 이 소설은 농촌 마을을 배경으로 장인과 데릴사위 머슴이 혼인 문제를 둘러싸고 벌이는 갈등을 해학적으로 그려낸 작품이다.

 주인공 '나'는 점순이와 혼례를 올리기로 하고 데릴사위로 들어와 3년 7개월 동안이나 돈 한 푼 받지 않고 머슴 일을 해 주고 있다. 그러나 장인은 점순이의 키가 덜 컸다는 핑계로 혼인을 계속 미룬 채 부려먹기만 한다.

 '나'는 몇 번이나 일손을 놓고 반발해 보지만 항상 장인의 농간에 당하기만 한다. 구장을 찾아가 억울함을 호소해 보기도 하지만 구장도 장인 편에 서서 '나'를 회유한다. 그러던 중에 친구 뭉태가 충동질하고 점순이마저 핀잔을 주며 부추기자, '나'는 더 이상 참지 못하고 장인과 대판 싸움을 벌인다.

 이번에는 쉽게 물러서지 않고 장인의 급소까지 잡고 늘어지며 몸싸움을 벌이는데, 내 편인 줄 알았던 점순이가 장인 편을 들자 '나'는 어리둥절해지며 기운이 탁 빠진다. 싸움은 머리가 터지도록 매를 맞는 것으로 끝나고, 장인이 가을에는 꼭 혼례를 올려준다고 약속하자 '나'는 다시 지게를 지고 일하러 나간다.

 제목이 알려주듯, 작품 속 계절은 야릇한 꽃내가 코를 찌르고 가슴이 울렁거리는 봄이다. 이런 봄날의 배경은 자연스레 '나'와 점순이의 연정을 연상시킨다. 하지만 이들의 사랑 이야기가 중심 내용은 아니다. 작품 속 주요 사건은 혼례 약속을 둘러싸고 벌어지는 '나'와 장인 간의 갈등을 중심으로 전개된다.

갈등의 원인은 욕심 많은 마름인 장인이 데릴사위 제도를 악용하여 '나'의 노동력을 착취하는 데 있다. 이는 심각한 사회문제로 인식되며 날선 대립으로 이어질 수 있는 내용이지만, 작품은 매우 희극적인 양상을 띠며 익살과 웃음이 넘쳐 난다.

이런 희극적 분위기는 무엇보다 순진하고 우직한 주인공을 1인칭 화자로 내세운 것에서 비롯된다. 어리숙한 '나'가 들려주는 이야기들이 그의 순박한 성품과 어수룩한 행위를 생생하게 전달하며 작품 전반에서 독자들의 웃음을 유발하고 있는 것이다.

희극적으로 과장된 인물들의 몸짓과 행위도 마찬가지다. 다소 모자라고 순박한 '나'와 교활한 장인이 벌이는 우스꽝스러운 다툼과 몸싸움들이 그러하다. 또 비속어와 존칭어를 섞어 쓰고, 토속어를 자유로이 구사하는 구어체의 말투 역시 향토적인 분위기를 형성하면서 작품의 해학적 성격을 더하고 있다.

이 같은 향토성과 해학성은 우직하고 순박한 인물을 주인공으로 하는 그의 농촌소설에서 흔히 발견되는 특성으로서, 1930년대 한국 농촌소설의 독특한 경지를 펼쳐 보인 요소로 평가되고 있다. 이 소설은 이런 작가 특유의 개성이 가장 잘 발휘된 작품이라 할 수 있다.

봄봄

"장인님! 인젠 저……."

내가 이렇게 뒤통수를 긁고, 나이가 찼으니 성례1를 시켜 줘야 하지 않겠느냐고 하면 대답이 늘

"이 자식아! 성례구 뭐구 미처 자라야지!"

하고 만다.

이 자라야 한다는 것은 내가 아니라 장차 내 아내가 될 점순이의 키 말이다.

내가 여기에 와서 돈 한 푼 안 받고 일하기를 삼 년하고 꼬박이 일곱 달 동안을 했다. 그런데도 미처 못 자랐다니까 이 키는 언제야 자라는 겐지 짜장2 영문 모른다. 일을 좀 더 잘해야 한다든지 혹은 밥을 (많이 먹는다고 노상 걱정이니까) 좀 덜 먹어야 한다든지 하면 나도 얼마든지 할 말이 많다. 하지만 점순이가 아직 어리니까 더 자라야 한다는 여기에는 어째 볼 수 없이 고만 빙빙하고3 만다.

---

1 성례 : 결혼식을 행함.
2 짜장 : 말 그대로 틀림없이.
3 빙빙하다 : 수그러들다.

이래서 나는 애최 계약이 잘못된 걸 알았다. 이태면 이태, 삼 년이면 삼 년, 기한을 딱 작정하고 일을 했어야 원 할 것이다. 덮어놓고 딸이 자라는 대로 성례를 시켜 주마, 했으니 누가 늘 지키고 섰는 것도 아니고 그 키가 언제 자라는지 알 수 있는가. 그리고 난 사람의 키가 무럭무럭 자라는 줄만 알았지 붙박이 키에 모로만 벌어지는 몸도 있는 것을 누가 알았으랴. 때가 되면 장인님이 어련하랴 싶어서 군소리 없이 꾸벅꾸벅 일만 해 왔다. 그럼 말이다, 장인님이 제가 다 알아차려서

"어 참, 너 일 많이 했다. 고만 장가들어라."

하고 살림도 내주고 해야 나도 좋을 것이 아니냐. 시치미를 딱 떼고 도리어 그런 소리가 나올까 봐서 지레4 펄펄 뛰고 이 야단이다. 명색이 좋아 데릴사위5지 일하기에 싱겁기도 할뿐더러 이건 참 아무것도 아니다.

숙맥이 그걸 모르고 점순이의 키 자라기만 까맣게 기다리지 않았나.

언젠가는 하도 갑갑해서 자를 가지고 덤벼들어서 그 키를 한번 재 볼까, 했다마는 우리는 장인님이 내외6를 해야 한다고 해서 마주 서 이야기도 한마디 하는 법 없다. 우물길에서 언제나 마주칠 적이면 겨우 눈어림7으로 재 보고 하는 것인데 그럴 적마다 나는 저만치 가서

---

4 지레 : 무슨 일이 일어나거나 어떤 때가 이르기 전에 미리.
5 데릴사위 : 처가에서 데리고 사는 사위
6 내외 : 남의 남녀 사이에 서로 얼굴을 마주 대하지 않고 피함.
7 눈어림 : 수량이나 크기 등을 눈으로 보아 대강 짐작하여 헤아림.

"제—미 키두!"

하고 논둑에다 침을 퉤 뱉는다. 아무리 잘 봐야 내 겨드랑(다른 사람보다 좀 크긴 하지만) 밑에서 넘을락 말락 밤낮 요 모양이다. 개돼지는 푹푹 크는데 왜 이리도 사람은 안 크는지, 한동안 머리가 아프도록 궁리도 해 보았다. 아하, 물동이를 자꾸 이니까 뼈다귀가 움츠러드나 보다, 하고 내가 넌즛넌즛이 그 물을 대신 길어도 주었다. 뿐만 아니라 나무를 하러 가면 서낭당8에 돌을 올려놓고

"점순이의 키 좀 크게 해 줍소사. 그러면 담엔 떡 갖다 놓고 고사드립죠니까."

하고 치성도 한두 번 드린 것이 아니다. 어떻게 돼먹은 킨지 이래도 막무가내니…….

그래 내 어저께 싸운 것이지 결코 장인님이 밉다든가 해서가 아니다.

모를 붓다가 가만히 생각을 해 보니까 또 싱겁다. 이 벼가 자라서 점순이가 먹고 좀 큰다면 모르지만 그렇지도 못한 걸 내 심어서 뭘 하는 거냐. 해마다 앞으로 죽 거불지는9 장인님의 아랫배(가 너무 먹은 걸 모르고 냇병10이라나, 그 배)를 불리기 위하여 심곤 조금도 싫지 않다.

"아이구 배야!"

8 서낭당 : 토지와 마을을 지켜 준다는 신인 서낭신을 모신 집
9 거불지다 : 둥글고 불룩하게 툭 비어져 나오다.
10 냇병 : 내병. 속병. 몸안에 생긴 병

난 몰 붓다[11] 말고 배를 쓰다듬으면서 그대로 논둑으로 기어올랐다. 그리고 겨드랑에 꼈던 벼 담긴 키[12]를 그냥 땅바닥에 털썩, 떨어치며 나도 털썩 주저앉았다. 일이 암만 바빠도 나 배 아프면 고만이니까. 아픈 사람이 누가 일을 하느냐. 파릇파릇 돋아 오른 풀 한 숲을 뜯어 들고 다리의 거머리를 쓱쓱 문대며 장인님의 얼굴을 쳐다보았다.

논 가운데서 장인님도 이상한 눈을 해 가지고 한참 날 노려보더니

"너 이 자식, 왜 또 이래 응?"

"배가 좀 아파서유!"

하고 풀 위에 슬며시 쓰러지니까 장인님은 약이 올랐다. 저도 논에서 철벙철벙 둑으로 올라오더니 잡은 참 내 멱살을 움켜잡고 뺨을 치는 것이 아닌가.

"이 자식아, 일허다 말면 누굴 망해 놀 속셈이냐, 이 대가릴 까놀 자식!"

우리 장인님은 약이 오르면 이렇게 손버릇이 아주 못됐다. 또 사위에게 이 자식 저 자식 하는 이놈의 장인님은 어디 있느냐. 오죽해야 우리 동리에서 누굴 물론하고 그에게 욕을 안 먹는 사람은 명이 짧다, 한다. 조그만 아이들까지도 그를 돌아 세 놓고 욕필이 (본 이름이 봉필이니까) 욕필이, 하고 손가락질을 할 만치 두루 인심을 잃었다. 하나 인심을 정

---

11 붓다 : 모종을 내기 위하여 씨앗을 많이 뿌리다. 작품에서 '몰 붓다'는 '모를 붓다'라는 말이며, 못자리를 만들어 씨를 뿌리는 행위를 말한다.
12 키 : 곡식 따위를 위아래로 빠르게 흔들어 티끌을 골라내는 도구

말 잃었다면 욕보다 읍의 배참봉 댁 마름으로 더 잃었다. 번히 마름이란 욕 잘하고 사람 잘 치고 그리고 생김 생기길 호박개13 같아야 쓰는 거지만 장인님은 외양이 똑 됐다. 작인14이 닭 마리나 좀 보내지 않는다든가 애벌논15 때 품을 좀 안 준다든가 하면 그해 가을에는 영락없이 땅이 뚝뚝 떨어진다. 그러면 미리부터 돈도 먹이고 술도 먹이고 안달재신16으로 돌아치던 놈이 그 땅을 슬쩍 돌라안는다. 이 바람에 장인님 집 빈 외양간에는 눈깔 커다란 황소 한 놈이 절로 엉금엉금 기어들고, 동리 사람들은 그 욕을 다 먹어 가면서도 그래도 굽실굽실하는 게 아닌가.

그러나 내겐 장인님이 감히 큰소리할 계제17가 못 된다.

뒷생각은 못 하고 뺨 한 개를 딱 때려 놓고는 장인님은 무색해서 덤덤히 쓴침만 삼킨다. 난 그 속을 퍽 잘 안다. 조금 있으면 갈도 꺾어야 하고 모도 내야 하고, 한창 바쁜 때인데 나 일 안 하고 우리집으로 그냥 가면 고만이니까. 작년 이맘때도 트집을 좀 하니까 늦잠 잔다고 돌멩이를 집어던져서 자는 놈의 발목을 삐게 해 놨다. 사날씩이나 건성 끙끙 앓았더니 종당18에는 거반19 울상이 되지 않았는가.

---

13 호박개 : 뼈대가 굵고 털이 북실북실한 개
14 작인 : 소작인. 일정한 사용료를 내고 남의 땅을 빌려서 농사를 짓는 사람
15 애벌논 : 여러 번의 김매기 중에서 첫 번째 김매기를 한 논
16 안달재신 : 몹시 속을 태우며 이리저리 돌아다니는 사람
17 계제 : 어떤 일을 할 수 있게 된 형편이나 기회
18 종당 : 일의 마지막
19 거반 : 거지반. 거의 절반 가까이

"애, 그만 일어나 일 좀 해라. 그래야 올 갈에 벼 잘되면 너 장가들지 않니?"

그래 귀가 번쩍 뜨여서 그날로 일어나서 남이 이틀 품 들일 논을 혼자 삶아 놓으니까 장인님도 눈깔이 커다랗게 놀랐다. 그럼 정말로 가을에 와서 혼인을 시켜 줘야 원 경우[20]가 옳지 않겠나. 볏섬[21]을 척척 들여쌓아도 다른 소리는 없고 물동이를 이고 들어오는 점순이를 담배통으로 가리키며

"이 자식아, 미처 커야지 조걸 데리구 무슨 혼인을 한다고 그러니 온!"
하고 남 낯짝만 붉게 해 주고 고만이다. 골김에[22] 그저 이놈의 장인님, 하고 댓돌에다 메꽂고 우리 고향으로 내뺄까 하다가 꾹꾹 참고 말았다.

참말이지 난 이 꼴 하고는 집으로 차마 못 간다. 장가를 들러 갔다가 오죽 못났어야 그대로 쫓겨 왔느냐고 손가락질을 받을 테니까.

논둑에서 벌떡 일어나 한풀 죽은 장인님 앞으로 다가서며

"난 갈 테야유, 그동안 사경[23] 쳐 내슈 뭐."

"너 사위로 왔지 어디 머슴 살러 왔니?"

"그러면 얼찐[24] 성렐 해 줘야 안 하지유, 밤낮 부려만 먹구 해 준다 해 준다……."

---

20 경우 : 어떤 일의 이치나 사람이 지켜야 할 도리
21 볏섬 : 짚으로 만든 곡물을 담는 그릇에 채운 벼
22 골김 : 비위에 거슬리거나 마음이 언짢아서 성이 나는 김
23 사경 : 새경. 한 해 동안 일을 한 대가로 머슴에게 주는 돈이나 물건
24 얼찐 : '얼른'의 방언.

"글쎄, 내가 안 하는 거냐, 그년이 안 크니까."

하고 어름어름 담배만 담으면서 늘 하는 소리를 또 늘어놓는다.

이렇게 따져 나가면 언제든지 늘 나만 밑지고 만다. 이번엔 안 된다, 하고 대뜸 구장[25]님한테로 단판 가자고 소맷자락을 내끌었다.

"아 이 자식이 왜 이래 어른을."

안 간다고 뻗디디고 이렇게 호령은 제 맘대로 하지만 장인님 제가 내 기운은 못 당한다. 막 부려 먹고 딸은 안 주고, 게다 땅땅 치는 건 다 뭐야.

그러나 내 사실 참 장인님이 미워서 그런 것은 아니다.

그 전날 왜 내가 새고개 맞은 봉우리 화전밭[26]을 혼자 갈고 있지 않았느냐. 밭 가생이[27]로 돌 적마다 야릇한 꽃내가 물컥물컥 코를 찌르고 머리 위에서 벌들은 가끔 붕붕 소리를 친다. 바위 틈에서 샘물 소리밖에 안 들리는 산골짜기니까 맑은 하늘의 봄볕은 이불 속같이 따스하고 꼭 꿈꾸는 것 같다. 나는 몸이 나른하고 몸살(을 아직 모르지만 병)이 나려고 그러는지 가슴이 울렁울렁하고 이랬다.

"이러이! 말이! 맘 마 마……."

이렇게 노래를 하며 소를 부리면 여느 때 같으면 어깨가 으쓱으쓱한

---

25 구장 : 예전에 시골 동네의 우두머리를 이르던 말
26 화전밭 : 주로 산간 지대에서 풀과 나무를 불사르고 그 자리를 일구어 농사를 짓는 밭
27 가생이 : '가장자리'의 방언

다. 웬일인지 밭 반도 갈지 않아서 온몸의 맥이 풀리고 대고 짜증만 난다. 공연히 소만 들입다 두들기며—

"안야! 안야! 이 망할 자식의 소(장인님의 소니까) 대리²⁸를 꺾어 줄라."

그러나 내 속은 정말 안야 때문이 아니라 점심을 이고 온 점순이의 키를 보고 울화가 났던 것이다.

점순이는 뭐 그리 썩 예쁜 계집애는 못 된다. 그렇다고 또 개떡이냐 하면 그런 것도 아니고 꼭 내 아내가 돼야 할 만치 그저 툽툽하게²⁹ 생긴 얼굴이다. 나보다 십 년이 아래니까 올에 열여섯인데 몸은 남보다 두 살이나 덜 자랐다. 남은 잘도 훤칠히들 크건만 이건 위아래가 몽툭한 것이 내 눈에는 헐없이 감참외³⁰ 같다. 참외 중에는 감참외가 젤 맛 좋고 이쁘니까 말이다. 둥글고 커단 눈은 서글서글하니 좋고, 좀 짓쳐 찢어졌지만 입은 밥술이나 훅훅이 먹음직하니 좋다. 아따, 밥만 많이 먹게 되면 팔자는 고만 아니냐. 한데 한 가지 파³¹가 있다면 가끔가다 몸이 (장인님은 이걸 채신³²이 없이 들까분다³³고 하지만) 너무 빨리빨리 논다. 그래서 밥을 나르다가 때 없이 풀밭에서 깨빡을 쳐서³⁴ 흙투성이 밥을 곧잘

---

28 대리 : '다리'의 방언
29 툽툽하다 : 생김새가 멋이 없고 투박하다.
30 감참외 : 참외의 한 품종. 속의 살이 감빛같이 붉고 맛이 좋은 참외
31 파 : 사람의 결점
32 채신 : '처신'을 낮잡아 이르는 말. 세상을 살아가는 데 가져야 할 몸가짐이나 행동을 가리킨다.
33 들까불다 : 몹시 가볍고 방정맞게 행동한다.
34 깨빡치다 : 무엇에 걸리거나 하여 머리에 이고 있거나 들고 있던 물건을 동댕이치다.

먹인다. 안 먹으면 무안해할까 봐서 이걸 씹고 앉았노라면 으적으적 소리만 나고 돌을 먹는 겐지 밥을 먹는 겐지…….

그러나 이날은 웬일인지 성한 밥째로 밭머리에 곱게 내려놓았다. 그리고 또 내외를 해야 하니까 저만큼 떨어져 이쪽으로 등을 향하고 웅크리고 앉아서 그릇 나기를 기다린다.

내가 다 먹고 물러섰을 때 그릇을 와서 챙기는데 그런데 난 깜짝 놀라지 않았느냐. 고개를 푹 숙이고 밥함지[35]에 그릇을 포개면서 나더러 들으라는지 혹은 제 소린지

"밤낮 일만 하다 말 텐가!"

하고 혼자서 쫑알거린다. 고대 잘 내외하다가 이게 무슨 소린가, 하고 난 정신이 얼떨떨했다. 그러면서도 한편 무슨 좋은 수가 있는가 싶어서 나도 공중을 대고 혼잣말로

"그럼 어떡해?"

하니까

"성례시켜 달라지 뭘 어떡해."

하고 되알지게[36] 쏘아붙이고 얼굴이 발개져서 산으로 그저 도망질을 친다.

나는 잠시 동안 어떻게 되는 심판[37]인지 맥[38]을 몰라서 그 뒷모양만

---

35 밥함지 : 밥그릇을 담는 함지. '함지'는 통나무를 파거나 나무로 짜서 만든 그릇이다.
36 되알지다 : 몹시 기운차고 야무지다.
37 심판 : '셈판'의 방언. 어떤 일이 벌어진 형편이나 그 까닭
38 맥 : 맥락. 어떤 일이나 사물이 서로 연관되어 이루는 줄거리

덤덤히 바라보았다.

봄이 되면 온갖 초목이 물이 오르고 싹이 트고 한다. 사람도 아마 그런가 보다. 하고 며칠 내에 부쩍 (속으로) 자란 듯싶은 점순이가 여간 반가운 것이 아니다.

이런 걸 멀쩡하게 아직 어리다구 하니까…….

우리가 구장님을 찾아갔을 때 그는 싸리문 밖에 있는 돼지우리에서 죽을 퍼 주고 있었다. 서울엘 좀 갔다 오더니 사람은 점잖아야 한다고 윗수염이 (얼른 보면 지붕 위에 앉은 제비 꼬랑지 같다.) 양쪽으로 뾰족이 뻗치고 그걸 애햄, 하고 늘 쓰다듬는 손버릇이 있다. 우리를 멀뚱히 쳐다보고 미리 알아챘는지

"왜 일들 허다 말구 그래?"

하더니 손을 올려서 그 에햄을 한번 후딱 했다.

"구장님! 우리 장인님과 즘에 계약하기를……."

먼저 덤비는 장인님을 뒤로 떠다밀고 내가 허둥지둥 달려들다가 가만히 생각하고

"아니 우리 빙장39님과 즘에."

하고 첫 번부터 다시 말을 고쳤다. 장인님은 빙장님, 해야 좋아하고 밖에 나와서 장인님, 하면 괜스레 골을 내려고 든다. 뱀두 뱀이래야 좋냐구, 창피스러우니 남 듣는 데는 제발 빙장님, 빙모님, 하라구 일상 당조

---

39 빙장 : 다른 사람의 장인을 이르는 말

짐[40]을 받아 오면서 난 그것도 자꾸 잊는다. 당장도 장인님, 하다 옆에서 내 발등을 꾹 밟고 곁눈질을 흘기는 바람에야 겨우 알았지만…….

구장님도 내 이야기를 자세히 듣더니 퍽 딱한 모양이었다. 하기야 구장님뿐만 아니라 누구든지 다 그럴 게다. 길게 길러 둔 새끼손톱으로 코를 후벼서 저리 탁 튀기며

"그럼 봉필 씨! 얼른 성롈 시켜 주구려, 그렇게까지 제가 하구 싶다는 걸……."

하고 내 짐작대로 말했다. 그러나 이 말에 장인님은 삿대질로 눈을 부라리고

"아 성례구 뭐구 기집애년이 미처 자라야 할 게 아닌가?"

하니까 고만 멀쑤룩해서[41] 입맛만 쩍쩍 다실 뿐이 아닌가.

"그것두 그래!"

"그래, 거진 사 년 동안에도 안 자랐다니 그 킨 은제 자라지유? 다 구만두구 사경 내슈……."

"글쎄, 이 자식아! 내가 크질 말라구 그랬니, 왜 날 보구 떼냐?"

"빙모[42]님은 참새만 한 것이 그럼 어떻게 앨 났지유?" (사실 장모님은 점순이보다도 귓배기 하나가 작다.)

---

40 당조짐 : 정신을 차리도록 단단히 단속하고 주의를 줌.
41 멀쑤룩하다 : '머쓱하다'의 방언
42 빙모 : 다른 사람의 장모를 이르는 말

장인님은 이 말을 듣고 껄껄 웃더니 (그러나 암만해도 돌 씹은 상이다.) 코를 푸는 척하고 날 은근히 골리려고 팔꿈치로 옆갈비께를 퍽 치는 것이다. 더럽다. 나도 종아리의 파리를 쫓는 척하고 허리를 구부리며 어깨로 그 궁둥이를 확 떠밀었다. 장인님은 앞으로 우찔근하고 싸리문께로 쓰러질 듯하다 몸을 바로 고치더니 눈총을 몹시 쏘았다. 이런 쌍년의 자식, 하곤 싶으나 남의 앞이라서 차마 못 하고 섰는 그 꼴이 보기에 퍽 쟁그라웠다.[43]

그러나 이 밖에는 별반 신통한 귀정[44]을 얻지 못하고 도로 논으로 돌아와서 모를 부었다. 왜냐면 장인님이 뭐라고 귓속말로 수군수군하고 간 뒤다. 구장님이 날 위해서 조용히 데리고 아래와 같이 일러 주었기 때문이다. (뭉태의 말은 구장님이 장인님에게 땅 두 마지기 얻어 부치니까 그래 꾀었다고 하지만 난 그렇게 생각 않는다.)

"자네 말두 하기야 옳지, 암 나이 찼으니까 아들이 급하다는 게 잘못된 말은 아니야. 허지만 농사가 한창 바쁜 때 일을 안 한다든가 집으로 달아난다든가 하면 손해죄루 그것두 징역을 가거든! (여기에 그만 정신이 번쩍 났다.) 웨 요전에 삼포말서 산에 불 좀 놓았다구 징역 간 거 못 봤나, 제 산에 불을 놓아두 징역을 가는 이땐데 남의 농사를 버려 주니 죄가 얼마나 더 중한가. 그리고 자넨 정장[45]을 (사경 받으러 정장 가겠다 했

---

43 쟁그랍다 : '쟁글쟁글하다'. 미운 사람이나 상대의 실수를 보아 아주 고소하다는 뜻
44 귀정 : 어떤 일이 잘못되어 가다가 바른길로 돌아옴.
45 정장 : 관청에 고소장을 내는 일

다.) 간대지만 그러면 괜시리 죄 들쓰고 들어가는 걸세. 또 결혼두 그렇지, 법률에 성년이란 게 있는데 스물하나가 돼야지 비로소 결혼을 할 수 있는 걸세, 자넨 물론 아들이 늦을 걸 염려하지만 점순이루 말하면 인제 겨우 열여섯이 아닌가. 그렇지만 아까 빙장님의 말씀이 올 갈에는 열일을 제치고라두 성례를 시켜 주겠다 하시니 좀 고마울 겐가, 빨리 가서 모 붓던 거나 마저 붓게, 군소리 말구 어서 가!"

그래서 오늘 아침까지 끽소리 없이 왔다.

장인님과 내가 싸운 것은 지금 생각하면 전혀 뜻밖의 일이라 안 할 수 없다. 장인님으로 말하면 요즈막 작인들에게 행세를 좀 하고 싶다고 해서

"돈 있으면 양반이지 별게 있느냐!"

하고 일부러 아랫배를 툭 내밀고 걸음도 뒤틀리게 걷고 하는 이 판이다. 이까짓 나쯤 뚜들기다 남의 땅을 가지고 모처럼 닦아 놓았던 가문을 망친다든지 할 어른이 아니다. 또 나로 논지면46 아무쪼록 잘 봬서 점순이에게 얼른 장가를 들어야 하지 않느냐.

이렇게 말하자면 결국 어젯밤 뭉태네 집에 마슬47 간 것이 썩 나빴다. 낮에 구장님 앞에서 장인님과 내가 싸운 것을 어떻게 알았는지 대고 빈정거리는 것이 아닌가.

"그래 맞구두 그걸 가만둬?"

---

46 논지면 : 말하자면.
47 마슬 : '마을'의 방언. 이웃에 놀러 다니는 일

"그럼 어떡하니?"

"임마, 봉필일 모판에다 거꾸로 박아 놓지 뭘 어떡해?"

하고 괜히 내 대신 화를 내가지고 주먹질을 하다 등잔까지 쳤다. 놈이 본시 괄괄은 하지만 그래 놓고 날더러 석윳값을 물라고 막 지다위[48]를 붙는다. 난 어안이 벙벙해서 잠자코 앉았으니까 저만 연방 지껄이는 소리가 —

"밤낮 일만 해 주구 있을 테냐?"

"영득이는 일 년을 살구두 장갈 들었는데 넌 사 년이나 살구두 더 살아야 해?"

"네가 세 번째 사윈 줄이나 아니? 세 번째 사위."

"남의 일이라두 분하다 이 자식아, 우물에 가 빠져 죽어."

나중에는 겨우 손톱으로 목을 따라고까지 하고 제 아들같이 함부로 훅닥이었다[49]. 별의별 소리를 다 해서 그대로 옮길 수는 없으나 그 줄거리는 이렇다.

우리 장인님이 딸이 셋이 있는데 맏딸은 재작년 가을에 시집을 갔다. 정말은 시집을 간 것이 아니라 그 딸도 데릴사위를 해 가지고 있다가 내보냈다. 그런데 딸이 열 살 때부터 열아홉, 즉 십 년 동안에 데릴사위를 갈아들이기를, 동리에선 사위 부자라고 이름이 났지마는 열네 놈이란

---

48 지다위 : 자기의 허물을 남에게 덮어씌움.

49 훅닥이다 : 잔소리나 까다로운 요구를 하며 귀찮게 대들다.

참 너무 많다. 장인님이 아들은 없고 딸만 있는 고로 그담 딸을 데릴사위를 해올 때까지는 부려 먹지 않으면 안 된다. 물론 머슴을 두면 좋지만 그건 돈이 드니까, 일 잘하는 놈을 고르느라고 연방 바꿔 들였다. 또한편 놈들이 욕만 줄창 퍼붓고 심히도 부려 먹으니까 밸이 상해서 달아나기도 했겠지. 점순이는 둘째 딸인데 내가 일테면 그 세 번째 데릴사위로 들어온 셈이다. 내 담으로 네 번째 놈이 들어올 것을 내가 일도 참 잘하고 그리고 사람이 좀 어수룩하니까 장인님이 잔뜩 붙들고 놓질 않는다. 셋째 딸이 인제 여섯 살, 적어도 열 살은 돼야 데릴사위를 할 테므로 그동안은 죽도록 부려 먹어야 된다. 그러니 인제는 속 좀 차리고 장가를 들여 달라고 떼를 쓰고 나자빠져라, 이것이다.

나는 건성으로 엉, 엉 하며 귓등으로 들었다. 뭉태는 땅을 얻어 부치다가 떨어진 뒤로는 장인님만 보면 공연히 못 먹어서 으릉거린다. 그것도 장인님이 저 달라고 할 적에 제집에서 위한다는 그 감투(예전에 원님이 쓰던 것이라나, 옆구리에 뽕뽕 좀먹은 걸레)를 선뜻 주었더면 그럴 리도 없었던 걸…….

그러나 나는 뭉태란 놈의 말을 전수이50 곧이듣지 않았다. 꼭 곧이들었다면 간밤에 와서 장인님과 싸웠지 무사히 있었을 리가 없지 않은가. 그러면 딸에게까지 인심을 잃은 장인님이 혼자 나빴다.

실토이지 나는 점순이가 아침상을 가지고 나올 때까지는 오늘은 또 얼마

---

50 전수이 : 모두 다.

나 밥을 담았나, 하고 이것만 생각했다. 상에는 된장찌개하고 간장 한 종지, 조밥 한 그릇, 그리고 밥보다 더 수부룩하게 담은 산나물이 한 대접 이렇다. 나물은 점순이가 틈틈이 해 오니까 두 대접이고 네 대접이고 멋대로 먹어도 좋으나 밥은 장인님이 한 사발 외엔 더 주지 말라고 해서 안 된다. 그런데 점순이가 그 상을 내 앞에 내려놓으며 제 말로 지껄이는 소리가

"구장님한테 갔다 그냥 온담 그래!"

하고 엊그제 산에서와 같이 되우[51] 쫑알거린다. 딴은 내가 더 단단히 덤비지 않고 만 것이 좀 어리석었다, 속으로 그랬다. 나도 저쪽 벽을 향하여 외면하면서 내 말로

"안 된다는 걸 그럼 어떡헌담!"

하니까

"쇰[52]을 잡아채지 그냥 둬, 이 바보야?"

하고 또 얼굴이 빨개지면서 성을 내며 안으로 샐쭉하니 뛰 들어가지 않느냐. 이때 아무도 본 사람이 없었게 망정이지 보았다면 내 얼굴이 애미 잃은 황새 새끼처럼 가엾다 했을 것이다.

사실 이때만치 슬펐던 일이 또 있었는지 모른다. 다른 사람은 암만 못생겼다 해도 괜찮지만 내 아내 될 점순이가 병신으로 본다면 참 신세는 따분하다. 밥을 먹은 뒤 지게를 지고 일터로 가려 하다 도로 벗어 던지

---

51 되우 : 아주 몹시.
52 쇰 : '수염'의 방언

고 바깥마당 공석53 위에 드러누워서 나는 차라리 죽느니만 같지 못하다 생각했다.

내가 일 안 하면 장인님 저는 나이가 먹어 못 하고 결국 농사 못 짓고 만다. 뒷짐으로 트림을 꿀꺽, 하고 대문 밖으로 나오다 날 보고서

"이 자식아! 너 웨 또 이러니?"

"관객54이 났어유, 아이구 배야!"

"기껀 밥 처먹구 나서 무슨 관객이야, 남의 농사 버려 주면 이 자식아 징역 간다 봐라!"

"가두 좋아유, 아이구 배야!"

참말 난 일 안 해서 징역 가도 좋다 생각했다. 일후55 아들을 낳아도 그 앞에서 바보 바보 이렇게 별명을 들을 테니까 오늘은 열 쪽이 난대도 결정을 내고 싶었다.

장인님이 일어나라고 해도 내가 안 일어나니까 눈에 독이 올라서 저 편으로 횡허케 가더니 지게막대기를 들고 왔다. 그리고 그걸로 내 허리를 마치 돌 떠넘기듯이 쿡 찍어서 넘기고 넘기고 했다. 밥을 잔뜩 먹고 딱딱한 배가 그럴 적마다 퉁겨지면서 밸창56이 꼿꼿한 것이 여간 켕기

---

53 공석 : 벼를 담지 않은 빈 섬. '섬'은 곡식을 담기 위해 짚으로 엮어서 만든 자루이다.

54 관객 : 관격. 먹은 음식이 갑자기 체하여 가슴이 답답하고 계속 토하며 대소변이 통하지 않는 위급한 증상

55 일후 : 뒷날. 앞으로 다가올 날

56 밸창 : 창자. 여기서 '밸'은 '배알'의 준말로 '창자'를 비속하게 이르는 말이다.

지 않았다. 그래도 안 일어나니까 이번엔 배를 지게막대기로 위에서 쿡쿡 찌르고 발길로 옆구리를 차고 했다. 장인님은 원체 심청[57]이 굳어서 그렇지만 나도 저만 못하지 않게 배를 채었다. 아픈 것을 눈을 꽉 감고 넌 해라 난 재미난단 듯이 있었으나 볼기짝을 후려갈길 적에는 나도 모르는 결에 벌떡 일어나서 그 수염을 잡아챘다마는 내 골이 난 것이 아니라 정말은 아까부터 벽 뒤 울타리 구멍으로 점순이가 우리들의 꼴을 몰래 엿보고 있었기 때문이다. 가뜩이나 말 한마디 톡톡히 못 한다고 바보라는데 매까지 잠자코 맞는 걸 보면 짜장 바보로 알 게 아닌가. 또 점순이도 미워하는 이까짓 놈의 장인님하곤 아무것도 안 되니까 막 때려도 좋지만 사정 보아서 수염만 채고 (제 원대로 했으니까 이때 점순이는 퍽 기뻤겠지.) 저기까지 잘 들리도록,

"이걸 까셀라[58] 부다!"

하고 소리를 쳤다.

장인님은 더 약이 바짝 올라서 잡은 참 지게막대기로 내 어깨를 그냥 내리갈겼다. 정신이 다 아찔하다. 다시 고개를 들었을 때 그때엔 나도 온몸에 약이 올랐다. 이 녀석의 장인님을, 하고 눈에서 불이 퍽 나서 그 아래 밭 있는 낭[59] 알로[60] 그대로 떠밀어 굴려 버렸다. 조금 있다가 장

---

57 심청 : 심술. 온당하지 않게 고집을 부리는 마음
58 까세다 : 세차게 치다.
59 낭 : '벼랑'의 방언. 낭떠러지의 험하고 가파른 언덕
60 알로 : '아래로'의 방언

인님이 씩씩하고 한번 해보려고 기어오르는 걸 얼른 또 떠밀어 굴려 버렸다.

기어오르면 굴리고 굴리면 기어오르고 이러길 한 너덧 번을 하며 그럴 적마다

"부려만 먹구 웨 성례 안 하지유!"

나는 이렇게 호령했다. 하지만 장인님이 선뜻 오냐 낼이라도 성례시켜 주마, 했으면 나도 성가신 걸 그만두었을지 모른다. 나야 이러면 때린 건 아니니까 나중에 장인 쳤다는 누명도 안 들을 터이고 얼마든지 해도 좋다.

한번은 장인님이 헐떡헐떡 기어서 올라오더니 내 바짓가랑이를 요렇게 노리고서 단박 움켜잡고 매달렸다. 악, 소리를 치고 나는 그만 세상이 다 팽그르 도는 것이

"빙장님! 빙장님! 빙장님!"

"이 자식! 잡아먹어라. 잡아먹어!"

"아! 아! 할아버지! 살려 줍쇼 할아버지!"

하고 두 팔을 허둥지둥 내절 적에는 이마에 진땀이 쭉 내솟고 인젠 참으로 죽나 보다, 했다. 그래도 장인님은 놓질 않더니 내가 기어이 땅바닥에 쓰러져서 거진 까무러치게 되니까 놓는다. 더럽다 더럽다. 이게 장인님인가, 나는 한참을 못 일어나고 쩔맸다. 그러다 얼굴을 드니 (눈에 참 아무것도 보이지 않았다) 사지가 부르르 떨리면서 나도 엉금엉금 기어가 장인님의 바짓가랑이를 꽉 움키고 잡아낚았다.

내가 머리가 터지도록 매를 얻어맞은 것이 이 때문이다. 그러나 여기

가 또한 우리 장인님이 유달리 착한 곳이다. 여느 사람이면 사경을 주어서라도 당장 내쫓았지 터진 머리를 불솜61으로 손수 지져 주고, 호주머니에 희연62 한 봉을 넣어 주시고 그리고

"올 갈엔 꼭 성례를 시켜 주마, 암말 말구 가서 뒷골의 콩밭이나 얼른 갈아라."

하고 등을 뚜덕여 줄 사람이 누구냐.

나는 장인님이 너무나 고마워서 어느덧 눈물까지 났다. 점순이를 남기고 인젠 내쫓기려니, 하다 뜻밖의 말을 듣고

"빙장님! 인제 다시는 안 그러겠어유!"

이렇게 맹세를 하며 부랴사랴63 지게를 지고 일터로 갔다.

그러나 이때는 그걸 모르고 장인님을 원수로만 여겨서 잔뜩 잡아당겼다.

"아! 아! 이놈아! 놔라, 놔, 놔."

장인님은 헛손질을 하며 솔개미64에 챈 닭의 소리를 연해 질렀다. 놓긴 왜, 이왕이면 호되게 혼을 내주리라, 생각하고 짓궂이 더 댕겼다. 마는 장인님이 땅에 쓰러져서 눈에 눈물이 피잉 도는 것을 알고 좀 겁도 났다.

---

61 불솜 : 상처를 소독하기 위하여 불을 붙인 솜방망이
62 희연 : 일제강점기에 유통되었던 담배 이름
63 부랴사랴 : 매우 부산하고 황급히 서두르는 모양을 나타내는 말
64 솔개미 : '솔개'의 방언

"할아버지! 놔라, 놔, 놔, 놔놔."

그래도 안 되니까,

"얘 점순아! 점순아!"

이 악장65에 안에 있었던 장모님과 점순이가 헐레벌떡하고 단숨에 뛰어나왔다.

나의 생각에 장모님은 제 남편이니까 역성66을 하는지도 모른다. 그러나 점순이는 내 편을 들어서 속으로 고소해서 하겠지. 대체 이게 웬 속인지 (지금까지도 난 영문을 모른다) 아버질 혼내 주기는 제가 내래 놓고 이제 와서는 달려들며

"에그머니! 이 망할 게 아버지 죽이네!"

하고 내 귀를 뒤로 잡아당기며 마냥 우는 것이 아니냐. 그만 여기에 기운이 탁 꺾이어 나는 얼빠진 등신이 되고 말았다. 장모님도 덤벼들어 한쪽 귀마저 뒤로 잡아채면서 또 우는 것이다.

이렇게 꼼짝 못 하게 해 놓고 장인님은 지게막대기를 들어서 사뭇 내리조겼다67. 그러나 나는 구태여 피하려지도 않고 암만해도 그 속 알 수 없는 점순이의 얼굴만 멀거니 들여다보았다.

"이 자식! 장인 입에서 할아버지 소리가 나오도록 해?"

---

65 악장 : 악을 씀. 있는 힘을 다해 큰 소리를 지르거나 모질게 행동함.
66 역성 : 옳고 그름에는 관계없이 무조건 한쪽 편을 들어 주는 일
67 내리조기다 : 마구 두들기거나 패다.

선생님이 들려주는 그 시절 이야기

태환 : 선생님, 안녕하세요? 오늘도 작품 얘기해 주세요.

선생님 : 그래, 알았어. 이번에는 김유정의 「봄봄」을 읽었지?

서연 : 네, 선생님. 이 소설을 읽고 나니, 지난번에 읽은 「동백꽃」이 기억나요. 같은 작가의 작품이라 그런지, 내용은 다르지만 분위기는 비슷한 거 같아요.

태환 : 맞아요. 두 작품 모두 주인공이 순박한 인물이고, 시골의 정취가 느껴지면서도 익살스럽고 재미있어요.

선생님 : 너희들이 잘 이해하고 있구나. 그런 향토성과 해학성은 다른 작가의 농촌소설에서는 보기 힘든 독특한 면이야. 김유정 문학 세계의 특징 중 하나로 꼽히고 있지.

서연 : 네, 알겠습니다. 우선, 이 작품에 나오는 데릴사위에 대해 좀 자세히 설명해 주세요.

선생님 : 데릴사위의 기본적인 뜻은 알고 있니?

서연 : 네, 처가에서 데리고 사는 사위를 뜻하잖아요? 남자가 결혼하고 아내의 집에 들어가 사는 거요. 그런데 작품을 읽어 보면, 아직 결혼도 안 했는데 장인 집에 들어가 3년이 넘도록 머슴처럼 일하고 있는 게 조금 이상해요.

선생님 : 데릴사위제는 고구려 때부터 있어온 혼인 풍습이지. 대개는 아

들이 없고 딸만 있는 집안에서 데릴사위를 들였지만, 아들이 있으면서 데릴사위를 들이는 경우도 있었어. 기본적으로 남자가 혼인한 여자 집에서 사는 걸 의미해. 하지만 자세히 보면 다양한 형태가 있단다.

먼저 딸만 둔 부모들이 가문을 잇기 위해 데릴사위를 맞이했어. 이 경우 남자는 평생토록 처가에서 살며 그 집안의 일원이 되어 가계를 계승하지. 이와 달리 남자가 혼인 후 일정 기간만 처가에서 살다가 나중에 아내와 아이들을 데리고 본가로 돌아가는 형태도 있어.

그 외에도 남자가 결혼하기 전에 미리 여자 집에 들어가 노동력을 제공하다가 신부가 성장하면 혼인하는 형태도 있어. 주로 남자의 집안이 가난할 경우에 이렇게 해서 신부를 구했던 거지.

서연 : 그럼 「봄봄」의 주인공은 마지막 형태에 해당하네요?

선생님 : 그렇지.

태환 : 그런데 이렇게 결혼도 안 했는데 미리 상대의 집에 가서 사는 건 민며느리와 같네요? 민며느리 제도도 장차 며느리로 삼으려고 어린 여자를 미리 데려다 키운 뒤에 아들과 혼인시키는 거잖아요?

선생님 : 그래, 맞아. 민며느리제는 옥저의 풍속으로 알려지는데, 데릴사위제와 함께 오랜 기간 이어져 왔지. 네 말대로 마지막 형태의 데릴사위제와 민며느리제는 서로 대응하는 거라고 볼 수 있어. 남녀의 입장은 뒤바뀐 거지만, 둘 다 노동력을 확보하려는 목적

에서 비롯된 것이고 가난한 하층민들 사이에서 많이 행해졌다는 점이 그렇지.

서연 : 너무 가난해서 그랬겠지만 별로 좋은 풍속은 아닌 거 같아요.

태환 : 네, 맞아요. 그리고 당시 풍속이라지만, 작품 속 장인은 진짜 심했어요. 딸만 셋 두어서 품삯을 아끼려고 데릴사위를 들이는 건 그렇다 쳐도, 맏딸이 시집 갈 때까지 데릴사위 열 명을 갈아치웠고 둘째 딸인 점순이 경우만 해도 주인공이 세 번째라잖아요.

선생님 : 그래, 데릴사위 제도를 의도적으로 악용하고 있는 사례라고 할 수 있겠지. 소설적 재미를 위해 조금 과장했겠지만, 경제적으로 궁핍했던 당시 현실의 한 단면을 보여주는 것으로 볼 수 있어. 참고로 말하면, 욕을 잘해서 욕필이로 통했던 그 김봉필이라는 사람은 실존 인물이었다는구나. 작가의 고향인 춘천 실레마을에 살았는데 딸만 여럿 두고 데릴사위를 들여 부려먹었다고 해. 장인과 데릴사위가 싸우는 장면도 작가가 어느 날 직접 목격하고 메모해 두었다가 이 작품을 쓸 때 활용한 것이라고 해.

서연 : 그런 일이 있었군요. 재미있는 일화네요. 작가들이 상상으로 소설을 쓴다지만 체험이 그 바탕이 된다고 하는데, 정말 그런 거 같아요.

선생님 : 소설은 꾸며낸 이야기지만, 작가가 체험한 현실을 반영해서 창조적으로 변형하고 재구성한 거라고 할 수 있지.

서연 : 장인이 마름으로 나오는 것도 마찬가지로 볼 수 있겠죠?

선생님 : 그래, 대다수 농민들이 자기 농토을 잃고 소작농으로 전락했던

당시 현실을 반영하는 거라 할 수 있지.

태환 : 아, 그리고 보니 「동백꽃」에서도 '점순이'가 마름의 딸로 나왔는데, 이 작품에서도 그렇네요? 물론 다른 인물이지만요……. 지난번에 선생님이 「동백꽃」 얘기할 때 마름에 대해 설명해주셨잖아요? 지주의 땅을 관리하는 사람인데, 소작권을 실질적으로 결정해서 농민들이 굽실거릴 수밖에 없다고요.

그런데 거기서는 '점순이' 아버지가 실제로 등장하지는 않아 실감이 나지 않았는데, 이 작품을 보니 마름이 농민들에게 어떤 존재인지 구체적으로 알 거 같아요. 욕 잘하고 사람을 잘 때리는데다가 소작인들이 닭 같은 것을 바치면서 아부하지 않으면 소작권을 빼앗고, 그 땅의 소작권은 미리부터 돈도 먹고 술도 먹이고 하던 사람에게 준다고 나오잖아요. 농민들에게 얼마나 횡포를 부리고 나쁜 짓을 많이 했는지 알겠어요.

선생님 : 모든 마름이 그렇지는 않았겠지만, 실제로 이 시기에 많은 마름들이 농민들 위에 군림하고 때로는 지주보다 더 심하게 횡포를 부린 건 사실이야. 그런 현실이 작품에 일부 그려진 거고…….

서연 : 네. 그렇긴 하지만, 이 작품에서 마름의 횡포와 착취 같은 현실의 모순이 부각되고 있는 건 아닌 거 같아요. 작품의 분위기 자체가 심각하거나 비극적이지 않고 굉장히 유쾌하고 코믹하잖아요?

그건 아까 이야기를 시작할 때 선생님이 언급하셨듯이, 작가 특유의 해학성이 발휘된 결과라고 봐야죠? 「동백꽃」도 마찬가지고요.

선생님 : 그래, 잘 이해했다. 「동백꽃」과 「봄봄」 등의 가장 핵심적인 특징
은 바로 그런 해학성이라고 할 수 있지. 현실을 날카롭게 비판
하기보다는 따뜻한 연민을 느끼게 하는 익살로 감싸 안는 게 해
학의 특성이지.

그러나 한 가지 덧붙여 둘 것은 김유정의 모든 소설이 그렇다고
생각하면 안 된다는 거다. 가령 「만무방」이나 「금 따는 콩밭」 같
은 작품은 일제강점기의 수탈 체제 속에서 착취당하는 농민들의
고통을 정면에서 다루고 있어.

서연 : 네, 그렇군요. 잘 알겠습니다. 그 작품들도 조만간 읽을 예정이
에요. 그때 자세한 이야기해 주세요.

선생님 : 그래, 알았다.

태환 : 저도 그 작품이 궁금해지네요. 기대하겠습니다. 오늘도 좋은 말
씀, 감사합니다!

시대 현실에 대한
인식과 비판

김유정 「만무방」 / 채만식 「미스터 방」 / 박완서 「자전거 도둑」

각기 다른 시대적 배경 속에서 현실의 모순과 사회적 부조리를
비판적으로 그린 작품들이다. 아이러니와 풍자, 소년의 눈에 비친
세태 등이 주제 의식을 효과적으로 부각한다.

만무방

김유정 (1908~1937)

작가 소개

　김유정은 강원도 춘천의 농촌 마을에서 태어났으며 서울에서 성장기를 보냈다. 그는 대지주 집안 출신이었다. 춘천에 조상 대대로 물려받은 많은 땅을 가지고 있었고, 서울에도 커다란 집이 있었다.

　하지만 그는 어렸을 때 부모님이 모두 돌아가시는 불운을 겪는다. 일곱 살 때 어머니가 돌아가신 데 이어 아홉 살 때에는 아버지마저 돌아가신 것이다. 그런데 이후 집안의 재산을 물려받은 맏형은 동생을 돌보지 않은 채 방탕한 생활을 하며 땅과 재산을 모두 탕진해 버렸다.

　이로 인해 김유정은 생활이 어려워져, 형과 누님네, 삼촌네를 돌아다니며 간신히 학교를 다녔다. 서울 재동공립보통학교와 휘문고보를 거쳐 연희전문학교 문과에 입학했으나 결국 중퇴하고 말았다. 그후 연애에도 실패하고 폐병까지 얻게 된 그는 1932년 고향인 실레마을로 내려간다.

　고향의 농촌 마을에서 김유정은 '금병의숙'이라는 학교를 세워 마을 사람들에게 한글을 가르치고, 금광 사업도 벌여 보지만 오래가지는 못하였다. 하지만 이때의 체험이 소설 세계를 이루는 바탕이 되었다. 그의 많은 작품이 바로 이 농촌 마을을 무대로 삼아 농민들의 삶을 그리고 있기 때문이다.

　그가 본격적으로 소설 쓰기를 시작한 것은 다시 서울로 올라온 후였다. 1933년에 「산골 나그네」와 「총각과 맹꽁이」라는 작품을 발표하였고,

1935년에 『조선일보』와 『조선중앙일보』의 신춘문예에 「소낙비」와 「노다지」가 각각 당선되어 정식으로 문단에 등장하였다. 그해 순수문학 단체인 구인회에 가입함과 동시에 매우 활발한 창작 활동을 펼치며, 불과 2년 남짓한 기간에 「금 따는 콩밭」, 「만무방」, 「봄봄」, 「동백꽃」 등 30여 편에 이르는 단편 걸작들을 쏟아내며 문단의 주목을 받았다.

그러나 이렇게 열정적으로 소설을 쓰던 때에 그는 깊은 병마에 시달리고 있었다. 만성적인 늑막염과 폐결핵, 치질 등을 심하게 앓았으나, 약값마저 없어 제대로 치료하지 못하고 쇠약해져 갔다. 병이 악화되는 가운데서도 창작에 몰두하던 그는 결국 등단 2년 만인 1937년, 29세의 젊은 나이에 세상을 달리하고 만다.

농촌을 배경으로 한 김유정의 소설들은 독특한 수법과 개성으로 1930년대 한국 단편소설의 새로운 지평을 열었다고 평가된다. 그의 농촌소설들에서는 토속적인 언어 감각과 해학미가 두드러진다. 많은 작품에서 그는 어리숙하고 순박한 인물을 통해 유머와 해학의 수법으로 농민들의 삶의 모습과 정서를 그려낸다. 또 식민지 농촌 현실의 모순을 정면에서 다루는 경우에도 이를 반어의 기법으로 처리하여 농민들의 고통과 체험을 더욱 인상 깊고 효과적으로 형상화하고 있다. 이런 그의 작품 세계는 독자들에게 현실에 대한 인식과 함께 읽는 재미를 안겨 주고 있다.

작품 해설

이 소설은 식민지적 수탈과 착취로 인해 정상적으로 살아가기 힘든 상황에 내몰린 형제의 이야기를 중심으로 1930년대의 비참한 농촌 현실을 형상화한 작품이다.

형 응칠은 빚 때문에 고향을 떠난 후 도둑질과 도박을 일삼으며 떠돌다가 아우가 사는 동네에 와서 무위도식한다. 아우 응오는 부지런하고 모범적인 농사꾼이지만, 농사를 지어도 남는 것이 없는 현실에 절망해 가을이 되어도 추수를 거부하고 있다.

그러던 중에 응칠은 산속에 있는 아우 논의 벼가 도둑맞고 있다는 사실을 알게 된다. 전과자인 응칠은 자신에게 혐의가 돌아올 것을 염려하여 도둑을 잡으려 한다. 그는 어두운 그믐날 밤 산쪽대기의 바위굴에서 노름을 한 후, 논 가까이로 가서 잠복한다.

이윽고 벼를 훔치러 나타난 도둑을 잡고 보니, 다름 아닌 아우 응오였다. 응칠은 어이없는 상황에 기가 막혔지만, 잠시 후 남의 집 황소를 도둑질하여 아우에게 돈을 마련해 주려 한다. 하지만 응오는 형을 뿌리치고, 응칠은 몽둥이질을 하여 동생을 때려눕힌다. 홧김에 매질을 했지만 마음이 편할 리 없는 응칠은 쓰러진 동생을 업고 고개를 내려온다.

작가는 이 같은 이야기를 통해 당대 농촌 현실의 단면을 날카롭게 드러내고 있다. 아무리 열심히 농사를 지어도, 일제와 지주, 고리대금업자에게 뜯기고 나면 남는 게 거의 없었던 것이 당시 농민들이 처한 현실이었다. 자기 논의 벼를 훔치거나, 빚을 감당하지 못하고 야반도주하여 가족들마저 흩어진 채 떠도는 모습이 이를 잘 보여 준다.

밤마다 노름판을 벌이는 마을 사람들의 모습도 같은 맥락에서 이해된다. 그들은 일 년 동안 머슴일로 번 돈이나 아내를 팔아넘긴 돈을 걸고 일확천금을 노린다. 이런 행태는 물론 그 자체로 부정적인 것이지만, 성실히 일해도 생계조차 유지하기 힘든 절망적인 현실이 낳은 왜곡된 현상이라 할 수 있다.

이런 사회적 모순을 고발하려는 작가의 의도는 반어의 기법을 통해 효과적으로 구현되고 있다. 자기 것을 스스로 훔치는 행위나 도둑질과 노름을 일삼는 응칠의 반사회적 행동을 오히려 부러워하는 마을 사람들의 반응 등은 반어적인 상황을 연출하며 작품의 주제를 참신하게 부각시키고 있다.

이러한 작품 세계는 순박한 인물이 주인공으로 등장하는 해학적인 이야기와는 다른 특질을 보여주는 것으로서, 목적의식을 지나치게 앞세우지 않으면서도 당대 현실의 모순을 탁월하게 형상화했다는 평가를 받는다.

만무방1

산골에 가을은 무르녹았다.

아름드리 노송은 삑삑히 늘어박혔다. 무거운 송낙2을 머리에 쓰고 건들건들. 새새이3 끼인 도토리, 벗, 돌배, 갈잎4 들은 울긋불긋. 잔디를 적시며 맑은 샘이 쫄쫄거린다. 산토끼 두 놈은 한가로이 마주 앉아 그 물을 할짝거리고. 이따금 정신이 나는 듯 가랑잎은 부스스 하고 떨린다. 산산한 산들바람. 귀여운 들국화는 그 품에 새뜻새뜻 넘논다. 흙내와 함께 향긋한 땅김5이 코를 찌른다. 요놈은 싸리버섯, 요놈은 잎 썩은 내, 또 요놈은 송이—아니, 아니, 가시넝쿨 속에 숨은 박하풀 냄새로군.

응칠이는 뒷짐을 딱 지고 어정어정 노닌다. 유유히 다리를 옮겨 놓으며 이 나무 저 나무 사이로 홀라들인다6. 코는 공중에서 벌렸다 오므렸

---

1 만무방 : 염치가 없이 막된 사람
2 송낙 : 예전에 여승이 주로 쓰던 모자. 높은 산에서 자라는 나무에 실타래처럼 주렁주렁 늘어져 달리는 지의류 식물인 송라를 우산 모양으로 엮어 만들었다.
3 새새이 : '사이사이'의 방언
4 갈잎 : 떡갈나무의 잎
5 땅김 : 땅에서 올라오는 수증기
6 홀라들이다 : 함부로 마구 쑤시거나 훑다.

다, 연신 이러며 훅 훅. 구붓한 한 송목7 밑에 이르자 그는 발을 멈춘다. 이번에는 지면에 코를 얕이 갖다 대고 한 바퀴 비잉 나물 끼고 돌았다.

'아하, 요놈이로군!'

썩은 솔잎에 덮이어 흙이 봉곳이 돋아 올랐다.

그는 손가락을 꾸짖으며 정성스레 살살 헤쳐 본다. 과연 귀여운 송이. 망할 녀석, 조금만 더 나오지. 그걸 뚝 따 들곤 뒷짐을 지고 다시 어슬렁어슬렁. 가끔 선하품8은 터진다. 그럴 적마다 두 팔을 떡 벌리곤 먼 하늘을 바라보고 늘어지게도 기지개를 늘인다.

때는 한창 바쁠 추수 때이다. 농군9치고 송이 파적10 나올 놈은 생겨나도 않았으리라. 하나 그는 꼭 해야만 할 일이 없었다. 싶으면 하고 말면 말고 그저 그뿐. 그러함에는 먹을 것이 더럭 있느냐면 있기커녕 부쳐 먹을 농토조차 없는, 계집도 없고 집도 없고 자식도 없고. 방은 있대야 남의 곁방이요 잠은 새우잠이오. 하지만 오늘 아침만 해도 한 친구가 찾아와서 벼를 털 텐데 일 좀 와 해 달라는 걸 마다하였다. 몇 푼 바람에 그까짓 걸 누가 하느냐. 보다는 송이가 좋았다. 왜냐면 이 땅 삼천리강산에 늘어 놓인 곡식이 말짱 누거람. 먼저 먹는 놈이 임자 아니야. 먹다 걸릴 만치 그토록 양식을 쌓아 두고 일이 다 무슨

7 송목 : 소나무
8 선하품 : 몸에 이상이 있거나 흥미 없는 일을 할 때에 나오는 하품
9 농군 : 농민
10 파적 : 심심풀이. 여기서 '송이 파적'이란 심심풀이로 송이를 따 먹는 행위를 말한다.

난장[11] 맞을 일이람. 걸리지 않도록 먹을 궁리나 할 게지. 하기는 그도 한 세 번이나 걸려서 구메밥[12]으로 사관[13]을 텄다. 마는 결국 제 밥상 위에 올라앉은 제 몫도 자칫하면 먹다 걸리긴 매일반—.

올라갈수록 덤불은 욱었다. 머루며 다래, 칡, 게다 이름 모를 잡초. 이 것들이 위아래로 이리저리 서리어 좀체 길을 내지 않는다. 그는 잔덧길 로만 돌았다. 넓적다리가 벌쭉이는 찢어진 고의[14] 자락을 아끼며 조심조 심 사려 딛는다. 손에는 칡으로 엮어 든 일곱 개 송이. 늙은 소나무마다 가선 두리번거린다. 사냥개 모양으로 코로 쿡, 쿡 내를 한다. 이것도 송 이 같고 저것도 송이. 어떤 게 알짜 송이인지 분간을 모른다. 토끼 똥이 소보록한데 갈잎이 한 잎 똑 떨어졌다. 그 잎을 살며시 들어 보니 송이 대구리가 불쑥 올라왔다. 매우 큰 송인 듯. 그는 반색하여 그 앞에 무릎 을 털썩 꿇었다. 그리고 그 위에 두 손을 내들며 열 손가락을 다 펴 들 었다. 가만가만히 살살 흙을 헤쳐 본다. 주먹만 한 송이가 나타난다. 얘 이놈 크구나. 손바닥 위에 따 올려놓고는 한참 들여다보며 싱글벙글한 다. 우중충한 구석으로 바위는 벽같이 깎아질렀다. 그 중턱을 얽어 나간

<hr>

11 난장 : 고려·조선 시대에, 신체의 부위를 가리지 아니하고 마구 매로 치던 고문. '난장 맞을'이 란 몹시 못마땅해서 욕할 때 하는 말이다.

12 구메밥 : 감옥에 갇힌 죄수에게 벽 구멍으로 몰래 들여보내던 밥

13 사관 : 손과 발의 네 관절에 있는 혈을 이르는 말. '사관을 트다'는 급체 등으로 목숨이 위태로 울 때 '사관에 침을 놓다'는 말로, 위급한 지경을 당해 고생했다는 의미이다.

14 고의 : 남자의 여름 홑바지

칡잎에서는 물이 쪼록쪼록 흘러내린다. 인삼이 썩어 내리는 약수라 한다. 그는 돌 위에 걸터앉으며 또 한 번 하품을 하였다. 간밤 쓸데없는 노름에 밤을 팬 것이 몹시 나른하였다. 다사로운 햇발이 숲을 새어 든다. 다람쥐가 솔방울을 떨어치며, 어여쁜 할미새는 앞에서 알씬거리고 동리에서는 타작을 하느라고 와글거린다. 흥겨워 외치는 목성, 그걸 억누르고 공중에 웅, 웅 진동하는 벼 터는 기계 소리. 맞은쪽 산속에서 어린 목동들의 노래는 처량히 울려온다. 산속에 묻힌 마을의 전경을 멀리 바라보다가 그는 눈을 찌긋하며 다시 한 번 하품을 뽑는다. 이 웬놈의 하품일까. 생각해 보니 어제 저녁부터 여태껏 창자가 곯림 든 것이다. 불현듯 송이 꾸럼에서 그중 크고 먹음직한 놈을 하나 뽑아 들었다.

응칠이는 그 송이를 물에 써억써억 비벼서는 떡 벌어진 대구리부터 걸쌍스레15 덥석 물어 떼었다. 그리고 넓죽한 입이 움질움질 씹는다. 혀가 녹을 듯이 만질만질하고 향기로운 그 맛. 이렇게 훌륭한 놈을 입맛만 다시고 못 먹다니. 문득 옛 추억이 혀끝에 뱅뱅 돈다. 이놈을 맛보는 것도 참 근자16의 일이다. 감불생심17이지 어디 냄새나 똑똑히 맡아 보리. 산속으로 쏘다니다 백판 못 따기도 하려니와 더러 딴다는 놈은 행여 상할까 봐 손도 못 대게 하고 집에 내려다 모고 모고 하는 것이다. 그러나

---

15 걸쌍스레 : 먹음새가 좋아서 보기에 탐스러운 데가 있게.
16 근자 : 요 얼마 되는 동안
17 감불생심 : 감히 무엇을 할 마음도 내지 못함.

요행히 한 꾸러미 차면 금시로 장에 가져다 판다. 이틀 사흘씩 공때린 거로되 잘 하면 사십 전, 못 받으면 이십오 전. 저녁거리를 기다리는 아내를 생각하며 좁쌀 서너 되를 손에 사 들고 어두운 고개티[18]를 터덜터덜 올라오는 건 좋으나 이 신세를 뭣에 쓰나 하고 보면 을프냥궂기[19]가 짝이 없겠고…… 이까짓 걸 못 먹어, 그래 홧김에 또 한 놈을 뽑아 들고 이번엔 물에 흙도 씻을 새 없이 그대로 텁석거린다. 그러나 다른 놈들도 별수 없으렷다. 이 산골이 송이의 본고향이로되 아마 일 년에 한 개조차 먹는 놈이 드물리라.

"흠, 썩어진 두상들!"

그는 폭 넓은 얼굴을 일그리며 남이나 들으란 듯이 이렇게 비웃는다. 썩었다 함은 데생겼다[20] 모멸하는 그의 언투이었다. 먹다 나머지 송이 꽁댕이를 바로 자랑스러이 입에다 치뜨리곤[21] 트림을 섞어 가며 우물거린다.

송이가 두 개가 들어가니 인제는 더 먹을 재미가 없다. 뭔가 좀 든든한 걸 먹었으면 좋겠는데. 떡, 국수, 말고기, 개고기, 돼지고기, 그렇지 않으면 쇠고기냐. 아따 궁한 판이니 아무 거나 있으면 속종[22]으로 여러

---

18 고개티 : 고개를 넘는 가파른 비탈길
19 을프냥궂다 : '을씨년스럽다'의 의미로 이해됨. 보기에 살림이 매우 딱하고 어렵다.
20 데생기다 : 생김새나 됨됨이가 완전하게 이루어지지 못하여 못나게 생기다.
21 치뜨리다 : 아래에서 위로 향하여 던져 올리다.
22 속종 : 마음속에 품은 생각

가질 먹으며 시름없이 앉았다. 그는 눈꼴이 슬그머니 돌아간다. 웬 놈의 닭인지 암탉 한 마리가 조 아래 무덤 앞에서 빽빽 맨다. 골골거리며 감도는 걸 보매 아마 알자리를 보는 맥이라. 그는 돌에서 궁둥이를 들었다. 낮은 하늘로 외면하여 못 본 척하고 닭을 향하여 저편으로 널찍이 돌아내린다. 그러나 무덤까지 왔을 때 몸을 돌리며,

"후, 후, 후, 이 자식이 어딜 가 후 —."

두 팔을 벌리고 쫓아간다. 산꼭대기로 치모니 닭은 하동지동 갈 길을 모른다. 요리 매끈 조리 매끈, 꼬꼬댁거리며 속만 태울 뿐. 그러나 바위 틈에 끼어 왁살스러운 그 주먹에 모가지가 둘로 나기에는 불과 몇 분 못 걸렸다.

그는 으슥한 숲속으로 찾아들었다. 닭의 껍질을 홀랑 까고서 두 다리를 들고 찢으니 배창이 옆구리로 꿰진다. 그놈은 긁어 뽑아서 껍질과 한데 뭉치어 흙에 묻어 버린다.

고기가 생기고 보니 연하여 나느니 막걸리 생각. 이걸 부글부글 끓여 놓고 한 사발 떡 켰으면 똑 좋을 텐데 제기. 응칠이의 고기는 어디 떨어졌는지 술집까지 못 가는 고기였다. 아무려나 고기 먹고 술 먹고 거꾸론 못 먹느냐. 그는 닭의 가슴패기[23]를 입에 들이대고 쭉 찢어 가며 먹기 시작한다. 쫄깃쫄깃한 놈이 제법 맛이 들었다. 가슴을 먹고 넓적다리, 볼기짝을 먹고 거반 반쯤을 다 해내고 나니 어쩐지 맛이 좀 적었다. 결국

---

23 가슴패기 : 가슴팍을 속되게 이르는 말

음식이란 양념을 해야 하는군.

수풀 속으로 그냥 내던지고 그는 설렁설렁 내려온다. 솔숲을 빠져 화전께로 내리려 할 제 별안간 등 뒤에서

"여보게, 저 응칠이 아닌가."

고개를 돌려 보니 대장간 하는 성팔이가 작달막한 체수24에 들깝작거리며25 고개를 넘어온다. 그런데 무슨 긴한 일이나 있는지 부리나케 달려들더니

"자네 응고개 논의 벼 없어진 거 아나?"

응칠이는 고만 가슴이 덜컥 내려앉았다. 이 바쁜 때 농군의 몸으로 응고개까지 앨 써 갈 놈도 없으려니와 또한 하필 절 보고 벼의 없어짐을 말하는 것이 여간 심상치 않은 일이었다.

잡담 제하고 응칠이는

"자넨 어째서 응고개까지 갔던가?"

하고 대담스레도 그 눈을 쏘아보았다. 그러나 성팔이는 조금도 겁먹은 기색 없이

"아 어쩌다 지냈지 뭘 그래."

하며 도리어 얼레발26을 치고 덤비는 수작이다. 고얀 놈, 응칠이는 입때

다녀야 동무를 팔아 배를 채우는 그런 비열한 짓은 안 한다. 낯을 붉히자 눈에 불이 보이며

"어쩌다 지냈다?"

응칠이가 이 동리에 들어온 것은 어느덧 달이 넘었다. 인제는 물릴 때도 되었고, 좀 떠 보고자 생각은 간절하나 아우의 일로 말미암아 망설거리는 중이었다.

그는 오라는 데는 없어도 갈 데는 많았다. 산으로 들로 해변으로 발부리27 놓이는 곳이 즉 가는 곳이었다.

그러나 저물면은 그대로 쓰러진다. 남의 방앗간이고 헛간이고 혹은 강가, 시새장28. 물론 수가 좋으면 괴때기29 위에서 밤을 편히 잘 적도 있었다. 이렇게 하여 강원도 어수룩한 산골로 이리 넘고 저리 넘고 못 간데 별로 없이 유람 겸 편답하였다.

그는 한구석에 머물러 있음은 가슴이 답답할 만치 되우30 괴로웠다.

그렇다고 응칠이가 본시 역마직성31이냐 하면 그런 것도 아니다. 그도 오 년 전에는 사랑하는 아내가 있었고 아들이 있었고 집도 있었고, 그때야 어딜 하루라도 집을 떨어져 보았으랴. 밤마다 아내와 마주 앉으면 어

27 발부리 : 발끝의 뾰족한 부분
28 시새장 : 모래사장. '시새'는 가늘고 고운 모래를 이르는 말이다.
29 괴때기 : 괴꼴. 타작을 할 때에 생기는 벼 낟알이 섞여 있는 볏짚 뭉텅이
30 되우 : 되게. 아주 몹시.
31 역마직성 : 늘 분주하게 이리저리 떠돌아다니는 사람을 이르는 말

찌하면 이 살림이 좀 늘어 볼까 불어 볼까, 애간장을 태우며 같은 궁리를 되하고 되하였다. 마는 별 뾰족한 수는 없었다. 농사는 열심으로 하는 것 같은데 알고 보면 남는 건 겨우 남의 빚뿐. 이러다가는 결말엔 봉변을 면치 못할 것이다. 하루는 밤이 깊어서 코를 골며 자는 아내를 깨웠다. 밖에 나가 우리의 세간이 몇 개나 되는지 세어 보라 하였다. 그리고 저는 벼루에 먹을 갈아 붓에 찍어 들었다. 벽에 바른 신문지는 누렇게 그을었다. 그 위에다 아내가 불러 주는 물목대로 일일이 내리 적었다. 독이 세 개, 호미가 둘, 낫이 하나로부터 밥사발, 젓가락, 짚이 석 단까지. 그 다음에는 제가 빚을 얻어 온 데, 그 사람들의 이름을 쪽 적어 놓았다. 금액은 제각기 그 아래다 달아 놓고, 그 옆으론 조금 사이를 떼어 역시 조선문32으로 나의 소유는 이것밖에 없노라, 나는 오십사 원을 갚을 길이 없으매 죄진 몸이라 도망하니 그대들은 아예 싸울 게 아니겠고 서로 의논하여 억울치 않도록 분배하여 가기 바라노라 하는 의미의 성명서를 벽에 남기자 안으로 문들을 걸어 닫고 울타리 밑구멍으로 세 식구 빠져나왔다.

　이것이 응칠이가 팔자를 고치던 첫날이었다.

　그들 부부는 돌아다니며 밥을 빌었다. 아내가 빌어다 남편에게, 남편이 빌어다 아내에게. 그러자 어느 날 밤 아내의 얼굴이 썩 슬픈 빛이었다. 눈보라는 살을 엔다. 다 쓰러져 가는 물방앗간 한구석에서 섬을 두르고

---

32 조선문 : 일제강점기에 우리말로 된 문장을 이르던 말

언내33에게 젖을 먹이며 떨고 있더니 여보게유 하고 고개를 돌린다. 왜, 하니까 그 말이, 이러다간 우리도 고생일뿐더러 첫대 언내를 잡겠수, 그러니 서로 갈립시다 하는 것이다. 하긴 그럴 법한 말이다. 쥐뿔도 없는 것들이 붙어 다닌댔자 별수는 없다. 그보다는 서로 갈리어 제 맘대로 빌어먹는 것이 오히려 가뜬하리라. 그는 선뜻 응낙하였다. 아내의 말대로 개가34를 해 가서 젖먹이나 잘 키우고 몸 성히 있으면 혹 연분이 닿아 다시 만날지도 모르니깐 마지막으로 아내와 같이 땅바닥에서 나란히 누워 하룻밤을 새고 나서 날이 훤해지자 그는 툭툭 털고 일어섰다.

매팔자35란 응칠이의 팔자이겠다.

그는 버젓이 게트림36으로 길을 걸어야 걸릴 것은 하나도 없다. 논맬 걱정도, 호포37 바칠 걱정도, 빚 갚을 걱정, 아내 걱정, 또는 굶을 걱정도, 회동그라니38 털고 나서니 팔자 중에는 아주 상팔자다. 먹고만 싶으면 도야지39구, 닭이구, 개구, 언제나 옆을 떠날 새 없겠지, 그리고 돈, 돈두 —.

그러나 주재소40는 그를 노려보았다. 툭하면 오라, 가라, 하는데 학

---

33 언내 : '어린애'의 방언
34 개가 : 남편과 사별하거나 이혼한 여자가 다른 남자와 결혼함.
35 매팔자 : 빈둘빈들 놀면서도 먹고사는 일에 걱정이 없는 경우를 이르는 말
36 게트림 : 거만스럽게 거드름을 피우며 하는 트림
37 호포 : 고려 · 조선 시대에, 집집마다 봄과 가을에 무명이나 모시 따위로 내던 세금
38 회동그랗다 : 일이 모두 끝나고 남은 것이 없어 가뿐하다.
39 도야지 : 돼지
40 주재소 : 일제강점기에, 순사가 머무르면서 사무를 맡아보던 경찰의 말단 기관

질41이었다. 어느 동리고 가 있다가 불행히 일만 나면 누구보다도 그부터 붙들려 간다. 왜냐면 그는 전과 사범이었다. 처음에는 도박으로, 다음엔 절도로, 또 고담에도 절도로, 절도로—.

그러나 이번 멀리 아우를 방문함은 생활이 궁하여 근대러42 왔다거나 혹은 일을 해 보러 온 것은 결코 아니었다. 혈족이라곤 단 하나의 동생이요 또한 오래 못 본지라 때 없이 그리웠다. 그래 모처럼 찾아온 것이 뜻밖에 덜컥 일을 만났다.

지금까지 논의 벼가 서 있다면 그것은 성한 사람의 짓이라 안할 것이다.

응오는 응고개 논의 벼를 여태 베지 않았다. 물론 응오가 베어야 할 것이다. 누가 듣든지 그 형 응칠이를 먼저 의심하리라. 그럼 여기에 따르는 모든 책임을 응칠이가 혼자 지지 않으면 안 될 것이다.

응오는 진실한 농군이었다. 나이 서른하나로 무던히 철났다 하고 동리에서 쳐주는 모범 청년이었다. 그런데 벼를 베지 않는다. 남은 다들 거둬들였고 털기까지 하련만 그는 벨 생각조차 않는 것이다.

지주라든 혹은 그에게 장리43를 놓은 김참판이든 뻔찔 찾아와 벼를 베라 독촉하였다.

---

41 학질 : 말라리아. 학질모기에게 물려서 감염되는 전염병으로, 고열이 나며 설사·구토·발작을 일으킨다. 여기서 '학질이다'는 학질에 걸린 것처럼 괴롭고 짜증난다는 의미이다.

42 근대다 : 몹시 성가시게 하다.

43 장리 : 곡식이나 돈을 꾸어 주고 돌려받을 때에는 그 절반에 해당하는 만큼을 이자로 받기로 하고 빌려주는 돈이나 곡식을 이르는 말

"얼른 털어서 낼 건 내야지."

하면 그 대답은

"계집이 죽게 됐는데 벼는 다 뭐지유."

하고 한결같이 내뱉는 소리뿐이었다.

하기는 응오의 아내가 지금 기지사경[44]이매 틈은 없었다 하더라도 돈이 놀아서 약을 못 쓰는 이 판이니 진시[45] 벼라도 털어야 할 것이다.

그러면 왜 안 털었던가.

그것은 작년 응오와 같이 지주 문전에서 타작을 하던 친구라면 묻지는 않으리라. 한 해 동안 애를 졸이며 홑자식 모양으로 알뜰히 가꾸던 그 벼를 거둬들임은 기쁨에 틀림없었다. 꼭두새벽부터 엣, 엣 하며 괴로움을 모른다. 그러나 캄캄하도록 털고 나서 지주에게 도지[46]를 제하고, 장리쌀[47]을 제하고, 삭초[48]를 제하고 보니 남은 것은 등줄기를 흐르는 식은땀이 있을 따름. 그것은 슬프다 하기보다 끝없이 부끄러웠다. 같이 털어 주던 동무들이 뻔히 보고 섰는데 빈 지게로 덜렁거리며 집으로 돌아오는 건 진정 열쩍기[49] 짝이 없는 노릇이었다. 참다 참다 응오는 눈에

---

44 기지사경 : 거의 죽을 지경에 이름

45 진시 : 진작. 좀 더 일찍이.

46 도지 : 남의 논밭을 빌려서 부치고 그 대가로 해마다 내는 곡식

47 장리쌀 : 장리로 빌려주거나 꾸는 쌀

48 삭초 : 관아에 매달 바치던 담배

49 열쩍다 : 열없다. 겸연쩍고 쑥스럽다.

눈물이 흘렀던 것이다.

가뜩한데 엎치고 덮치더라고 올해는 고나마 흉작이었다. 샛바람50과 비에 벼는 깨깨 배틀렸다. 이놈을 가을하다간 먹을 게 남지 않음은 물론이요, 빚도 다 못 가릴 모양. 에라 빌어먹을 거. 너들끼리 캐다 먹든 말든 멋대로 하여라 하고 내던져 두지 않을 수 없다. 벼를 거뒀다고 말만 나면 빚쟁이들은 우 몰려들 거니깐.

응칠이의 죄목은 여기에서도 또렷이 드러난다. 국으로51 가만만 있었더면 좋은걸, 이 사품52에 뛰어들어 지주의 뺨을 제법 갈긴 것이 응칠이었다.

처음에야 그럴 작정이 아니었다. 그는 여러 곳 물을 마시니만치 어지간히 속이 튄 건달이었다. 지주를 만나 까놓고 썩 좋은 소리로 의논하였다. 올 농사는 반실53이니 도지도 좀 감해 주는 게 어떠냐고. 그러나 지주는 암말 없이 고개를 모로 흔들었다. 정 이러면 하여튼 일년 품은 빼야 할 테니 나는 그 논에다 불을 지르겠수 하여도 잠자코 응치 않는다. 지주로 보면 자기로도 그 벼는 넉넉히 거둬들일 수는 있다. 마는 한번 버릇을 잘못 해 놓으면 여느 작인까지 행실을 버릴까 염려하여 겉으로 독촉만 하고 있는 터이었다. 실상이야 고까짓 벼쯤 있어도 고만, 없어도

---

50 샛바람 : 동쪽에서 부는 바람
51 국으로 : 제 생긴 그대로. 또는 자기 주제에 맞게.
52 사품 : 어떤 동작이나 일이 진행되는 바람이나 겨를
53 반실 : 절반가량을 잃거나 하여 손해를 봄

고만. 그 심보를 눈치 채고 응칠이는 화를 벌컥 낸 것만은 좋으나 저도 모르고 대뜸 주먹뺨이 들어갔던 것이다.

이렇게 문제 중에 있는 벼인데 귀신의 놀음 같은 변괴54가 생겼다. 다시 말하면 벼가 없어졌다. 그것도 병들어 쓰러진 쭉정이는 제쳐 놓고 무얼로 그랬는지 알짬 이삭만 따 갔다. 그 면적으로 어림하면 아마 못 돼도 한 댓 말가량은 되는지!

응칠이가 아침 일찍이 그 논께로 노닐자 이걸 발견하고 기가 막혔다. 누굴 성가시게 굴려고 그러는지. 산속에 파묻힌 논이라 아직은 본 사람이 없는 모양 같다. 하나 동리에 이 소문이 퍼지기만 하면 저는 어느 모로든 혐의를 받아 폐는 좋이 입어야 될 것이다.

응칠이는 송이도 송이려니와 실상은 궁리에 바빴다. 속종으로 지목 갈 만한 놈을 여럿 들어 보았으나 이렇다 짚을 만한 증거가 없다. 어쩌면 재성이나 성팔이 이 둘 중의 짓이리라 하고 결국 이렇게 생각던 것도 응칠이가 아니면 안 될 것이다.

원수는 외나무다리에서 만났다.

응칠이는 저의 짐작이 들어맞음을 알고 당장에 일을 낼 듯이 성팔이의 눈을 들이노렸다.

성팔이는 신이 나서 떠들다가 그 눈총에 어이가 질리어 고만 벙벙하였다. 그리고 얼굴이 해쓱하여 마주 대고 쳐다보더니

---

54 변괴 : 이상야릇한 일이나 사고

"그래 자네 왜 그게 노하나. 지내다 보니깐 그렇길래 일테면 자네보고 애기지 뭐⋯⋯."

하고 뒷갈망55을 못하여 우물쭈물한다.

"노하긴 누가 노해!"

응칠이는 버팅겼던 몸에 좀 더 힘을 올리며

"응고개를 어째 갔드냐 말이지?"

"놀러 갔다 오는 길인데 우연히⋯⋯."

"놀러 갔다, 거기가 노는 덴가?"

"글쎄, 그렇게까지 물을 게 뭔가. 난 응고개 아니라 서울은 못 갈 사람인가."

하다가 성팔이는 속이 타는지 코로 후응 하고 날숨을 길게 뽑는다.

이렇게 나오는 데는 더 물을 필요가 없었다. 성팔이란 놈도 여간내기가 아니요 구장네 솥인가 뭔가 떼다 먹고 한 번 다녀온 놈이었다. 많이 사귀지는 못했으나 동리 평판이 그놈과 같이 다니다가는 엉뚱한 일 만난다 한다. 이번에 응칠이 저 역 그 섭수56에 걸렸음을 알고

"그야 응고개라고 못 갈 리 없을 테―."

하고 한 번 엇먹다57, 그러나 자네두 알다시피 거 어디야, 거기 바로 길

---

55 뒷갈망 : 어떤 일이 벌어진 뒤에 그 일의 마무리를 맡아 처리함.
56 섭수 : '수단'의 방언. 일을 처리하여 나가는 솜씨와 꾀
57 엇먹다 : 사리에 맞지 않는 말과 행동으로 비꼬다.

이 있다든지 사람 사는 동리라면 혹 모른다 하지마는 성한 사람이야 응고개엘 뭘 먹으러 가나, 그렇지 자네야 심심하니까 하고 앞을 꽉 눌러 등을 떠본다.

여기에는 대답 없고 성팔이는 덤덤히 쳐다만 본다. 무엇을 생각했는가 한참 있더니 호주머니에서 단풍 갑을 꺼낸다. 우선 제가 한 개를 물고 또 하나를 뽑아 내대며

"궐련58 하나 피게."

매우 듬직한 낯을 해 보인다.

이놈이 이59에 밝기가 몹시 밝은 성팔이다. 턱없이 궐련 하나라도 선심을 쓸 궐자60가 아니리라 생각은 하였으나 그렇다고 예까지 부르대는 건 도리어 저의 처지가 불리하다. 그것은 짜장 그 손에 넘는 짓이니

"아 웬 궐련은 이래 —."

하고 슬쩍 눙치며61

"성냥 있겠나?"

일부러 불까지 거 대게 하였다.

응칠이에게 액을 떠넘기어 이용하려는 고 야심을 생각하면 곧 달려들어 다리를 꺾어 놔야 옳을 것이다. 그러나 이 마당에 떠들어 대고 보면

---

58 궐련 : 얇은 종이로 가늘고 길게 말아 놓은 담배

59 이 : 이익이나 이득

60 궐자 : '그 사람'을 낮추어 이르던 말

61 눙치다 : 마음 따위를 풀어 누그러지게 하다.

저는 드러누워 침 뱉기. 결국 도적은 뒤로 잡지 앞에서 어르는 법이 아니다. 동리에 소문이 퍼질 것만 두려워하며

"여보게 자네가 했건 내가 했건 간."

하고 과연 정다이 그 등을 툭 치고 나서

"우리 둘만 알고 동리에 말을 내지 말게."

하다가 성팔이가 이 말에 되우 놀라며 눈을 말뚱말뚱 뜨니

"그까진 벼쯤 먹으면 어떤가!"

하고 껄껄 웃어 버린다.

성팔이는 한 굽 접히어 말문이 메었는지 얼떨하여 입맛만 다신다.

"아예 말은 내지 말게, 응 알지—."

하고 다시 다질 때에야 겨우 주저주저 입을 열어

"내야 무슨 말을 내겠나."

하고 조금 사이를 떼어 또

"내야 무슨 말을— 그건 염려 말게."

하더니 비실비실 몸을 돌리어 저 갈 길을 내걷는다. 그러나 저 앞고개까지 가는 동안에 두 번이나 돌아다보며 이쪽을 살피고 살피고 한 것만은 사실이었다.

응칠이는 그 꼴을 이윽히 바라보고 입안으로 죽일 놈 하였다. 아무리 도적이라도 같은 동료에게 제 죄를 넘겨 씌려 함은 도저히 의리가 아니다.

그건 그렇다 치고 응오가 더 딱하지 않은가. 기껏 힘들여 지어 놓았다 남 존 일 한 것을 안다면 눈이 뒤집힐 일이겠다.

이래서야 어디 이웃을 믿어 보겠는가.

확적히 증거만 있어 이놈을 잡으면 대번에 요절을 내리라 결심하고 응칠이는 침을 탁 뱉어 던지고 산을 내려온다.

그런데 그놈의 행티62로 가늠 보면 응칠이 저만치는 때가 못 벗은 도적이다. 어느 미친놈이 논두렁에까지 가새63를 들고 오는가. 격식도 모르는 풋둥이64가. 그러려면 바로 조 낟가리나 수수 낟가리 말이지. 그 속에 들어앉아 가위로 속닥거려야 들킬 리도 없고 일도 편하고 두 포대고 세 포대고 마음껏 딸 수도 있다. 그러다 틈 보고 집으로 나르면 고만이지만 누가 논의 벼를 다. 그렇게도 벼에 걸신이 들렸다면 바로 남의 집 머슴으로 들어가 한 달포 동안 주인 앞에 얼렁거리는 거이거니와 신용을 얻어 놨다가 주는 옷이나 얻어 입고 다들 잠들거든 볏섬이나 두둑이 짊어 메고 덜렁거리면 그뿐이다. 이건 맥도 모르는 게 남도 못살게 굴려고, 에이 망할자식두. 그는 분노에 살이 다 부들부들 떨리는 듯싶었다. 그러나 이런 좀도적이란 뽕이 나기 전에는 바짝 물고 덤비는 법이었다. 오늘밤에는 요놈을 지켰다 꼭 붙들어 가지고 정강이를 분질러 놓으리라. 밥을 먹고는 태연히 막걸리 한 사발을 껄떡껄떡 들이켜자

"커, 가을이 되니깐 맛이 행결65 낫군!"

그는 주먹으로 입가를 쓱쓱 훔친 다음 송이 꾸럼에서 세 개를 뽑는다.

---

62 행티 : 심술을 부려 남을 해롭게 하는 버릇
63 가새 : '가위'의 방언
64 풋둥이 : '애송이'의 비표준어
65 행결 : '한결'의 방언

그리고 그걸 갈퀴같이 마른 주막 할머니 손에 내어 주며

"엣수, 송이나 잡숫게유—."

하고 술값을 치렀으나

"아이 송이두 고놈 참."

간사66를 피우는 것이 겉으로는 반기는 척하면서도 좀 시쁜67 모양이다. 제 딴은 한 개에 삼 전씩 치더라도 구 전밖에 안 되니깐.

응칠이는 슬며시 화가 나서 그 얼굴을 유심히 들여다보았다. 옴푹 들어간 볼때기에 저건 또 왜 저리 멋없이 불거졌는지 톡 나온 광대뼈하구 치마 아래로 남실거리는 발가락은 자칫 잘못 보면 황새 발목이니 이건 언제 잡아 가려고 남겨 두는 거야. 보면 볼수록 하나 이쁜 데가 없다. 한두 번 먹은 것도 아니요 언젠간 울타리께 풀을 베어 주고 술사발이나 얻어먹은 적도 있었다. 그렇게 야멸치게 따질 건 뭔가. 그는 눈살을 흘끗 맞추고는 하나를 더 꺼내어

"엣수, 또 하나 잡숫게유."

내던져 주곤 댓돌에 가래침을 탁 뱉었다.

그제야 식성이 좀 풀리는지 그 가죽68으로 웃으며

"아이그 이거 자꾸 줌 어떡해."

---

66 간사 : 나쁜 꾀가 있어 거짓으로 남의 비위를 맞추는 태도가 있음.
67 시쁘다 : 마음에 차지 아니하여 시들하다.
68 가죽 : 물품 따위를 알뜰히 매만져서 잘 간직하거나 거둠.

"어떡허긴, 자꾸 살찌게유―."

하고 한마디 툭 쏘고 일어서다가 무엇을 생각함인지 다시 툇마루에 주저앉았다.

"그런데 참 요즘 성팔이 보셨수?"

"아니, 당최 볼 수가 없더구면."

"술도 안 먹으러 와유?"

"안 와!"

하고는 입속으로 뭐라고 종잘거리며 의아한 낯을 들더니

"왜, 또 뭐 일이……?"

"아니유, 본 지가 하 오래니깐."

응칠이는 말끝을 얼버무리고 고개를 돌리어 한데를 바라본다. 벌써 점심때가 되었는지 닭들이 요란히 울어 댄다. 논둑의 미루나무는 부 하고 또 부 하고 잎이 날리며 팔랑팔랑 하늘로 올라간다.

"성팔이가 이 마을에서 얼마나 살았지유?"

"글쎄, 재작년 가을이지 아마."

하고 장죽69을 빡빡 빨더니

"근데 또 떠난대든걸, 홍천인가 어디 즈 성님한터로 간대."

하고 그게 옳지 여기서 뭘 하느냐. 대장간이라구 일이나 많으면 모르거니와 밤낮 파리만 날리는걸. 그보다는 즈 형이 크게 농사를 짓는대니 그

----

69 장죽 : 담배를 피우는 데 쓰는 긴 담뱃대

뒤나 거들어 주고 국으로 얻어먹는 게 신상에 편하겠지. 그래 불일간 처자식을 데리고 아마 떠나리라고 하고

"농군은 그저 농사를 지야 돼."

"낼 술 먹으러 또 오지유."

간단히 인사만 하고 응칠이는 다시 일어났다.

주막을 나서니 옷깃을 스치는 개운한 바람이다. 밭둔덕의 대추는 척척 늘어진다. 멀지 않아 겨울은 또 오렷다. 그는 응오의 집을 바라보며 그간 죽었는지 궁금하였다.

응오는 봉당70에 걸터앉았다. 그 앞 화로에는 약이 바글바글 끓는다. 그는 정신없이 들여다보고 앉았다.

우중충한 방에서는 아내의 가쁜 숨소리가 들린다. 색, 색 하다가 아이구 하고는 까부라지게 콜록거린다. 가래가 치밀어 몹시 괴로운 모양 ─ 뽑아 줄 사이가 없이 풀들은 뜰에 엉겼다. 흙이 드러난 지붕에서 망초가 휘어청휘어청. 바람은 가끔 찾아와 싸리문을 흔든다. 그럴 적마다 문은 을씨년스럽게 삐꺽삐꺽. 이웃의 발바리71는 부엌에서 한창 바쁘게 달그락거린다. 마는 아침에 아내에게 먹이고 남은 조죽밖에야. 아니 그것도 참 남편이 마저 긁었으니 사발에 붙은 찌꺼기뿐이리라 ─.

---

70 봉당 : 안방과 건넌방 사이에 마루를 놓지 않고 흙바닥 그대로 둔 곳
71 발바리 : 몸집이 작고 행동이 가벼우며 쓸데없이 여기저기 잘 돌아다니는 사람을 비유적으로 이르는 말

"거, 다 좋았나 부다."

응칠이는 약이란 너무 졸면 못쓰니 고만 짜 먹이라 하였다. 약이라야 어제저녁 울 뒤에서 옭아 들인 구렁이지만 —.

그러나 응오는 듣고도 흘렸는지 혹은 못 들었는지 잠자코 고개도 안 든다.

"엣다, 송이 맛이나 봐라."

하고 형이 손을 내밀 제야 겨우 시선을 들었으나 술이 거나한 그 얼굴을 거북살스레 훑어본다. 그리고 송이를 고맙지 않게 받아 방에 치트리고는

"이거나 먹어."

하다가

"뭐?"

소리를 크게 질렀다. 그래도 잘 들리지 않으므로

"뭐야 뭐야, 좀 똑똑히 하라니깐?"

하고 골피72를 찌푸린다.

그러나 아내는 손짓만으로 무슨 소린지 알 수가 없다. 음성으로 치느니보다 종이 비비는 소리랄지, 그걸 듣기에는 지척도 멀었다.

가만히 보다 응칠이는 제가 다 불안하여

"뒤보겠다는 게 아니냐!"

---

72 골피 : '이맛살'을 뜻하는 것으로 보임.

"그럼 그렇다 말이 있어야지."

남편은 이내 짜증을 내며 몸을 일으킨다. 병약한 아내의 음성이 날로 변하여 감을 시방 안 것도 아니련만―.

그는 방바닥에 늘어져 꼬치꼬치 마른 반송장을 조심히 일으키어 등에 업었다.

울 밖 밭머리에 잿간73은 놓였다. 머리가 눌릴 만치 납작한 갑갑한 굴 속이다. 게다 거미줄은 예제없이 엉키었다. 부춛돌74 위에 내려놓으니 아내는 벽을 의지하여 옹크리고 앉는다. 그리고 남편은 눈을 멀뚱멀뚱 뜨고 지키고 섰는 것이다.

이 꼴들을 멀거니 바라보다 응칠이는 마뜩찮게 코를 횡 풀며 입맛을 다시었다. 응오의 짓이 어리석고 울화가 터져서이다. 요즘 응오가 형에 게 잘 말도 않고 왜 어뜩비뜩하는지75 그 속은 응칠이도 모르는 바 아 닐 것이다.

응오가 이 아내를 찾아올 때 꼭 삼 년간을 머슴을 살았다. 그처럼 먹 고 싶던 술 한잔 못 먹었고, 그처럼 침을 삼키던 그 개고기 한 매 물론 못 샀다. 그리고 사경76을 받는 대로 꼭꼭 장리를 놓았으니 후일 선

---

73 잿간 : 거름으로 쓸 재를 모아 두는 헛간으로, 예전에 화장실로 사용되었다. 돌멩이 두 개를 놓고 그 위에 올라앉아 용변을 본 다음, 용변을 재와 섞어 잿더미에 던져 넣었다.

74 부춛돌 : 예전에, 뒷간에 깔아 발을 디딜 수 있게 놓은 널빤지를 대신한 돌

75 어뜩비뜩하다 : 행동이 바르거나 단정하지 못하다.

76 사경 : 머슴이 주인에게서 한 해 동안 일한 대가로 받는 돈이나 물건

채77로 썼던 것이다. 이렇게까지 근사78를 모아 얻은 계집이련만 단 두 해가 못 가서 이 꼴이 되고 말았다.

그러나 이 병이 무슨 병인지 도시 모른다. 의원에게 한 번이라도 변변히 봬 본 적이 없다. 혹 안다는 사람의 말인즉 노점79이니 어렵다 하였다. 돈만 있다면이야 노점이고 염병이고 알 바가 못 될 거로되 사날 전 거리로 쫓아 나오며

"성님!"

하고 팔을 챌 적에는 응오도 어지간히 급한 모양이었다.

"왜?"

응칠이가 몸을 돌리니 허둥지둥 그 말이 인제는 별 도리가 없다. 있다면 꼭 한 가지가 남았으니 그것은 엊그저께 산신을 부리는 노인이 이 마을에 오지 않았는가. 그 도인이 응오를 특히 동정하여 십오 원만 들이어 산치성80을 올리면 씻은 듯이 낫게 해 주리라는데

"성님은 언제나 돈 만들 수 있지유?"

"거, 안 된다. 치성 드려 날 병이 그냥 안 낫겠니."

하여 여전히 딱 떼고, 그러게 내 뭐래든, 애전에 계집 다 내버리고 날

---

77 선채 : 전통 혼례에서, 혼례를 치르기 전에 신랑 집에서 신부 집으로 보내는 푸른색과 붉은색의 비단. 치마나 저고릿감으로 쓴다.
78 근사모으다 : 오랫동안 애써 은근히 공을 들이다.
79 노점 : 한의학에서, '폐결핵'을 이르는 말
80 산치성 : 산신령에게 정성을 드리는 일

따라나서랬지 하고

"그래 농군의 살림이란 제 목매기라지!"

그러나 아우가 암말 없이 몸을 홱 돌리어 집으로 들어갈 제 응칠이는 속으로 또 괜한 소리를 했구나 하였다.

응오는 도로 아내를 업어다 방에 뉘었다. 약은 다 졸았다. 불이 삭기 전 짜야 할 것이다. 식기를 기다려 약사발을 입에 대어 주니 아내는 군말 없이 그 구렁이물을 껄덕껄덕 들이마신다.

응칠이는 마당에 우두커니 앉았다. 사람의 목숨이란 과연 중하군, 하였다. 그러나 계집이라는 저 물건이 그렇게 떼기 어렵도록 중할까 하니 암만해도 알 수 없고

"너 참 요 건너 성팔이 알지?"

"……."

"너허구 친하냐?"

"……."

"성이 뭐래는데 거 대답 좀 하렴."

하고 소리를 빽 질러도 아우는 대답은 말고 고개도 안 든다.

그러나 응칠이는 하늘을 쳐다보고 트림만 끄윽 하고 말았다. 술기가 코를 콱콱 찔러야 할 터인데 이건 풋김치 냄새만 코밑에서 뱅뱅 돈다. 공짜 김치만 퍼먹을 게 아니라 한 잔 더 했더면 좋았을걸. 그는 일어서서 대를 허리에 꽂고 궁둥이의 흙을 털었다. 벼 도적맞은 이야기를 할까 하다가 아서라 가뜩이나 울상이 속이 쓰릴 것이다. 그보다는 이놈을 잡아 놓고 나중 희짜를 뽑는81 것이 점잖겠지.

그는 문밖으로 나와 버렸다.

답답한 아우의 살림을 보니 역 답답하던 제 살림이 연상되고 가슴이 두루 답답하였다.

이런 때에는 무가 십상이다. 사실 하느님이 무를 마련해 낸 것은 참으로 은혜로운 일이다. 맥맥할 때 한 개를 씹고 보면 꿀꺽 하고 쿡 치는 그 멋이 좋고, 남의 무밭에 들어가 하나를 쑥 뽑으니 가랑무. 이키, 이거 오늘 운수 대통이로군. 내던지고 그담 놈을 뽑아 들고 개울로 내려온다. 물에 쓱쓰윽 닦아서는 꽁지는 이로 베어 던지고 어썩 깨물어 붙인다.

개울 둔덕에 포플러는 호젓하게도82 매초롬히83 컸다. 자갈돌은 그 밑에 옹기종기 모였다. 가생이84로 잔디가 소보록하다. 응칠이는 나가자빠져 마을을 건너다보며 눈을 멀뚱멀뚱 굴리고 누웠다. 산에 뺑뺑 둘리어 숨이 콕 막힐 듯한 그 마을—.

아리랑 아리랑 아라리요
아리랑 띄어라 노다 가세
증기차는 가자고 원고동 트는데
정든 님 품 안고 낙루낙루

---

81 희짜뽑다 : 짐짓 분수에 넘치게 굴다.
82 호젓하다 : 후미져서 무서움을 느낄 만큼 고요하다.
83 매초롬하다 : 젊고 건강하여 아름다운 데가 있다.
84 가생이 : '가장자리'의 방언

아리랑 아리랑 아라리요

아리랑 띄어라 노다 가세

낼 갈지 모레 갈지 내 모르는데

옥씨기85 강낭이는 심어 뭐 하리

아리랑 아리랑 아라리요

아리랑 띄어라…….

  그는 콧노래를 이렇게 흥얼거리다 갑작스레 강릉이 그리웠다. 펄펄 뛰는 생선이 좋고, 아침 햇살이 비끼어 힘차게 출렁거리는 그 물결이 좋고 이까짓 둠 구석에서 쪼들리는 데 대다니. 그래도 제 딴은 무어 농사 좀 지었답시고 악을 복복 쓰며 잘도 떠들어 댄다. 하지만 그런 중에도 어디인가 형언치 못할 쓸쓸함이 떠돌지 않는 것도 아니다. 삼십여 년 전 술을 빚어 놓고 쇠를 울리고 흥에 질리어 어깨춤을 덩실거리고 이러던 가을과는 저 딴 쪽이다. 가을이 오면 기쁨에 넘쳐야 될 시골이 점점 살기만 띠어 옴은 웬일일꼬. 이렇게 보면 재작년 가을 어느 밤 산중에서 낫으로 사람을 찍어 죽인 강도가 문득 머리에 떠오른다. 장을 보고 오는 농군을 농군이 죽였다. 그것도 많이나 되었으면 모르되 빼앗은 것이 한껏 동전 네 닢에 수수 일곱 되, 게다 흔적이 탄로 날까 하여 낫으로 그 얼굴의 껍질을 벗기고 조깃대강이 이기듯 끔찍하게 남기고 조긴 망나니다. 흉악한 자

85 옥씨기 : '옥수수'의 방언

식. 그 알량한 돈 사 전에 나 같으면 가여워 덧돈을 주고라도 왔으리라. 이번 놈은 그따위 깍다귀[86]나 아닐는지 할 때 찬김과 아울러 치미는 소름에 머리끝이 다 쭈뼛하였다. 그간 아우의 농사를 대신 돌봐 주기에 이럭저럭 날이 늦었다. 오늘밤에는 이놈을 다리를 꺾어 놓고 내일쯤은 봐서 설렁설렁 뜨는 것이 옳은 일이겠다. 이 산을 넘을까 저 산을 넘을까 주저 거리며 속으로 점을 치다가 슬그머니 코를 골아 올린다.

밤이 내리니 만물은 고요히 잠이 든다. 검푸른 하늘에 산봉우리는 울퉁 불퉁 물결을 치고 흐릿한 눈으로 별은 떴다. 그러다 구름떼가 몰려 닥치면 캄캄한 절벽이 된다. 또한 마을 한복판에는 거친 바람이 오락가락 쓸쓸히 궁굴고[87] 이따금 코를 찌름은 후련한 산사 냄새. 북쪽 산 밑 미루나무에 싸여 주막이 있는데 유달리 불이 반짝인다. 노세, 노세, 젊어서 놀아, 노랫소리는 나직나직 한산히 흘러온다. 아마 벼를 뒷심대고 외상이리라.

응칠이는 잠자코 벌떡 일어나 바깥으로 나섰다. 그리고 다 나와서야 그 집 친구에게 눈치를 안 채이도록

"내 잠깐 다녀옴세!"

"어딜 가나?"

친구는 웬 영문을 몰라서 뻔히 치어다보다 밤이 이렇게 늦었으니 나

---

86 깍다귀 : 각다귀. 모기와 비슷한 곤충을 가리키는 말이나, 비유적으로는 남의 것을 뜯어먹고 사는 사람을 이른다.
87 궁굴다 : 소리가 울리는 것이 웅숭깊거나 텅 빈 느낌이 있다.

갈 생각 말고 어여 이리 들어와 자라 하였다. 기껏 둘이 앉아서 개코쥐
코 떠들다가 급자기 일어서니까 꽤 이상한 모양이었다.

"건넛말 가 담배 한 봉 사 올라구."

"담배 여깄는데 또 사 뭐 하나?"

친구는 호주머니에서 굳이 희연[88]봉을 꺼내어 손에 들어 보이더니

"이리 들어와 섬이나 좀 쳐주게."

"아 참 깜빡……."

하고 응칠이는 미안스러운 낮으로 뒤통수를 긁적긁적한다. 하기는 섬을
좀 쳐달라고 며칠째 당부하는 걸 노름에 몸이 팔리어 그만 잊고 잊고
했던 것이다. 먹고 자고 이렇게 신세를 지면서 이건 썩 안됐다 생각은
했지마는

"내 곧 다녀올걸 뭐……."

어정쩡하게 한마디 남기곤 그 집을 뒤에 남긴다.

그러나 이 친구는

"그럼 곧 다녀오게!"

하고 때를 재치는[89] 법은 없었다. 언제나 여일같이

"그럼 잘 다녀오게!"

이렇게 그 신상만 편하기를 비는 것이다.

---

88 희연 : 일제강점기에 유통되었던 담배 이름
89 재치다 : 재우치다. 빨리 몰아치거나 재촉하다.

응칠이는 모든 사람이 저에게 그 어떤 경의를 갖고 대하는 것을 가끔 느끼고 어깨가 으쓱거린다. 백판 모르는 사람도 데리고 앉아서 몇 번 말만 좀 하면 대번 구부러진다. 그렇게 장한 것인지 그 일을 하다가, 그 일이라야 도적질이지만, 들어가 욕보던 이야기를 하면 그들은 눈을 커다랗게 뜨고

"아이구, 그걸 어떻게 당하셨수!"

하고 저으기 놀라면서도

"그래 그 돈은 어떡했수?"

"또 그럴 생각이 납디까유?"

"참, 우리 같은 농군에 대면 호강살이유!"

하고들 한편 썩 부러운 모양이었다. 저들도 그와 같이 진탕 먹고 살고는 싶으나 주변 없어 못 하는 그 울분에서 그런 이야기만 들어도 다소 위안이 되는 것이다. 응칠이는 이걸 잘 알고 그 누구를 논에다 거꾸로 박아 놓고 달아나다가 붙들리어 경치던 이야기를 부지런히 하며

"자네들은 안적 멀었네, 멀었어."

하고 흰소리90를 치면 그들은, 옳다는 뜻이겠지, 묵묵히 고개만 꺼떡꺼떡하며 속없이 술을 사 주고 담배를 사 주고 하는 것이다.

그런데 이번 벼를 훔쳐 간 놈은 응칠이를 마구 넘보는 모양 같다.

이렇게 생각하면 응칠이는 더욱 괘씸하였다. 그는 물푸레 몽둥이를 벗

---

90 흰소리 : 터무니없이 자랑으로 떠벌리거나 거드럭거리며 허풍을 떠는 말

삼아 논둑길을 질러서 산으로 올라간다.

이슥한 그믐 칠야—.

길은 어둡고 흐릿한 언저리만 눈앞에 아물거린다.

그 논까지 칠 마장[91]은 느긋하리라. 이 마을을 벗어나는 어귀에 고개 하나를 넘는다. 또 하나를 넘는다. 그러면 그담 고개와 고개 사이에 수목이 울창한 산중턱을 비겨대고 몇 마지기의 논이 놓였다. 응오의 논은 그중의 하나이었다. 길에서 썩 들어앉은 곳이라 잘 뵈도 않는다. 동리에 그런 소문이 안 났을 때에는 천행으로 본 놈이 없을 것이나 반드시 성팔이의 성행임에는—.

응칠이는 공동묘지의 첫 고개를 넘었다. 그리고 다음 고개의 마루턱을 올라섰을 때 다리가 주춤하였다. 저 왼편 높은 산고랑에서 불이 반짝하다 꺼진다. 짐승 불로는 너무 흐리고— 아하, 이놈들이 또 왔군. 그는 가던 길을 옆으로 새었다. 더듬더듬 나뭇가지를 짚으며 큰 산으로 올라탄다. 바위는 미끌리어 내리며 발등을 찧는다. 딸기 가시에 종아리는 따갑고 엉금엉금 기어서 바위를 끼고 감돈다.

산, 거반 꼭대기에 바위와 바위가 어깨를 겯고 움쑥 들어간 굴이 있다. 풀들은 뻗치어 굴문을 막는다.

그 속에 돌라앉아서 다섯 놈이 머리를 맞대고 수군거린다. 불빛이 샐까 염려다. 남폿불을 얕이 달아 놓고 몸들을 바싹바싹 여미어 가린다.

---

91 마장 : 거리의 단위. 십 리, 즉 약 4킬로미터가 못 되는 거리를 가리킨다.

"어서 후딱후딱 쳐, 갑갑해서 원."

"이번엔 누가 빠지나?"

"이 사람이지 뭘 그래."

"다시 섞어, 어서 이따위 수작이야?"

하고 한 놈이 골을 내고 화투를 빼앗아 제 손으로 섞다가 깜짝 놀란다. 그리고 버썩 대드는 응칠이를 벙벙히 치어다보며 얼떨한다.

그들은 응칠이가 오는 것을 완고척이 싫어하는 눈치이었다. 이런 애송이 노름판인데 응칠이를 들였다가는 맥을 못 쓸 것이다. 속으로는 되우 꺼렸다. 마는 그렇다고 응칠이의 비위를 건드림은 더욱 좋지 못하므로

"아, 응칠인가? 어서 들어오게."

하고 선웃음92을 치는 놈에

"난 올 듯하게, 자넬 기다렸지."

하며 어수대는 놈.

"하여튼 한 케 떠보세."

이놈들은 손을 잡아들이며 썩들 환영이었다.

응칠이는 그 속으로 들어서며 무서운 눈으로 좌중을 한번 훑어보았다.

그런데 재성이도 그 틈에 끼여 있는 것이 아닌가. 사날 전만 해도 응칠이더러 먹을 양식이 없으니 돈 좀 취하라던 놈이. 의심이 부썩 일었다. 도적이란 흔히 이런 노름판에서 씨가 퍼진다. 고 옆으로 기호도 앉

---

92 선웃음 : 우습지도 않은데 꾸며서 웃는 웃음

앗다. 이놈은 며칠 전 제 계집을 팔았다. 그 돈으로 영동 가서 장사를 하겠다던 놈이 노름을 왔다. 제깐 주제에 딸 듯싶은가. 하나는 용구. 농사엔 힘 안 쓰고 노름에 몸이 달았다. 시키는 부역93도 안 나온다고 동리에서 손도94를 맞을 놈이다. 그리고 남의 집 머슴 녀석. 뽐을 내고 멋없이 점잔을 피우는 중늙은이 상투쟁이, 이 물건은 어서 날아왔는지 보도 못하던 놈이다. 체, 이것들이 뭘 한다구.

응칠이는 기호의 등을 꾹 찍어 가지고 밖으로 나왔다.

외딴 곳으로 데리고 와서

"자네 돈 좀 없겠나?"

하고 돌아서다가

"웬걸 돈이 어디—."

눈치만 남고 어름어름하니

"아내와 갈렸다지, 그 돈 다 뭐 했나?"

"아 이 사람아, 빚 갚았지!"

기호는 눈을 내리깔며 매우 거북한 모양이다.

오른편 엄지로 한 코를 막고 흥 하고 내뽑더니 이번 빚에 졸리어 죽을 뻔했네 하고 묻지 않는 발뺌까지 얹어서 설대95로 등어리를 긁죽긁

---

93 부역 : 국가나 공공 단체가 특정한 공익사업을 위하여 국민에게 의무적으로 지우는 노역
94 손도 : 도덕적으로 잘못한 사람을 그 지역에서 내쫓음.
95 설대 : 담뱃대에서 담배를 담는 통과 입으로 무는 물부리 사이에 끼워 넣는 가느다란 대통

죽한다.

그러나 응칠이는 속으로 이놈 하였다.

응칠이는 실눈을 뜨고 기호를 유심히 쏘아 주었더니

"꼭 사 원 남았네."

하고 선뜻 알리고

"빚 갚고 뭣 하고 흐지부지 녹았어."

어색하게도 혼자말로 우물쭈물 웃어 버린다.

응칠이는 퉁명스러이

"나 이 원만 최게[96]."

하고 손을 내대다 그래도 잘 듣지 않으매

"따서 둘이 노늘 테야, 누가 떼먹나."

하고 소리가 한번 빽 아니 나올 수 없다.

이 말에야 기호도 비로소 안심한 듯, 저고리 섶을 쳐들고 훔척거리다 주뼛주뼛 꺼내 놓는다. 딴은 응칠이의 솜씨면 낙자는 없을[97] 것이다. 설혹 재간이 모자라 잃는다면 우격[98]이라도 도로 몰아갈 게니깐—

"나두 한 케 떠보세."

응칠이는 우죄스레 굴로 기어든다. 그 콧등에는 자신 있는 그리고 흡

----

96 최다 : '빌려주다'의 방언으로 보임.
97 낙자없다 : '틀림없다'는 뜻으로 이해됨.
98 우격 : 억지로 우김.

족한 미소가 떠오른다. 사실이지 노름만큼 그를 행복하게 하는 건 다시 없었다. 슬프다가도 화투나 투전장[99]을 손에 들면 공연스레 어깨가 으쓱거리고 아무리 일이 바빠도 노름판은 옆에 못 두고 지난다. 그는 이놈 저놈의 눈치를 슬쩍 한번 훑고

"두 패루 너느지?"

응칠이는 재성이와 용구를 데리고 한옆으로 비켜 앉았다. 그리고 신바람이 나서 화투를 섞다가 손을 따악 짚으며

"뒤전 이래지 이깐 화투는 하튼 뭘 할 텐가, 녹빼킨가 켤 텐가?"

"약단[100]이나 그저 보지!"

사방은 매섭게 조용하였다. 바위 위에서 혹 바람에 모래 구르는 소리뿐이다. 어쩌다,

"엣다 봐라."

하고 화투짝이 쩔꺽 한다. 그리곤 다시 쥐죽은 듯 잠잠하다.

그들은 이욕[101]에 몸이 달아서 이야기고 뭐고 할 여지가 없다. 행여 속지나 않는가 하여 눈들이 빨개서 서로 독을 올린다. 어떤 놈이 뜯는 놈이고 어떤 놈이 뜯기는 놈인지 영문 모른다.

응칠이가 한 장을 내던지고 명월 공산을 보기 좋게 떡 젖혀 놓으니

---

99 투전장 : 노름 도구로 쓰이는 물건의 한 장 한 장
100 약단 : 화투 놀이에서, 약(約)과 단(短)을 아울러 이르는 말
101 이욕 : 이익을 탐내는 욕심

"이거 왜 수짜질이야!"

용구는 골102을 벌컥 내며 치어다본다.

"뭐가?"

"뭐라니, 아, 이 공산 자네 밑에서 빼내지 않었나?"

"봤으면 고만이지 그렇게 노할 건 또 뭔가!"

응칠이는 어설피 입맛을 쩍쩍 다시다

"그럼 이번엔 파토지?"

하고 손의 화투를 땅에 내던지며 껄껄 웃어 버린다.

이때 한옆에서 별안간

"이 자식, 죽인다!"

악을 쓰는 것이니 모두들 놀라며 시선을 몬다. 머슴이 마주 앉은 상투의 뺨을 갈겼다. 말인즉 매조103 다섯 끗104을 엎어쳤다고.

하나 정말은 돈을 잃은 것이 분한 것이다. 이 돈이 무슨 돈이냐 하면 일 년 품을 판 피 묻은 사경이다. 이런 돈을 송두리 먹다니 ─.

"이 자식, 너는 야마시105꾼이지. 돈 내라."

멱살을 훔켜잡고 다시 두 번을 때린다.

"허, 이눔이 왜 이래누, 어른을 몰라보구."

---

102 골 : 비위에 거슬리거나 언짢은 일을 당하여 벌컥 내는 화

103 매조 : 화투짝의 하나로, 매화와 꾀꼬리가 그려져 있는 패

104 끗 : 화투나 투전과 같은 노름 따위에서, 셈을 치는 점수를 나타내는 단위

105 야마시 : '사기꾼'을 뜻하는 일본어

상투는 책상다리를 잡숫고 허리를 쓰윽 펴더니 점잖이 호령한다. 자식뻘 되는 놈에게 뺨을 맞는 건 말이 좀 덜된다. 약이 올라서 곧 일을 칠듯이 엉덩이를 번쩍 들었으나 그러나 그대로 주저앉고 말았다. 악에 바짝 받친 놈을 건드렸다가는 결국 이쪽이 손해다. 더럽단 듯이 허허 웃고

"버릇없는 놈 다 봤고!"

하고 꾸짖은 것은 잘됐으나 기어이 어이쿠 하고 그 자리에 푹 엎드러진다. 이마가 터져서 피가 흘렀다. 어느 틈엔가 돌멩이가 날아와 이마의 가죽을 터친 것이다.

응칠이는 싱글거리며 굴을 나섰다. 공연스레 쑥스럽게 일이나 벌어지면 성가신 노릇이다. 그리고 돈 백이나 될 줄 알았더니 다 봐야 한 사십 원 될까 말까. 그걸 바라고 어느 놈이 앉았는가 ─.

그가 딴 것은 본밑을 알라 구 원 하고 팔십 전이다. 기호에게 오 원을 내주고,

"자, 반이 넘네, 자네 계집 잃고 돈 잃고 호강이겠네."

농담으로 비웃어 던지고는 숲속으로 설렁설렁 내려온다.

"여보게, 자네에게 청이 있네."

재성이 목이 말라서 바득바득 따라온다. 그 청이란 묻지 않아도 알 수 있었다. 저에게 돈을 다 빼앗기곤 구문106이겠지. 시치미를 딱 떼고 나갈 길만 걷는다.

---

106 구문 : 흥정을 붙여 주고 그 대가로 받는 돈

"여보게 응칠이, 아, 내 말 좀 들어—."

그제서는 팔을 잡아낚으며 살려 달라 한다. 돈을 좀 늘릴까 하고 벼열 말을 팔아 해 보았더니 다 잃었다고. 당장 먹을 게 없어 죽을 지경이니 노름 밑천이나 하게 몇 푼 달라는 것이다. 그러나 벼를 털었으면 거저먹을 게지 어쭙잖게 노름은—.

"그런 걸 왜 너보고 하랬어?"

하고 돌아서며 소리를 빽 지르다가 가만히 보니 눈에 눈물이 글썽하다. 잠자코 돈 이 원을 꺼내 주었다.

응칠이는 돌에 앉아서 팔짱을 끼고 덜덜 떨고 있다.

사방은 뺑 돌리어 나무에 둘러싸였다. 거무튀튀한 그 형상이 헐없이[107] 무슨 도깨비 같다. 바람이 불적마다 쏴 하고 쏴 하고 음충맞게[108] 건들거린다. 어느 때에는 쩍쩍 하고 목을 따는지 비명도 울린다.

그는 가끔 뒤를 돌아보았다. 별일은 없을 줄 아나 혹 뭐가 덤벼들지도 모른다. 서낭당은 바로 등 뒤다. 족제빈지 뭔지, 요동 통에 돌이 무너지며 바스락바스락한다. 그 소리가 묘하게도 등줄기를 쪼옥 긋는다. 어두운 꿈속이다. 하늘에서 이슬은 내리어 옷깃을 축인다. 공포도 공포려니와 냉기로 하여 좀체로 견딜 수가 없었다.

산골은 산신까지도 주렸으렷다. 아들 낳아 달라고 떡 갖다 바칠 이 없

---

107 헐없이 : '영락없이'의 방언
108 음충맞다 : 성질이 매우 음흉하고 불량한 데가 있다.

을 테니까. 이놈의 영감님 홧김에 덥석 달려들면. 앞뒤를 다시 한 번 휘돌아본 다음 설대를 뽑는다. 그리고 오금팽이109로 불을 가리고는 한 대 뻑뻑 피워 물었다. 논은 여남은 칸 떨어져 고 아래 누웠다. 일심정기110를 다하여 나무 틈으로 뚫어보고 앉았다. 그러나 땅에 대를 털려니까 풀숲이 이상스러이 흔들린다. 뱀, 뱀이 아닌가. 구시월 뱀이라니 물리면 고만이다. 자리를 옮겨 앉으며 손으로 입을 막고 하품을 터친다.

아마 두어 시간은 더 넘었으리라. 이놈이 필연코 올 텐데 안 오니 또 무슨 조활까. 이 짓이란 소문이 나기 전에 한 번 더 와 보는 것이 원칙이다. 잠을 못 자서 눈이 뻑뻑한 것이 제물에 슬금슬금 감긴다. 이를 악물고 눈을 뒵쓰면 이번에는 허리가 노글거린다. 속은 쓰리고 골치는 때리고. 불꽃 같은 노기가 불끈 일어서 몸을 욱죈다. 이놈의 다리를 못 꺾어 놔도 애비 없는 호래자식이겠다.

닭들이 세 홰111를 운다. 멀리 산을 넘어오는 그 음향이 퍽은 서글프다. 큰비를 몰아드는지 검은 구름이 잔뜩 낀다. 하긴 지금도 빗방울이 뚝뚝 떨어진다.

그때 논둑에서 희끄무레한 허깨비 같은 것이 얼씬거린다. 정신을 빠짝 차렸다. 영락없이 성팔이, 재성이, 그들 중의 한 놈이리라. 이 고생을 시

---

109 오금팽이 : '오금'을 낮잡아 부르는 말. 무릎 관절 안쪽의 오목한 부분을 가리킨다.
110 일심정기 : 천도교에서, 한결같은 마음과 바른 기운을 이르는 말
111 홰 : 새벽에 닭이 제가 올라앉은 막대를 치면서 우는 횟수를 세는 말

키는 그놈! 이가 북북 갈리고 어깨가 다 식식거린다. 몽둥이를 잔뜩 우려쥐었다. 그리고 벌떡 일어나서 나무줄기를 끼고 조심조심 돌아내린다. 하나 도랑쯤 내려오다가 그는 멈씰하여 몸을 뒤로 물렸다. 늑대 두 놈이 짝을 짓고 이편 산에서 저편 산으로 설렁설렁 건너가는 길이었다. 빌어먹을 늑대, 이것까지 말썽이람. 이마의 식은땀을 씻으며 도로 제자리로 돌아온다. 어쩌면 이번 이놈도 재작년 강도 짝이나 안 될는지. 급시로 불길한 예감이 뒤통수를 탁 치고 지나간다.

그는 옷깃을 여미어 한 대를 더 붙였다. 돌연히 풍세는 심하여진다. 산골짜기로 몰아드는 억센 놈이 가끔 발광이다. 다시금 더르르 몸을 떨었다. 가을은 왜 이 지경인지. 여기에서 밤새울 생각을 하니 기가 찼다.

얼마나 되었는지 몸을 좀 녹이고자 일어나 서성서성할 때이었다. 논으로 다가오는 희미한 그림자를 분명히 두 눈으로 보았다. 그리고 보니 피로고, 한고112이고 다 딴소리다. 고개를 내대고 딱 버티고 서서 눈에 쌍심지를 올린다.

흰 그림자는 어느 틈엔가 어둠 속에 사라져 보이지 않는다. 그리고 다시 나올 줄을 모른다. 바람 소리만 왱왱 칠 뿐이다. 다시 암흑 속이 된다. 확실히 벼를 훔치러 논 속으로 들어갔을 것이다. 여깽이113 같은 놈

112 한고 : 심한 추위로 인한 괴로움
113 여깽이 : '여우'의 방언

이 궂은 날씨를 기화114삼아 맘껏 하겠지. 의리 없는 썩은 자식, 격장에서 같이 굶는 터에ㅡ. 오냐 대거리만 있어라. 이를 한번 부윽 갈아붙이고 차츰차츰 논께로 내려온다.

응칠이는 논께로 바특이115 내려서 소나무에 몸을 착 붙였다. 섣불리 서둘다간 낮의 횡액116을 입을지도 모른다. 다 훔쳐 가지고 나올 때만 기다린다. 몸뚱이는 잔뜩 힘을 올린다.

한 식경117쯤 지났을까, 도적은 다시 나타난다. 논둑에 머리만 내놓고 사면118을 두리번거리더니 그제야 기어 나온다. 얼굴에는 눈만 내놓고 수건인지 뭔지 헝겊이 가리었다. 봇짐을 등에 짊어 메고는 허리를 구붓이 뺑소니를 놓는다. 그러자 응칠이가 날쌔게 달려들며

"이 자식, 남우 벼를 훔쳐 가니!"

하고 대포처럼 고함을 지르니 논둑으로 고대로 데굴데굴 굴러서 떨어진다. 얼결에 호되이 놀란 모양이다.

응칠이는 덤벼들어 우선 허리께를 내리조겼다. 어이쿠쿠, 쿠 하고 처참한 비명이다. 이 소리에 귀가 번쩍 띄어 그 고개를 들고 팔부터 벗겨 보았다. 그러나 너무나 어이가 없었음인지 시선을 치걷으며 그 자리에

---

114 기화 : 어떤 목적을 이루는 데 이용할 수 있는 좋은 기회
115 바특이 : 두 사물의 사이가 꽤 가깝게.
116 횡액 : 뜻밖에 당하게 되는 재난이나 액운
117 식경 : 밥을 먹을 동안이라는 뜻으로, 잠깐 동안을 이르는 말
118 사면 : 전후좌우의 모든 방면

우두망찰한다119.

그것은 무서운 침묵이었다. 살똥맞은 바람만 공중에서 북새를 논다.

한참을 신음하다 도적은 일어나더니

"성님까지 이렇게 못살게 굴기유?"

제법 눈을 부라리며 몸을 홱 돌린다. 그리고 느끼며 울음이 복받친다. 봇짐도 내버린 채

"내 것 내가 먹는데 누가 뭐래?"

하고 데퉁스러이120 내뱉고는 비틀비틀 논 저쪽으로 없어진다.

형은 너무 꿈속 같아서 멍하니 섰을 뿐이다.

그러다 얼마 지나서 한 손으로 그 봇짐을 들어 본다. 가뿐하니 끽 말가웃121이나 될는지. 이까짓 걸 요렇게까지 해 가려는 그 심정은 실로 알 수 없다. 벼를 논에다 도로 털어 버렸다. 그리고 아내의 치마이겠지, 검은 보자기를 척척 개서 들었다. 내 걸 내가 먹는다. 그야 이를 말이랴. 하나 내 걸 내가 훔쳐야 할 그 운명도 얄궂거니와 형을 배반하고 이 짓을 벌인 아우도 아우이렷다. 에이 고얀 놈, 할 제 볼을 적시는 것은 눈물이다. 그는 주먹으로 눈을 쓱 비비고 머리에 번쩍 떠오르는 것이 있으니 두리두리한 황소의 눈깔. 시오 리를 남쪽 산속으로 들어가면 어느 집

119 우두망찰하다 : 정신이 얼떨떨하여 어찌할 바를 모르다.

120 데퉁스럽다 : 말과 행동이 거칠고 미련한 데가 있다.

121 말가웃 : 한 말 반 정도의 분량. '말'은 곡식이나 액체 등의 부피를 세는 단위로서, 한 말은 약 18리터에 해당한다.

바깥뜰에 밤마다 늘 매여 있는 투실투실한 그 황소. 아무렇게 따지든 칠십 원은 갈데없으리라. 그는 부리나케 아우의 뒤를 밟았다.

공동묘지까지 거반[122] 왔을 때에야 가까스로 만났다. 아우의 등을 탁 치며

"얘, 존 수 있다. 네 원대로 돈을 해 줄게 나구 잠깐 다녀오자."

씩씩한 어조로 기쁘도록 달랬다. 그러나 아우는 입 하나 열려 하지 않고 그대로 실쭉하였다[123]. 뿐만 아니라 어깨 위에 올려놓은 형의 손을 부질없단 듯이 몸으로 털어 버린다. 그리고 삐익 달아난다. 이걸 보니 하 엄청이 나고 기가 콱 막히었다.

"이눔아!"

하고 악에 받치어

"명색이 성이라며?"

대뜸 몽둥이는 들어가 그 볼기짝을 후려갈겼다. 아우는 모로 몸을 꺾더니 시나브로[124] 찌그러진다. 뒤미처 앞정강이를 때렸다 등을 팼다. 일지 못할 만치 매는 내리었다. 체면을 불구하고 땅에 엎드리어 엉엉 울도록 매는 내리었다.

홧김에 하긴 했으되 그 꼴을 보니 또한 마음이 편할 수 없다. 침을 퉤

---

122 거반 : 거의 절반
123 실쭉하다 : 마음에 차지 않아서 섭섭하거나 불쾌하게 여기다.
124 시나브로 : 모르는 사이에 조금씩 조금씩.

뱉어 던지곤 팔자 드신 놈이 그저 그렇지 별수 있나. 쓰러진 아우를 일으키어 등에 업고 일어섰다. 언제나 철이 날는지 딱한 일이었다. 속 썩는 한숨을 후 하고 내뿜는다. 그리고 어청어청125 고개를 묵묵히 내려온다.

125 어청어청 : 키가 큰 사람이 이리저리 천천히 걷는 모양

선생님이 들려주는 그 시절 이야기

서연 : 안녕하세요, 선생님. 이번에는 김유정의 「만무방」을 읽었어요. 오늘도 작품에 대한 자세한 설명 듣고 싶어요.

선생님 : 그래, 알았다. 같이 이야기해 보자.

태환 : 이 작품이 김유정 작가의 소설로는 세 번째예요. 그런데 전에 읽었던 「동백꽃」이나 「봄봄」과는 많이 다른 거 같아요. 내용과 분위기가 재미있거나 웃기지 않고 심각해요.

선생님 : 「동백꽃」과 「봄봄」이 순박한 인물들을 통해 젊은 남녀의 사랑이나 농민들의 삶을 따뜻하고 해학적으로 그렸다면, 이 작품은 식민지 체제에서 착취당하던 농민들의 비참한 현실을 비판하고 있기 때문이지. 모두 농촌을 배경으로 하고 향토적인 색채가 짙은 점은 공통되지만, 현실을 적극적으로 드러내는 면에서 차이가 있어.

서연 : 네, 저도 작가가 현실을 알리고 비판하려는 의도에서 이 작품을 썼구나 하고 생각했어요. 작품을 읽고 당시 농민들이 얼마나 가난하고 힘들었는지 알게 됐으니까요.

선생님 : 좀 더 구체적으로 이야기해 볼래?

서연 : 응칠, 응오 형제의 사연이 모두 그런 생각을 하게 했어요. 우선 동생 응오는 일 년 동안 힘들게 농사를 지어도 이런저런 명목으로 뺏기고 나면 남는 게 없는 걸로 나오잖아요? 그래서 추수를

미루면서 자기 논에서 벼를 훔치는 일까지 하고요. 아내가 병들어 죽어가는데도 약 한번 제대로 쓰지 못하는 것도 그렇고, 정말 비참한 생활을 하고 있다는 생각이 들었어요.

형 응칠이의 경우도 별로 다르지 않은 거 같아요. 응칠이도 처음에는 성실하게 농사짓고 살았는데, 아무리 해도 빚만 늘어나니까 밤에 몰래 도망간 거잖아요? 집을 떠나 빌어먹으며 떠돌다가 아내와 자식하고도 헤어지고요. 굶어죽을까 봐 가족과 그렇게 헤어진다는 사실이 저는 충격적이기도 했어요. 요즘 세상에서는 상상하기 힘든 일이잖아요?

선생님 : 그래, 작품을 아주 잘 이해하면서 읽었구나. 네 말대로 당시는 많은 사람들이 기본적인 생존권마저 위협받을 정도로 비참한 생활을 했던 시기였어.

태환 : 선생님, 그게 모두 일제의 수탈 때문인지는 알겠는데, 좀 더 자세히 설명해 주세요. 왜 그렇게 열심히 일해도 남는 게 없고 빚만 늘어나 파산하게 되는 거지요?

선생님 : 일제의 식민 정책이 근본적인 원인이지. 너무 당연한 얘기지만, 제국주의 국가들이 다른 나라를 침략해서 식민지를 만드는 건 자국의 이익 때문이야. 식민지를 자국의 경제 체제에 편입시켜, 값싸게 원료나 식량을 수입하거나 빼앗아가고 공산품은 비싸게 팔아 경제적 이득을 취한단다. 피지배 민족은 점점 가난해질 수밖에 없는 구조인 거야.

그리고 일제는 1931년 만주를 침략하면서 우리나라에 대해 더욱 강압적이고 노골적인 수탈 정책을 펼치기 시작했어. 이 전쟁은 몇 년 뒤에 중일전쟁과 태평양전쟁으로 확대되는데, 이 전쟁들을 위한 발판으로 우리나라를 이용하려 했던 거야. 그래서 이전보다 더 강제적으로 물자를 수탈하고 인원을 동원하기 시작한 거지.

여기에다 농촌에서는 일제를 등에 업은 지주 계층들이 농민들을 가혹하게 착취하며 수탈했단다. 그들은 소작농들에게 높은 소작료를 거두고 한편으론 고리대금업 등으로 부를 쌓아 갔어.

소작농들은 높은 소작료 때문에 생계를 유지하기도 힘든 형편이었는데, 흉년이라도 들면 당장 굶을 수밖에 없어서 비싼 이자를 주겠다는 약속을 하고 곡식을 꿔야 했어. 빌려준 돈이나 곡식의 절반을 이자로 받는 '장리'가 당시에 성행했지. 요즘에는 법으로도 금지하는 높은 이자를 받았던 거야.

그래서 가을에 추수를 해도 소작료인 '도지'를 내고 빌린 곡식도 높은 이자까지 쳐서 갚고 세금까지 내고 나면 남는 게 거의 없었어. 그렇게 되면 다시 높은 이자로 돈이나 곡식을 꾸어야 했고, 그렇게 빚이 늘어나다가 나중에는 결국 파산하게 되는 거지.

태환 : 아, 그런 거군요. 정말 부조리한 현실이네요. 농민들 입장에서는 절망적인 상황인 거 같아요.

선생님 : 그래 맞아. 그게 작품 속에서 동네 사람들이 응칠이를 부러워한 이유지. 응칠이는 도둑질과 노름으로 전전하는 전과자에 불과한데도 사람들은 그를 부러워하지 않니? 그건 아무런 희망도 찾을

수 없는 현실에서 자신들은 소심해서 못하는 짓들을 대범하게 저지르고 다니니까 오히려 영웅처럼 생각한 거야.

서연 : 네, 알겠어요. 사람들이 도박에 뛰어드는 것도 그렇게 이해할 수 있겠네요? 일 년 동안 머슴으로 일해 번 돈을 날리거나, 심지어 아내를 판 돈으로 노름하는 걸 보고 잘 이해가 안 되었는데…….

선생님 : 그렇지. 그런 방법 외에는 비참한 현실에서 벗어날 수 없다고 생각하는 거지. 물론 이런 행동 자체는 결코 바람직하다고 할 수는 없어. 하지만 워낙 현실이 절망적이어서 이렇게 도박에 빠진 사람들이 적지 않게 생겨났고, 작가는 이런 타락한 모습을 있는 그대로 보여줌으로써 사회적 모순을 고발하고 싶었던 거라고 할 수 있어.

태환 : 네, 알겠습니다. 선생님, 이번에는 다른 거 여쭤볼게요. 이 작품에서 가장 인상적인 건 역시 자기 논에서 벼를 훔치는 장면인 거 같아요. 이를 두고 아이러니한 상황이라고 설명한 걸 봤는데, 아이러니가 뭔지 정확히 모르겠어요. 좀 자세히 설명해 주세요.

선생님 : 그래, 알았다. 아이러니는 우리말로 '반어'라고도 하는데, 겉뜻과 속뜻, 예상과 실제가 다를 때 아이러니하다고 말한단다. 이런 아이러니는 크게 '말의 아이러니'와 '상황의 아이러니'로 나눌 수 있어.

말의 아이러니는 흔히 '반어법'이라고 부르는데, 실제와 반대되는 뜻의 말을 하는 걸 가리켜. 쉽게 말해 반대로 표현하는 거지. 예를 들어 귀엽고 사랑스러운 사람한테 "아유, 얄미워."라고 말하는 게 그거야. 정반대의 말로 표현함으로써 귀여워하는 마음을 더 강조하는 거지.

이 작품에서는 응칠이가 떠돌이 생활을 시작하는 장면을 묘사하면서, "이것이 응칠이가 팔자를 고치던 첫날이었다."고 표현한 걸 들 수 있어. '팔자를 고치다'라는 표현은 어떤 사람의 상황이 변해 잘살게 되었다는 걸 뜻하는데, 여기서는 오히려 비참해진 상황을 말하고 있으니까.

서연 : 네, 알겠습니다. 어제 제가 동생하고 싸우는 걸 보고 어머니가 "잘한다, 잘해!"라고 칭찬(?)하셨는데, 그런 게 반어법인 거네요?

선생님 : 하하, 그래 맞다. 문학작품뿐 아니라 일상생활에서도 자주 쓰이는 수사법이지.

태환 : 그럼, 상황의 아이러니는 뭐예요?

선생님 : 상황의 아이러니는 한두 마디의 말이 아니라 어떤 상황이 어긋나거나 모순된 느낌을 주는 경우를 가리키는 용어야. 가령 주인공이 앞으로 다가올 운명이나 상황을 모르고 그에 반대되는 행동을 하거나, 어떤 사건이 일반적으로 예상되는 것과 다르게 전개되는 걸 말해.

태환 : 아, 그래서 자기 논의 벼를 훔치는 게 아이러니한 거군요. 자기 걸 훔친다는 게 말이 안 되는데, 예상에서 벗어난 일이 실제로 벌어진 거니까요.

선생님 : 그래, 맞아.

서연 : 그럼, 떠돌이 전과자인 응칠이를 사람들이 부러워하는 것도 상

황의 아이러니라고 할 수 있겠네요? 일반적으로는 기피하는 인
물인데, 예상과 달리 오히려 사람들이 부러워하니까요.

선생님 : 그래, 모두들 잘 이해했구나. 이런 상황의 아이러니는 뒤틀리고
모순된 사회 환경이나 운명의 장난 같은 것을 효과적으로 드러
낼 수 있어서 문학작품에서 자주 사용되는 기법이란다.

태환 : 네, 잘 알겠습니다.

서연 : 오늘도 좋은 말씀 잘 들었습니다!

미스터 방

채만식 (1902~1950)

작가 소개

채만식은 전라북도 군산에 이웃한 옥구군 임피면에서 출생하였다. 일제강점기 군산항은 인근의 호남평야에서 수탈한 쌀을 실어내가던 항구로 유명했는데, 그의 대표적 장편소설인 『탁류』의 무대가 된다.

어려서는 서당에서 한문을 배웠고, 임피보통학교를 졸업한 후 서울로 올라가 중앙고등보통학교를 졸업하였다. 1922년 일본으로 건너가 와세다대학 부속 제일와세다고등학원에 입학했으나 이듬해 중퇴하였다.

귀국한 뒤로는 동아일보사와 조선일보사, 개벽사 등에서 기자로 근무하며 작품 활동을 했으나, 1936년부터는 직장을 그만두고 창작에만 전념하였다. 1945년에 고향인 임피로 내려갔다가 다음 해 이리로 옮겼고, 그곳에서 1950년 지병인 폐결핵으로 사망하였다.

그는 1924년 단편 「세 길로」가 『조선문단』에 추천되면서 등단하였다. 초기작으로는 단편 「불효자식」과 「과도기」, 장편 『인형의 집을 찾아서』와 희곡 「사라지는 그림자」 등이 있는데, 카프에 참여하지는 않았지만 프롤레타리아문학에 동조하는 작품 경향을 보여 동반자적 작가로 평가되었다.

그의 작품 세계가 변화를 보인 것은 1934년 단편 「레디메이드 인생」을 발표한 때부터였다. 이 작품에서 작가는 실직한 지식인의 좌절감을 반어적이고 자조적인 자기 풍자의 방법으로 그려내 주목받았다. 이어

1930년대 후반 「치숙」과 『탁류』, 『태평천하』 등의 대표작을 잇달아 발표하며, 부조리한 식민지 현실과 세태를 날카롭게 드러내는 독특한 풍자 문학의 세계를 펼쳐보였다.

그는 일제 말기 친일 활동에 가담하는 오점을 남겼는데, 해방 후 그에 대한 반성을 담아 『민족의 죄인』이라는 자전적 소설을 발표하기도 하였다. 또 이 시기 「맹순사」, 「미스터 방」, 「논 이야기」 등을 통해서 해방 직후의 혼란한 사회와 이기적이고 기회주의적인 인간들을 풍자하였다.

이처럼 그의 작품 활동은 1920년대부터 일제 말기와 해방을 거쳐 한국전쟁 직전까지 이어지는데, 일관되게 현실 인식과 비판에 집중하는 특징을 보인다. 격동하는 시대의 흐름 속에서 무력한 지식인, 농민, 도시 하층민, 타락한 친일 지주, 기구한 운명의 여인 등 다양한 작중 인물을 통해 왜곡된 사회상과 세태를 통렬하게 희화화하고 비판하였다.

이런 점으로 인해 그는 투철한 사회의식과 비판 정신을 지닌 작가로 인식되며, 특히 그가 시대 현실에 밀착하여 펼쳐보인 아이러니와 풍자의 세계는 풍자적 리얼리즘의 극치를 보여준 것으로 평가되고 있다.

작품 해설

　이 소설은 광복 직후, 보잘것없던 한 인물이 미군의 통역관이 되면서 권세를 부리는 모습을 풍자적으로 묘사하여 당시의 혼란한 사회상을 비판한 작품이다.

　미스터 방의 이름은 방삼복이다. 그는 서른이 넘도록 머슴살이를 하던 인물로, 십여 년간 일본과 중국을 떠돌았으나 초라한 행색으로 돌아온 후 서울에서 신기료장수를 하며 근근이 살아간다.

　해방 후 그는 서울에 진주한 미군들이 통역을 필요로 한다는 사실을 알아차리고, 중국에서 익힌 토막 영어로 S소위에게 접근하여 통역관이 된다. 그렇게 '미스터 방'이 된 그는 미군에게 청탁하러 오는 사람들을 연결시켜주며 재산을 불려간다.

　그러다 우연히 고향 사람인 백주사를 만난다. 백주사는 일제강점기에 경찰이던 아들과 함께 위세를 떨치며 부를 쌓았던 악덕 지주로, 해방이 되어 주민들의 습격을 받자 도망 온 길이었다.

　백주사는 빼앗긴 재산을 찾아 달라는 부탁을 하고, 미스터 방은 큰소리를 치며 수락한다. 그러던 참에 평소 습관대로 양치를 하고 머금은 물을 밖으로 뱉어냈는데, 공교롭게 그 물은 S소위의 얼굴에 정통으로 쏟아진다. 화가 난 S소위는 싹싹 비는 미스터 방의 턱을 어퍼컷으로 갈겨버린다.

이 작품의 시대적 배경은 해방 직후이다. 이 시기 우리 민족에게는 새로운 국가를 건설해야 하는 과제가 놓여 있었다. 그러나 이런 바람은 순조롭게 실현되지 못한 채, 미군과 소련군에 의해 38선을 경계로 남북으로 분단되어 통치되고 있었다.

이런 상황 속에서 새로운 외세에 빌붙어 개인의 이익만을 추구하는 인물들이 득세하던 것이 당시 현실이었다. 주인공 미스터 방은 그 전형적인 인물이다. 알량한 영어 실력으로 통역관이 되어 미군의 힘을 빌리려는 사람들에게 뇌물을 받으며 치부하는 모습이 이를 잘 보여준다.

또 다른 인물 백주사도 마찬가지다. 친일로 부귀영화를 누리다 몰락한 후에도 새로운 세력의 힘을 빌려 재기를 꾀하는 모습은 기회주의적인 속성을 여지없이 드러낸다. 혼란스러운 사회를 틈타 이권을 차지하기 위해 미스터 방에게 청탁하는 사람들 역시 크게 다르지 않다.

작가는 이처럼 부정적인 인물들을 내세우고, 이들의 행태를 비꼬고 우스꽝스럽게 묘사함으로써 당시 사회의 부조리를 풍자하고 있다. 이런 희화화의 방법은 웃음을 유발하는 동시에 독자들로 하여금 비판적인 거리를 가지고 인물들의 부정적 속성을 인식하고 조소하게 만든다.

이와 함께 판소리 사설체의 어조를 활용하여 말장난과 구어체 표현의 묘미를 살리는 개성적인 문체도 읽는 재미를 더하며 풍자적 효과를 높이고 있다.

미스터 방

주인과 나그네가 한가지로 술이 거나하니 취하였다. 주인은 미스터 방(方), 나그네는 주인의 고향 사람 백(白)주사.

주인 미스터 방은 술이 거나하여 감을 따라, 그러지 않아도 이즈음 의기 자못 양양한1 참인데 거기다 술까지 들어간 판이고 보니, 가뜩이나 기운이 불끈불끈 솟고 하늘이 바로 돈짝2만한 것 같은 모양이었다.

"내 참, 뭐, 흰말3이 아니라 참, 거칠 것 없어, 거칠 것. 흥, 어느 눔이아, 어느 눔이 날 뭐라구 허며, 날 괄시헐4 눔이 어딨어, 지끔 이 천지에. 흥 참, 어림없지, 어림없어."

누가 옆에서 저를 무어라고를 하며 괄시를 한단 말인지, 공연히 연방 그 툭 나온 눈방울을 부리부리, 왼편으로 삼십도는 넉넉 삐뚤어진 코를 벌씸벌씸 해가면서 그래 쌓는 것이었었다.

"내 참, 이래뵈두, 응, 동양 삼국 물 다 먹어 본 방삼(方三)복이우. 청

---

1 양양하다 : 뜻한 바를 이룬 만족감을 외모와 행동에 나타내는 태도가 있다.
2 돈짝 : 엽전의 크기. 어떤 사물의 크기를 엽전의 크기에 비교하여 나타낼 때 쓰는 말이다.
3 흰말 : '흰소리'의 방언. 터무니없이 자랑으로 떠벌리거나 거드럭거리며 허풍을 떠는 말
4 괄시하다 : 업신여겨 하찮게 대하다.

얼(淸語)5 뭇 허나, 일얼 뭇 허나, 영어야 뭐 말할 것두 없구⋯⋯."

하다가, 생각난 듯이 맥주컵을 들어 벌컥벌컥 단숨에 다 마신다. 그리고는 시꺼먼 손등으로 입술을 쓱, 손가락으로 김치쪽을 늘름 한 점, 그러던 버릇이, 미스터 방이요, 신사요, 방선생으로도 불리어지는 시방도, 무심중 절로 나와, 손등으로 입술의 맥주 거품을 쓱 씻고, 손가락으로 나조기6 한 점을 집어다 우둑우둑 씹는다.

"술은 참, 맥주가 술입넨다⋯⋯."

어느 놈이 만일 무어라고 시비를 하거나 괄시를 한다면 당장 그 나조기를 씹듯이 우둑우둑 잡아 씹기라도 할 듯이 괄괄하던 결기7가, 그러다 별안간 어디로 가고서 이번엔 맥주 추앙이 나오던 것이다.

"술두 미국 사람네가 문명했죠. 죄선 사람은 안직두 멀었어."

"멀구말구. 아직두 멀었지."

쥐 상호8의 대추씨만 한 얼굴에 앙상한 노랑수염 백주사가, 병을 들어 주인의 빈 컵에다 따르면서 그렇게 맞장구를 쳐 보비위9를 한다.

"아, 백상두 좀 드슈."

⋯⋯⋯⋯⋯⋯⋯⋯⋯

5 청어 : 중국 청나라의 말
6 나조기 : 라조기. 중국요리의 하나. 토막 친 닭고기에 녹말을 묻혀 튀긴 다음, 고추, 파, 마늘, 생강 따위를 볶아 섞고, 녹말을 푼 물에 넣어 익혀 만든다.
7 결기 : 못마땅한 것을 참지 못하고 성을 내거나 왈칵 행동하는 성미
8 상호 : 얼굴의 생긴 모양. '쥐 상호'는 얼굴이 쥐처럼 생겼다는 말이다.
9 보비위 : 남의 비위를 잘 맞추어 줌.

"난 과해."

"괜히 그리셔. 백상 주량을 다아 아는데. 만난 진 오랐어두."

"다아 젊었을 적 말이지, 지금은……."

"올에 참 몇이시지?"

"갑술생 마흔여덟 아닌가!"

"그럼 나버담 열한 살 위시군. 그래두 백상은 안 늙으신 심야. 허허 허허."

"안 늙는 게 다 무언가. 머리 신 걸 보게!"

"건 조백10이시지."

백주사는 흔연히 수작을 하면서 내색은 아니 하나, 어심11엔 미스터 방이 괘씸하기 짝이 없었다.

향리의 예법으로, 십 년 장12이면 절하고 뵈어야 한다. 무릎 꿇고 앉아야 하고, 말은 깍듯이 공대를 해야 한다. 그 앞에서 주초(酒草)13가 당치 않고, 막부득이한 경우면 모로 앉아 잔을 마셔야 한다. 그런 것을, 마치 제 연갑 친구나 타관 나그네게나 하는 것처럼, 백상이니, 술 드슈, 조백이시지 하고 말버릇이 고약해, 발 개키고 앉아서 정면하고 술을 먹어, 담배 뻐끔뻐끔 피워, 이런 괘씸할 도리가 없었다.

---

10 조백 : 늙기도 전에 머리가 셈. 흔히 마흔 살 안팎의 나이에 머리가 세는 것을 이른다.
11 어심 : 마음의 속
12 장 : 나이를 따져 손위임을 나타내는 말
13 주초 : 술과 담배

또 나이도 나이려니와, 문벌이나 지체를 가지고 논한다면, 이건 도저히 용서할 수 없는 일이었다.

이래보여도 나는 삼대조가 진사를 하였고 (그 첩지14가 시방도 버젓이 있다.) 오대조가 호조판서를 지냈고 (족보에 그렇게 분명히 올라 있다.) 칠대조가 영의정을 지냈고 (역시 족보에 그렇게 분명히 올라 있다.) 이런 명문거족15의 집안이었다. 또 내 십이촌이 ××군수요, 그 십이촌의 아들이 만주국 ××현 ××촌 촌장이요 하였다. 또 그리고, 시방은 원수의 독립인지 막덕인지 때문에 다 그렇게 되었다지만, 아무튼 두 달 전까지도 어느 놈 그 앞에서 기침 한번 크게 못 하던 백부장—훈팔(八)등에 ××경찰서 경제계 주임이던 백부장의 어르신네 이 백주사가 아닌가. 두 달 전 그때만 같았어도,

'이놈!'

하고 호통을 하여 당장 물고를 내련만16, 그 좋은 세상이 어디로 가고 이 지경이란 말인지 몰랐다.

하여튼 그만치나 혼란스런 백주사에다 대면 미스터 방의 근지17야 아주 보잘 것이 없었다.

---

14 첩지 : 예전에 관아에서 구실아치를 고용할 때 그 내용을 써서 본인에게 주던 문서

15 명문거족 : 뼈대가 있는 이름난 가문과 크게 번창한 집안

16 물고 : 죄를 지은 사람이 죽음. 또는 죄를 지은 사람을 죽임. '물고를 내다'는 '죽이다'를 속되게 이르는 말이다.

17 근지 : 자라 온 환경이나 경력을 아울러 이르는 말

미스터 방의 증조가 타관에서 떠들어온 명색 없는 사람이었다. 그 조부가 고을의 아전을 다녔다. 그 아비가 짚신장수였다. 칠십에, 고로롱고로롱, 아직도 살아 있지만, 시방도 짚신 곱게 삼기로 고을에서 첫째가는 방첨지가 바로 그였다. 그리고 이 방삼복이는…….

먹고 자고 꿍꿍 일하고, 자식새끼 만들고 할 줄밖에는 모르는 상일꾼18 (농부)였었다. 그러나마 삼십을 바라보도록 남의 집 머슴살이로, 이집 저집 살고 다니는 코삐뚤이 삼복이었다. 물론 낫 놓고 기역자도 못 그리는 판무식19이었다.

상일꾼일 바엔 남의 세토(貰土 : 소작) 마지기라도 얻어 제 농사를 짓는 것이 아니라, 삼십을 바라보도록 남의 집 머슴살이만 하고 다니던 코삐뚤이 삼복이가 하루아침 무슨 생각이 났던지, 돈벌이를 간답시고, 조석이 간데없는 부모에게다 처자식 떠맡기고는 훌쩍 일본으로 떠나 버렸다. 그것이 열두 해 전.

떠난 지 칠팔 년을 별반 신통한 벌이도 못 하는지, 돈 한 푼 보내는 싹도 없더니, 하루는 느닷없이 중국 상해에 와 있노라 기별이 전해져 왔다. 그리고는 감감 소식이 없다가, 삼 년 만에 푸뜩 고향엘 돌아왔다. 십여 년을, 저의 말따나 동양 삼국 물 골고루 먹고 다녔으면서, 별로이 때가 벗은 것도 없어 보이고, 행색은 해어진 양복 누더기에 볼 꿰어진 구

---

18 상일꾼 : 별로 기술이 필요하지 않은 막일을 직업으로 하는 사람
19 판무식 : 아주 무식함. 또는 그런 사람

두짝을 꿰고 들어서는 모양이, 군데군데 김질은 하였으나 빨아 다린 무명 고의적삼20을 입고 고향을 떠날 적보다 차라리 초라한 것 같았다.

늙은 어미 아비와, 젊은 가속21이 뼈품22으로 버는 것을 얻어먹으며 굶으며 하면서 한 일 년 빈둥거리고 놀더니, 적이 회심23이 들었는지, 이번엔 처자식 데리고 서울로 올라왔다.

서울로 올라와서는 현저동 비탈의 다 찌부러진 행랑방을 얻어 살면서, 처음 일 년은 용산 있는 연합군 포로수용소엘 다니며 입에 풀칠을 하였고 — 이 동안 그는 상해에서 귀로 익힌 토막영어가 조금 더 진보되었고.

다시 일 년이나는, 그것 역시 상해에서 익힌 것을 밑천삼아 구두 직공으로 구둣방엘 다니며 그럭저럭 살았고, 그러다 일본이 싸움에 지느라고, 구두를 너무 해트려 가죽이 동이 나서, 구둣방이 너나없이 문을 닫는 바람에, 할 수 없이 이번엔 궤짝 한 개 짊어지고 신기료장수24로 나서고 말았다.

골목골목 돌아다니며, 혹은 종로 복판의 행길25에 가 앉아 신기료장수

---

20 고의적삼 : 남자의 여름 홑바지인 고의와 윗도리에 입는 적삼을 아울러 이르는 말
21 가속 : '아내'를 낮추어 이르는 말
22 뼈품 : 뼈가 휘어지도록 들이는 수고
23 회심 : 마음을 돌이켜 먹음.
24 신기료장수 : 헌 구두나 신발을 깁는 일을 직업으로 하는 사람
25 행길 : '한길'의 방언. 차나 사람이 많이 다니는 큰길

를 하자니, 자연 서울 온 고향 사람의 눈에 종종 뜨일밖에. 소식이 고향에 퍼지자, 누구 한 사람 칭찬은 없고 저마다 빈정거리는 소리뿐이었다.

"일본으로, 청국으로, 십여 년 타국 바람 쏘이고 온 놈이 겨우 고거야?"

"부전자전이로구먼. 아범은 짚신장수, 자식은 구두 깁는 장수."

"아마 신발 명당에다 무덤을 썼든감."

이렇듯, 근지는 미천하고, 속에 든 것 없고, 가랑이가 찢어지게 가난하고, 생화(生貨)26라는 것이 고작 거리에 앉아 오는 사람 가는 사람 해어지고 고린내 나는 구두짝 꿰매어 주고 징 박아 주고 닦아 주고 하는 천업이고 하던, 그 코삐뚤이 삼복이었었다.

'흥, 개구리가 올챙이 적을 못 생각한다더니, 발칙한 놈, 고얀 놈.'

백주사는 생각하자니 속으로 이렇게 분개스럽지 않을 수가 없었다.

그러나 일변으로는, 그러던 코삐뚤이 삼복이가 그야말로 선영27이 명당엘 들었단 말인지, 무슨 조화를 지녔단 말인지, 불과 몇 달지간에 이렇게 훌륭히 되고, 부자가 되고, 미스터 방인지 구리다 방인지가 되고 하여 가지고는, 갖은 호강 다 하며 천하에 무설 것이 없고 기광28이 나서 막 이러니, 한편 생각하면 신기하기도 하고 부럽기도 하고 또한 안타깝기도 하였다.

---

26 생화 : 먹고 살아가는 데 도움이 되는 벌이나 직업
27 선영 : 조상의 무덤
28 기광 : 극성스레 마구 날뛰는 행동이나 기세

'사람의 운수란 참 모를 일이야.'

백주사는 속으로 절절히 이렇게 탄복도 아니치 못하였다.

코삐뚤이 삼복의 이 눈부신 발신[29]은, 그러나 백주사가 희한히 여기는 것처럼 무슨 명당바람이 났다거나 조화를 지녔다거나 그런 신기한 곡절이 있는 바가 아니요, 지극히 간단하고도 수월한 것이었다. 다못 몸에 지닌 재주 가운데 총기가 좀 좋아서 일찍이 영어 마디나 익힌 것을 잊어버리지 아니하였다는, 일종의 특수조건이 없던 바는 아니지만.

1945년 8월 15일, 역사적인 날.

이날도 신기료장수 방삼복은 종로의 공원 건너편 응달[30]에 앉아서, 구두 징을 박으면서, 해방의 날을 맞이하였다. 그러나 삼복은 감격한 줄도 기쁜 줄도 모르겠었다. 지나가는 행인이, 서로 모르던 사람끼리면서 덥쑥 서로 껴안고 기뻐하고 눈물을 흘리고 하는 것이, 삼복은 속을 모르겠고 차라리 쑥스러 보일 따름이었다. 몰려 닫는 군중이 오히려 성가시고, 만세 소리가 귀가 아파 이맛살이 지푸려질 지경이었다.

몰려다니고 만세를 부르고 하기에 미쳐 날뛰느라고 정신이 없어, 손님이 없어, 손님이 부쩍 줄었다.

"우랄질! 독립이 배부른가?"

---

29 발신 : 어려운 처지나 환경에서 벗어나 앞길이 훤히 트임.
30 응달 : 햇볕이 잘 들지 아니하는 그늘진 곳

이렇게 그는 두런거리면서 반감이 솟았다.

이삼 일 지나면서부터야 삼복에게도 삼복에게다운 해방의 혜택이 나누어졌다.

십 전이나 십오 전에 박아 주던 징을, 오십 전을 받아도 눈을 부라리는 순사를 볼 수가 없었다.

순사가 없어졌다면야, 활개를 쳐가면서 무슨 짓을 하여도 상관이 없고 무서울 것이 없던 것이었다.

"옳아, 그렇다면 독립도 할 만한 건가 보다."

삼복은 징 열 개를 박아 주고 오 원을 받아 넣으면서 이렇게 속으로 중얼거리기까지 하였다.

그러나 며칠이 못 가서 삼복은 다시금 해방을 저주하여야 하였다. 삼복이 저 혼자만 돈을 더 받으며, 더 받아 상관이 없는 것이 아니라, 첫째 도가(都家)31들이 제 맘대로 재료 값을 올리던 것이었다. 징, 가죽, 고무, 실 모두가 오곱 십곱 비싸졌다. 그러니 신기료장수는 손님한테 아무리 비싸게 받는댔자 재료를 비싼 값으로 사야 하니, 결국 도가만 살찌울 뿐이지 소득은 전과 크게 다를 것이 없었다.

"이런 옘병헐! 그눔에 경제겐 다 어디루 가 뒈졌어. 독립은 우라진다구 독립을 헌담."

석양 때 신기료궤짝 어깨에 멘 채 홧김에 막걸리청으로 들어가, 서너

---

31 도가 : 도매로 물건을 파는 가게나 장수

사발 들이켜고는 그는 이렇게 게걸거렸다.

그럭저럭 구월도 열흘이 되고, 서울거리에는 미국 병정이 꼬마차와 함께 그득히 퍼졌다.

그 미국 병정들이, 거리를 구경하면서 혹은 물건을 사려면서, 말이 서로 통하지를 못하여 답답해하는 양을 보고 삼복은 무릎을 탁 쳤다.

그러나 슬플진저, 땟국과 땀에 찌든 이 누더기를 걸치고는 가망이 없을 말이었다.

'무슨 도리가 없을까?'

반일을 궁리를 하다가 정오 때에야 한 줄기 서광32을 얻었다.

총총히 집으로 돌아가, 마누라를 시켜 구두 고치는 연장 일습과 재료 남은 것에다 이불이며 헌옷가지 해서 한 짐을 동네 아는 가게에다 맡기고는 한 달 기한으로 돈 백 원을 서푼 변으로 취해 오게 하였다.

그 돈 백 원을 가지고 삼복은 흔한 넝마전으로 가서 백 원 돈이 꼭 차는 한도까지에 양복이란 명색 한 벌과 모자를 샀다. 신발은 부득이 안방 사람의 병정구두 사 신은 것을 이 다음 창갈이 거저 해주겠다는 조건으로, 닷새만 제 것과 바꾸어 신기로 하였다.

이튿날 아침 느지감치, 새로 장만한 헌 양복 헌 모자에 헌 구두로써 궤짝 멘 신기료장수보다는 제법 말쑥하여진 차림을 차리고 마악 나서려는데, 간밤부터 통통 부어 가지고는 시중도 말대꾸도 잘 아니 하던 애꾸

---

32 서광 : 좋지 못하던 상태에서 나타난 희망의 징조를 비유적으로 이르는 말

쟁이 마누라가 와락 양복 뒷자락을 움켜쥐고 늘어진다.

"바른 대루 대요."

"이게 별안간 미쳤나?"

"요 망난아, 반해 가지군 이력허구 찾아가는 고년이 어떤 년야? 응?"

"속을 모르거든 밥값을 내지 말랬어, 요 맹추야."

"날 죽이구 가지, 거전 못 가."

"이년아, 너 이랬단, 내 인제 둔 벌문, 증말 첩 얻는다."

"오냐 잘한다. 날 죽여라, 날⋯⋯."

"아, 이 우라 주리땔[33] 앵길 년이⋯⋯."

한주먹 보기 좋게 갈겨 넘어뜨리고는, 찌부러진 오두막집을 나서 종로로 향을 잡았다.

노예도 노예 이전이면 상전을 선택할 자유를 가지는 수도 있다고.

삼복은 종로서 전차를 내려 동쪽으로 천천히 걸으면서 물색을 하였다. 생김새가 맘씨 좋아 보이고, 여느 병정이 아니라 장교쯤 가는 이라야 할 것이었다.

청년회관 앞에서 담뱃대를 사고 있는 하나가, 몸집이 부대하고, 여느 병정은 아닌 듯하고, 얼굴이 사뭇 선량하여 보이는 게 선뜻 마음에 들었다. 구경하는 체하고 넌지시 그 옆으로 가 섰다.

---

33 주리때 : 주릿대. 죄인의 두 다리를 한데 묶고 다리 사이에 끼워 비트는 데 썼던 두 개의 긴 막대기. '주릿대를 안기다'는 심한 벌을 준다는 말이다.

미국 장교는 담뱃대를 집어 들고 기물스러하면서 연방 들여다보다가 값이 얼마냐고,

"하우 머치? 하우 머치?"

하고 묻는다.

담뱃대장수 영감은, 삼십 원이라고 소래기만 지른다.

알아들을 턱이 없어 고개를 깨웃거리면서 다시금 하우 머치만 찾는 것을, 기회 좋을씨고라고, 삼복이가 나직이,

"더티 원."

하여 주었다.

확 돌려다보더니,

"오, 캔 유 스피크?"

하면서 사뭇 그러안을 듯이 반가워하는 양이라니. 아스러지도록 손을 잡고 흔드는 데는 질색할 뻔하였다.

직업이 있느냐고 물었다. 방금 실직하였노라고 대답하였다.

그럼, 내 통역이 되어 주겠느냐고 물었다. 그러겠노라고 대답하였다.

이 자리에서 신기료장수 코삐뚤이 삼복이 미스터 방으로 승차34를 하여, S라는 미국 주둔군 소위의 통역이 되었다. 주급 십오 불(이백사십 원) 가량의.

거진 매일같이 미스터 방은 S소위를, 낮에는 거리의 구경으로, 밤이면

---

34 승차 : 한 관청 안에서 윗자리의 벼슬로 오름

계집 있는 술집으로 인도하였다.

한 번은 탑골공원의 사리탑을 구경하면서, 얼마나 오랜 것이냐고 S소위가 물었다. 미스터 방은 언젠가, 수천 년 된 것이란 말을 들었기 때문에, 투사우전드 이얼스라고 대답하였다.

또 한 번은, 경회루를 구경하면서 무엇 하던 건물이냐고 물었다. 미스터 방은 서슴지 않고,

"킹 드링크 와인 앤드 댄스 앤드 싱, 위드 댄서."

라고 대답하였다. 임금이 기생 데리고 술 마시고, 춤추고 노래 부르고 하던 집이란 뜻이었었다.

내가 보기엔, 조선 여자의 옷이 퍽 아름답고 점잖스럽던데, 어째서 양장들을 하는지 모르겠다고 S소위가 물었다. 미스터 방, 여자들이 서양 사람한테로 시집을 가고파서 그런다고 대답하였다.

서울역을 비롯하여 거리에 분뇨가 범람한 것을 보고, 혹시 조선 가옥에는 변소가 없느냐고 S소위가 물었다. 미스터 방은, 있기야 집집마다 다 있느니라고 대답하였다.

썩 좋은 조선 그림을 한 장 사고 싶다고 하여서, 문지방 위에다 흔히들 붙이는, 사슴이 불로초를 물고 신선이 앉았고 한 것을 오 원에 한 장 사주었다.

제일 재미있고 유명한 소설이 무엇이냐고 물어서, 『추월색』이라고 대답하였고, 그럼 그것을 한 권 사고 싶다고 하여서, 여러 날 사러 다니다 못해 동네 노마네 집에 치를 이 원에 사주었다. 이 밖에도 미스터 방은 S소위에게 조선을 소개한 공로가 여러 가지로 많으나, 대강은 그러하였다.

그 공로에 정비례해서, 미스터 방은 나날이 훌륭하여져 갔다. 8·15 이전에 어떤 은행의 중역의 사택이라던 지금의 이 집으로, 현저동 그 집에서 옮아오기는 S소위의 통역이 되는 사흘 후였었다. 위아래층을 다, 양식 절반 일본식 절반으로 꾸민 호화스런 저택이었다. 정원엔 때마침 단풍과 가을 화초가 아름다웠고, 연못에선 잉어가 뛰놀고 하였다.

시방 주객이 앉아 술을 마시는 방은, 앞은 노대35가 딸리고, 햇볕 잘 들고 밝아서, 여러 방 가운데 제일 좋은 방이었다. 그러나 방 안에는 벽에 그림 한 장 붙어 있는 바 아니요, 방에 알맞은 가구 한 벌 놓여 있는 바 아니요, 단지 방일 따름이어서, 싱겁게 넓기만 하였다. 그렇지만 미스터 방은 실내의 장식 같은 것쯤 그다지 관심할 줄을 아직은 몰랐다.

처음엔 식모36를 두었다. 그 다음엔 침모37를 두었다. 그 다음엔 손심부름할 계집아이를 두었다.

하루에도 방선생을 찾는 이가 여러 패씩 있었다. 그들의 대개는 자동차를 타고 오고, 인력거짜리도 흔치 않았다. 그렇게 찾아오는 그들은 결단코 빈손으로 오는 법이 드물었다. 좋은 양과자 상자 밑바닥에는 으레 따로이 뿌듯한 봉투가 들었곤 하였다.

---

35 노대 : 건물 벽면 바깥으로 돌출되어 난간이나 낮은 벽으로 둘러싸인 뜬 바닥이나 마루
36 식모 : 남의 집에 고용되어 주로 부엌일을 맡아 하는 여자
37 침모 : 남의 집에 매여 바느질을 맡아 하고 일정한 품삯을 받는 여자

미스터 방의, 신기료장수 코삐뚤이 삼복이로부터의 발신 경로란 이렇듯 심히 간단하고 순조로운 것이었었다.

주인 미스터 방이 백주사의 컵에다 술을 따르려고 병을 집어 들다가,

"오이, 기미코."

하고 아래층으로 대고 부른다.

"심부럼 갔어요."

애꾸쟁이 마누라의 꼬챙이 같은 대답.

"안주 어떻게 됐어?"

"글쎄, 안주 시키러 갔어요."

"증종 있지?"

"……."

층계 밟는 소리가 나더니, 퍼머넌트[38]한 머리가 나오고, 좁디좁은 이마에 이어서 애꾸눈이 나오고, 분 바른 얼굴이 나오고, 원피스 입은 커다란 젖통의 가슴이 나오고, 마지막 비단 양말 신은 두리기둥[39] 같은 두 다리가 나오고 한다.

"서주사가 이거 두구 갑디다."

---

38 퍼머넌트 : 머리를 화학 약품과 전열기를 이용하여 구불구불하게 하거나 곧게 펴 그런 모양으로 오래 유지되도록 꾸밈. 흔히 줄여서 '파마'라고 부른다.

39 두리기둥 : 둘레를 둥그렇게 깎아 만든 기둥

들고 올라온 각봉투40 한 장을 남편에게 건네어 준다.

"어디?"

그러면서 받아 봉을 뜯는다. 소절수41 한 장이 나온다. 액면 만 원 짜리다.

미스터 방은 성을 벌컥 내면서,

"겨우 둔 만 원야?"

하고 소절수를 다다미 바닥에다 홱 내던진다.

"내가 알우?"

"우랄질 자식, 어디 보자. 그래 전, 걸 십만 원에 불하 맡다 백만 원 하난 냉겨 먹을 테문서, 그래 겨우 둔 만 원야? 엠병헐 자식, 내가 엠피(MP)42헌테 말 한마디문, 전 어느 지경 갈지 모를 줄 모르구서."

"정종으루 가져와요?"

"내 말 한마디에 죽을 늄이 살아나구, 살 늄이 죽구 허는 줄을 모르구서. 흥, 이 자식 경 좀 쳐봐라…… 증종 따근허게 데와. 날두 산산허구 허니."

새로이 안주가 오고, 따끈한 정종으로 술이 몇 잔 더 오락가락하고 나서였다.

---

40 각봉투 : 네모진 봉투

41 소절수 : 수표

42 엠피 : Military Police. 헌병. 군대 안의 경찰 업무를 맡아보는 군인

백주사는 마침내, 진작부터 벼르던 이야기를 꺼내었다.

백주사의 아들 백선봉은, 순사 임명장을 받아 쥐면서부터 시작하여 8·15 그 전날까지 칠 년 동안, 세 곳 주재소와 두 곳 경찰서를 전근하여 다니면서, 이백 석 추수의 토지와, 만 원짜리 저금통장과, 만 원어치가 넘는 옷이며 비단과, 역시 만 원 어치가 넘는 여편네의 패물과를 장만하였다.

남들은 주린 창자를 졸라맬 때 그의 광에는 옥 같은 정백미[43]가 몇 가마니씩 쌓였고, 반 년 일 년을 남들은 구경도 못 하는 고기와 생선이 끼니마다 상에 오르지 않는 날이 없었다.

××경찰서의 경제계 주임으로 있던 마지막 이 년 동안은 더욱더 호화판이었다. 8·15 그날 밤, 군중이 그의 집을 습격하였을 때에 쏟아져 나온 물건이 쌀말고도,

광목[44] 여섯 통

고무신 스물세 켤레

지카다비[45] 여덟 켤레

빨랫비누 세 궤짝

양말 오십 타[46]

---

43 정백미 : 더 손댈 필요가 없을 만큼 깨끗하게 찧어서 껍질을 벗긴 흰쌀

44 광목 : 무명 올로 폭이 넓게 짠 베

45 지카다비 : 버선처럼 생겼으며 엄지발가락과 다른 발가락 사이가 갈라져 있는 신발. 주로 일본인들이 작업화로 신는다.

정종 열세 병

설탕 한 부대

이렇게 있었더란다. 만 원 어치 여편네의 패물과, 만 원 어치의 옷감이며 비단과 만 원짜리 저금통장은 그만두고 말이었다.

물건 하나 없이 죄다 빼앗기고, 집과 세간은 조각도 못 쓰게 산산 다 부시고, 백선봉은 팔이 부러지고, 첩은 머리가 절반이나 뽑히고, 겨우겨우 목숨만 살아 본집으로 도망해 왔다.

일변 고을에서는 백주사가 자식이 그런 짓을 해서 산 토지를 가지고 동네 사람한테 거만히 굴고, 작인들한테 팔 할 가까운 도지를 받고, 고리대금을 하고 하였대서, 백선봉이 도망해 와 눕는 그날 밤, 그의 본집인 백주사의 집을 습격하였다.

집과 세간 죄다 부수고, 백선봉이 보낸 통제배급물자 숱한 것 죄다 빼앗기고, 가족들은 죽을 매를 맞고, 백선봉은 처가로, 백주사는 서울로 각기 피신하여 목숨만 우선 보전하였다.

백주사는 비싼 여관밥을 사먹으면서, 울적히 거리를 오락가락, 어떻게 하면 이 분풀이를 할까, 어떻게 하면 빼앗긴 돈과 물건을 도로 다 찾을까 하고 궁리를 하던 것이나, 아무런 묘책도 없었다.

그러자 오늘은 우연히 이 미스터 방을 만났다. 종로를 지향없이 거니는데, 지나가던 자동차가 스르르 멈추면서, 서양 사람과 같이 탔던 신사

---

46 타 : 연필이나 양말 따위의 물건을 열두 개를 한 묶음으로 세는 단위를 나타내는 말

양반 하나가 내려서더니, 어쩌다 눈이 마주치자,

"아, 백주사 아니신가요?"

하고 반기는 것이었었다.

자세히 보니, 무어 길바닥에서 신기료장수를 한다던 코삐뚤이 삼복이가 분명하였다.

"자네가, 저, 저, 방, 방……."

"네, 삼복입니다."

"아, 건데, 자네가……."

"허, 살 때가 됐답니다."

그리고는 내 집으루 갑시다, 하고 잡아끄는 대로 끌리어 온 것이었었다.

의표[47]하며, 집하며, 식모에 침모에 계집하인까지 부리면서 사는 것하며, 신수가 훤히 트여 가지고 말도 제법 의젓하여진 것 같은 것이며, 진소위[48] 개천에서 용이 났다고 할 것인지.

옛날의 영화가 꿈이 되고, 일보에 몰락하여 가뜩이나 초상집 개처럼 초라한 자기가 또 한 번 어깨가 옴츠러듦을 느끼지 아니치 못하였다. 그런데다 이 녀석이, 언제 적 저라고 무엄스럽게 굴어 심히 불쾌하였고, 그래서 엔간히 자리를 털고 일어설 생각이 몇 번이나 나지 아니한 것도 아니었었다. 그러나 참았다.

---

47 의표 : 몸가짐이나 예절을 갖춘 태도

48 진소위 : 정말 말 그대로.

보아하니 큰 세도를 부리는 것이 분명하였다. 잘만 하면 그 힘을 빌려, 분풀이와 빼앗긴 재물을 도로 찾을 여망49이 있을 듯싶었다. 분풀이를 하고, 더구나 재물을 도로 찾고 하는 것이라면야 코삐뚤이 삼복이는 말고, 그보다 더한 놈한테라도 머리 숙이는 것쯤 상관할 바 아니었다.

"그러니, 여보게 미씨다 방……."

있는 말 없는 말 보태 가며 일장 경과 설명을 한 후에, 백주사는 끝을 맺기를,

"어쨌든지 그놈들을 말이네, 그놈들을 한 놈 냉기지 말구섬 죄다 붙잡아다가 말이네, 괴수놈들일랑 목을 썰어 죽이구, 다른 놈들일랑 뼉다구가 부러지두룩 두들겨 주구. 꿇어앉히구 항복 받구. 그리구 빼앗긴 것 일일이 도루 다 찾구. 집허구 세간 쳐부신 것 말끔 다 물리구…… 그렇게만 해준다면, 내, 내, 재산 절반 노나 주문세, 절반. 응, 여보게 미씨다 방."

"염려 마슈."

미스터 방은 선뜻 쾌한 대답이었다.

"진정인가?"

"머, 지끔 당장이래두, 내 입 한 번만 떨어진다 치면, 기관총 들멘 엠피가 백 명이구 천 명이구 들끓어 내려가서, 들이 쑥밭을 만들어 놉니다, 쑥밭을."

---

49 여망 : 아직 남은 희망

"고마우이!"

백주사는 복수하여지는 광경을 서언히 연상하면서, 미스터 방의 손목을 덤쑥 잡는다.

"백골난망50이겠네."

"놈들을 깡그리 죽여 놀 테니, 보슈."

"자네라면야 어렵하겠나."

"흰말이 아니라 참 이승만 박사두 내 말 한마디면 고만 다 제바리51유."

미스터 방은 그리고는 냉수 그릇을 집어 한 모금 물고 꿀쩍꿀쩍 양치를 한다. 웬 버릇인지, 하여간 그는 미스터 방이 된 뒤로, 술을 먹으면서 양치하는 버릇이 생겼었다.

양치한 물을 처치하려고 휘휘 둘러보다, 일어서서 노대로 성큼성큼 나간다. 노대는 현관 정통 위였었다.

미스터 방이 그 걸쭉한 양칫물을 노대 아래로 아낌없이 좍 배앝는 바로 그 순간이었다. 그 순간이 공교롭게도, 마침 그를 찾으려 온 S소위가 현관으로 일단 들어서려다 말고 (미스터 방이 노대로 나오는 기척이 들렸기 때문에) 뒤로 서너 걸음 도로 물러나,

"헬로."

---

50 백골난망 : 죽어서 뼈만 남은 뒤에도 잊을 수 없다는 뜻으로, 남에게 큰 은혜나 덕을 입었을 때 고마움을 나타내는 말
51 제바리 : 공사판의 노동자들이 자기의 불만을 나타낼 때 하는 말

부르면서 웃는 얼굴을 쳐드는 순간과 그만 일치가 되었었다.

"에구머니!"

놀라 질겁을 하였으나 이미 배앝아진 양칫물은 퀴퀴한 냄새와 더불어 백절⁵²폭포로 내려 쏟혀, 웃으면서 쳐드는 S소위의 얼굴 정통에 가 좌르르.

"유 데블!"

이 기급할 자식이라고, S소위는 주먹질을 하면서 고함을 질렀고, 그 주먹이 쳐든 채 그대로 있다가, 일변 허둥지둥 버선발로 뛰쳐나와 손바닥을 싹싹 비비는 미스터 방의 턱을,

"상놈의 자식!"

하면서 철컥, 어퍼컷으로 한 대 갈겼더라고.

---

52 백절 : 여러 번 꺾임.

선생님이 들려주는 그 시절 이야기

태환 : 안녕하세요, 선생님. 오늘은 채만식의 「미스터 방」이란 소설을 읽었어요. 이 작가의 작품은 처음 읽었는데, 조금 독특한 거 같아요.

선생님 : 어떤 면에서 그렇지?

태환 : 소설의 주인공들은 대개 긍정적이거나 동정이 가는 인물이어서 공감하면서 작품을 읽게 되잖아요? 그런데 이 작품의 주인공은 반대인 거 같아요. 굉장히 우스꽝스러우면서도 이기적이고 기회주의적인 인물이어서 비웃고 비판하게 돼요.

서연 : 네, 저도 비슷한 생각을 했어요. 지난번에 읽은 김유정의 「봄봄」과 비교하자면 주인공의 말이나 행동이 우스꽝스럽다는 점에서는 비슷한데, 분위기나 느낌은 다른 거 같아요.

선생님 : 그래, 그건 해학과 풍자의 차이로 설명할 수 있어. 둘 다 웃음을 유발하지만, 해학은 인물의 어리숙한 행동을 익살스러우면서도 호의적으로 묘사해 미소를 머금고 바라보게 만드는 것에 비해, 풍자는 대상의 부정적인 속성을 공격적으로 들추어내서 비웃음을 불러일으키고 비판적으로 생각하게 만들지.

김유정이 일부 농촌소설에서 매우 토속적이고 해학적인 세계를 펼쳐 보인 작가라면, 채만식은 한국소설사에서 풍자의 대가로 일컬어지는 작가지. 그는 항상 시대 현실에 대해 깊은 관심을 가지고 당대 사회의 부조리와 사람들의 이기적인 모습을 꼬집고 풍자하는 작품을 많이 썼어.

서연 : 네, 잘 알겠습니다. 그런데 이 작품의 시대적 배경에 대해 자세히 설명해 주세요. 그때가 해방 직후인 건 알겠는데, 왜 미군이 서울 거리에 가득 퍼지게 되었나요?

선생님 : 이 시기를 역사적으로 '해방기'라고 하기도 하지만, '미소군정기'라고 부르기도 한단다. 1945년부터 1948년까지의 약 3년간인데, 미군과 소련군이 38선을 경계로 남한과 북한을 각기 통치했기 때문이야. 일본으로부터 해방이 되었지만, 아직 우리나라 정부가 들어서지 못했던 시기였지.

태환 : 그때 왜 미군과 소련군이 우리나라를 분단하고 통치하게 된 거죠? 일제로부터 겨우 해방되었는데, 다시 다른 나라의 군대가 들어온 이유가 무엇인가요?

선생님 : 결론부터 말한다면, 약소민족의 비애라고 할 수 있어. 너희들도 알겠지만, 우리나라는 1945년 8월 15일에 광복을 맞이했어. 이제 이민족의 통치에서 벗어났으므로 자주적이고 독립적인 국가를 세우는 것이 시대적 과제가 되었지.

그런데 우리가 온전히 자신의 힘으로 광복을 쟁취한 것이 아니라 제2차 세계대전에서 일본이 패망한 결과로 해방이 된 게 문제였어. 일제강점기에 우리도 국내외에서 열심히 독립운동을 벌였지만, 전쟁에 승리한 연합국은 그걸 인정해주지 않고 자신들의 입장에서 국제질서를 재편하려고 했어.

특히 당시 새로운 강대국으로 떠오른 미국과 소련은 각기 자본주의와 공산주의 세력을 대표하며 대립하기 시작했어. 전 세계에서 자신들의 세력을 확장하려고 들면서, 이른바 '냉전'이 시작되었지.

동북아시아에서도 소련은 태평양전쟁에 참전한 것을 명분으로 영향력을 확대하려 했고 미국은 이를 저지하려고 했어. 그 결과 양국 사이에 일종의 타협선으로 제시된 것이 북위 38도선이었고, 그걸 경계로 미국과 소련의 군대가 남북한에 진주한 거야.

새로운 자주 국가를 건설하려는 우리 민족의 소망은 무시당한 채 자국의 이익을 앞세우는 강대국들에 의해 분단되고 통치되었던 거야. 냉혹한 국제정치의 현실을 보여주는 사건이었지.

태환 : 우리로서는 정말 억울하고 어이없는 일이네요. 게다가 그때 이루어진 분단이 아직까지 이어지는 거잖아요?

선생님 : 그래, 맞아. 미소 군정기는 3년에 그쳤지만 분단 상황은 굳어졌고, 이후 동족상잔의 참혹한 전쟁을 치르고도 우리는 아직까지 세계 유일의 분단국으로 남아 있지.

서연 : 선생님 말씀을 듣고 당시 미군이 남한을 통치했다는 건 알겠어요. 그런데 그때 미군의 통역관이 되면, 이 작품의 주인공처럼 정말 그렇게 큰소리치면서 돈을 많이 벌 수 있었나요?

선생님 : 실제로 그런 일이 많았다고 해.

서연 : 좀 더 구체적으로 말씀해 주세요.

선생님 : 미국이 갑자기 남한을 통치하게 되었지만, 그들은 대부분 우리 나라 실정을 잘 모르고 우리말도 할 줄 몰랐어. 당연히 통역관 이 많이 필요했고, 영어를 할 줄 아는 사람들은 미 군정청에 통역관으로 들어갔지.

그 통역관들은 미 군정청을 등에 업고 절대적인 권력을 행사했어. 가령 적산을 팔거나 그 관리자를 선정하는 일에 관여하면서 부정한 이득을 많이 취했다고 해.

'적산'이란 적의 재산이란 뜻인데, 일제나 일본인이 남기고 간 재산을 말해. 구체적으로 총독부나 일본인 소유였던 토지나 가옥, 각종 기업체, 차량과 기계류 등이지. 미 군정은 이런 적산을 군정청 소유로 귀속시킨 뒤 민간에 싼값에 팔거나 위탁해서 관리했는데, 그 과정에 통역관들이 개입해 많은 돈을 착복할 수 있었던 거야.

작품 속에서도 서주사라는 인물이 만 원짜리 수표를 놓아두고 가자, 주인공이 "우랄질 자식, 어디 보자. 그래 전, 걸 십만 원에 불하 맡아다 백만 원 하난 냉겨 먹을 테문서, 그래 겨우 둔 만 원야?" 하고 내팽겨치는 장면이 나오지 않니?

적산을 받을 수 있도록 해 달라고 청탁하는 인물이나 그 뇌물을 받아 챙기는 인물 모두 혼란한 사회 현실을 이용해 막대한 이익을 챙겼다는 걸 잘 보여주는 대목이지. 이런 시대 상황을 두고 '통역정치'라는 말까지 생겨나 유행했다고 해.

서연 : 그 정도였다니 부정부패가 정말 심했네요. 어쨌든 작가는 '미스

터 방'과 같은 인물을 통해 바로 그런 현실을 고발하고 풍자한 거네요?

선생님 : 그래, 잘 이해했다.

태환 : 네, 저도 잘 알겠습니다. 오늘도 여러 가지 자세히 설명해 주셔서 감사합니다!

자전거 도둑

박완서 (1931~2011)

작가 소개

박완서는 경기도 개풍에서 태어났다. 1944년 숙명여중에 입학하여, 5학년 때 (당시는 지금과 학제가 달라 중학교가 6년제였다) 담임교사인 소설가 박노갑을 만나 영향을 받고 일본어로 된 세계문학전집을 읽으면서 문학에 대한 꿈을 키웠다.

1950년에 서울대 국문과에 입학하지만 그해 한국전쟁이 일어나 중퇴하게 되었고, 이후에도 끝내 대학 교육을 받지 못했다. 또 전란 중에 오빠와 숙부가 죽고 고향은 북한 영토가 되어버리는 불행을 겪는다.

그는 휴전 직후인 1953년에 결혼하였고, 한동안 전업주부로 살며 네 딸과 외아들을 키우면서 문학에서 멀어진다. 그러다가 마흔이 되던 해인 1970년 『여성동아』 여류 장편소설 공모에 『나목』이 당선되어 등단하였다.

뒤늦게 등단한 후에는 왕성한 창작 활동을 펼치며 문제작들을 계속 발표해 문단의 주목을 받았다. 세상을 떠날 때까지 40년 동안 꾸준히 발표된 그의 소설들은 문학적으로 높은 평가를 받음과 동시에 대중들로부터도 많은 사랑을 받았다. 이런 이유로 그는 현대 한국 여성문학을 대표하는 소설가로 자리매김하였다.

그의 작품들은 크게 세 가지 흐름으로 나눠볼 수 있다. 첫째는 분단과 한국전쟁의 상처를 형상화한 계열의 흐름, 둘째는 물질만능주의와 중산층의 허위의식을 꼬집고 비판하는 흐름, 셋째는 불평등한 사회에서 억압

받는 여성들의 문제를 다룬 흐름 등이다.

첫 번째 계열의 작품으로는 등단작인 『나목』을 비롯하여 『엄마의 말뚝』, 『그해 겨울은 따뜻했네』 등이 대표적이다. 이들 작품에서 작가는 가족사적 체험을 바탕으로 분단과 전쟁의 상처, 그리고 그로부터 비롯되는 현실의 고통을 깊이 있고 생생하게 그려낸다.

두 번째 흐름을 형성하는 것은 1970년대에 이르러 우리 사회에 만연하는 천박한 허영심과 물욕, 거짓된 윤리의식 등을 능청스럽고 활달한 문체로 비판하는 작품들이다. 「지렁이 울음소리」, 『휘청거리는 오후』 등의 작품이 이에 속한다.

마지막 계열의 작품들은 가부장적 사회 구조 속에서 남자에게 예속을 강요당하고 억눌리는 인물들을 통해 여성 문제를 본격적으로 제기하는 것들로서, 『살아있는 날의 시작』, 『서 있는 여자』, 『그대 아직도 꿈꾸고 있는가』 등이 주목받았다.

이처럼 작가의 작품 세계는 분단 문제부터 세태 비판, 여성 문제에 이르기까지 넓은 진폭을 보여준다. 이러한 주제들은 인간과 세상에 대한 날카로운 통찰과 섬세한 감각에 의해 포착된 것으로서, 유려하고 다채로운 문체를 통해 생동감 있게 형상화되고 있다.

작품 해설

이 소설은 1970년대 서울의 세운상가를 배경으로 시골서 올라와 점원으로 일하는 한 소년이 겪는 사건을 통해 이기적이고 부도덕한 현대인들의 모습을 비판한 작품이다.

수남이는 청계천 세운상가에 있는 전기용품 도매상의 점원이다. 일자리를 찾아 서울에 올라온 열여섯 살의 소년으로 착하고 순수한 성품을 지녔다. 가게 주인은 겉으로 수남이를 귀여워하고 공부하고 싶어 하는 꿈을 키워주는 듯하지만, 그것은 더 많은 일을 부려먹기 위한 사탕발림에 불과하다.

바람이 심하게 불던 날, 배달을 나갔던 수남이는 자전거가 넘어져 고급 승용차를 긁는 사고를 겪는다. 차 주인은 수리비로 5천 원을 요구하다가, 돈을 가지고 오라며 자전거에 자물쇠를 채워놓고 가버린다. 이때 구경꾼들은 모두 자전거를 들고 도망가라고 부추긴다. 수남이는 엉겁결에 자전거를 번쩍 들고 도망친다.

가게 주인은 칭찬하지만 수남은 마음이 편치 못하다. 도둑질로 체포되어 현장검증을 하던 형과 무슨 짓을 해도 도둑질은 하지 말라던 아버지가 떠오르자 괴로워진다. 그렇게 양심의 가책을 느끼던 수남은 결국 짐을 꾸려 아버지가 있는 고향으로 떠난다.

이 작품의 시대적 배경인 1970년대는 경제개발이 한창 진행되던 시기였다. 경제가 급성장하여 소득이 올라가며 풍요로워지고 있었지만, 다른 한편으론 돈과 물질을 최고로 여기며 수단과 방법을 가리지 않고 자기 이익만을 챙기는 풍토가 팽배하였다.

많은 작중 인물들이 이런 세태를 잘 보여준다. 사탕발림으로 수남을 부려먹는 가게 주인, 다친 아가씨보다 간판 주인의 손해를 더 염려하는 사람들, 돈이 있으면서도 물품 대금을 주지 않으려는 장사꾼, 돈을 뜯어내려고 간악하게 구는 차 주인, 그냥 도망치라고 부추기는 구경꾼들이 모두 그러하다.

순진한 수남은 이처럼 이기적인 사람들에게 휩쓸려 자전거 사건을 겪으며 내적 갈등에 시달린다. 돈을 우려내려는 신사도 나쁘지만, 자신도 사람들의 꾐에 넘어가 떳떳치 못하게 도망을 친 것이다. 그러나 수남은 도망칠 때의 쾌감을 떠올리며, 문제는 자기 내부에 도사린 부도덕성임을 깨닫는 모습을 보인다.

작가는 이와 같은 이야기를 통해 현대인들의 이기주의와 비양심적인 태도를 비판하며, 수남이처럼 양심에 귀 기울이는 자세로 도덕성을 회복해야 함을 암시한다.

그리고 이런 주제 의식은 타락한 도시와 도덕성 회복의 공간인 시골의 대비를 통해 인상적으로 부각되고 있다. 먼지와 쓰레기만 날리는 흉흉하고 을씨년스러운 도시의 바람과 보리밭과 나무를 춤추게 하고 잠든 뿌리와 꽃망울을 깨우는 시골의 바람은 이런 대비를 잘 보여주는 소재이다.

자전거 도둑

수남이는 청계천 세운상가[1] 뒷길의 전기용품 도매상의 꼬마 점원이다.

수남이란 어엿한 이름이 있는데도 꼬마로 통한다. 열여섯 살이라지만 볼은 아직 어린아이처럼 토실하니 붉고, 눈 속이 깨끗하다. 숙성한 건 목소리뿐이다. 제법 굵고 부드러운 저음이다. 그 목소리가 전화선을 타면 점잖고 떨떠름한[2] 늙은이 목소리로 들린다.

이 가게에는 변두리 전기 상회나 전공[3]들로부터 걸려 오는 전화가 잦다. 수남이가 받으면,

"주인 영감님이십니까?"

하고 깍듯이 존대를 해 온다.

"아, 아닙니다. 꼬맙니다."

수남이는 제가 무슨 큰 실수나 저지른 것처럼 황공해[4] 하며 볼까지 붉어진다.

---

1 세운상가 : 서울 청계천에 있는 전자상가. 우리나라 최초의 주상복합건물이며 한국 전자산업의 메카로 여겨졌다.
2 떨떠름하다 : 흐리멍덩하여 어딘가 똑똑하지 않은 데가 있다.
3 전공 : 전기공. 전기 장치의 설치 및 수리 따위의 작업에 종사하는 직업
4 황공하다 : 위엄 있고 분에 넘쳐 어렵고 두렵다.

"짜아식, 새벽부터 재수 없게 누굴 놀려. 너 이따 두고 보자."

이런 호령이라도 들려오면 수남이는 우선 고개를 움츠려 알밤을 피하는 시늉부터 한다. 설마 전화통에서 알밤이 튀어나올 리는 없는데 말이다. 실수만 했다 하면 알밤 먹을 것을 예상하고 고개가 자라5 모가지처럼 오그라드는 게 수남이가 이곳 전기 상회에 취직하고 나서부터 얻은 조건 반사다.

이곳 단골 손님들은 우락부락한 전공들이 대부분이어서 성질들이 거칠고 급하다. 자기가 요구하는 것을 수남이가 빨리 알아듣고 척척 챙기지 못하고 조금만 어릿어릿하면6 '짜아식' 하며 사정없이 밤송이 같은 머리에 알밤을 먹인다.

수남이는 그 숱한 전기용품 이름을 척척 알아들을 수 있을 만큼 일에 익숙해질 때까지 숱한 알밤을 먹었다.

그런데 일에 익숙해진 후에도 수남이는 심심찮게 까닭도 없는 알밤을 얻어먹는다. 이 거친 사내들은 그런 짓궂은 방법으로 수남이를 귀여워하는 것이다. 예쁜 아이를 보면 물어뜯어 울려 놓고 마는 사람이 있듯이, 이 사내들은 그런 방법으로 수남이에게 애정 표시를 했다.

"짜아식, 잘 잤냐?"

"짜아식, 요새 제법 컸단 말야. 장가들여야겠는데, 짜아식 좋아서⋯⋯."

---

5 자라 : 거북과 비슷한 자랏과의 동물
6 어릿어릿하다 : 말과 행동이 활발하지 못하고 생기 없이 움직이다.

그리곤 알밤이다. 주먹과 팔짓만 허풍스럽게 컸지, 아주 부드러운 알밤이다. 그러니까 수남이는 그만큼 인기 있는 점원인 셈이다.

　수남이는 단골손님들에게만 인기가 있는 게 아니라, 주인 영감에게도 여간 잘 뵌 게 아니다. 누구든지 수남이에게 알밤을 먹이는 걸 들키기만 하면 단박 불호령이 내린다.

　"왜 하필 남의 머리를 쥐어박어? 채 굳지도 않은 머리를. 그게 어떤 머린 줄이나 알고들 그래, 응? 공부 많이 해서 대학도 가고 박사도 될 머리란 말야. 임자7들 같은 돌대가리가 아니란 말야."

　그러면 아무리 막돼먹은 손님이라도 선생님 꾸지람에 떠는 국민학생8 처럼 풀이 죽어서 수남이에게 진심으로 미안해했다. 그리고는,

　"꼬마야, 그럼 너 요새 어디 야학9이라도 다니니?"

하며 은근히 부러워하는 눈치까지 보였다. 그러면 영감님은 딱하다는10 듯이 혀를 차며,

　"아니, 야학은 아무 때나 들어가나. 똥통 학교라면 또 몰라. 수남이는 내년 봄에 시험 봐서 들어가야 해. 야학이라도 일류로. 그래서 인석이 그저 틈만 있으면 책이라고 허허……."

　수남이는 가슴이 크게 출렁인다. 수남이는 한 번도 주인 영감님에게

---

7 임자 : 친한 사람 사이에 '자네'라는 뜻으로 조금 높여 가리키는 말
8 국민학생 : 초등학생의 전 용어
9 야학 : 야간 학교
10 딱하다 : 사정이나 처지가 애처롭고 가엾다.

하다못해 야학이라도 들어가 공부를 해 보고 싶단 말을 비친 적이 없다. 맨손으로 어린 나이에 서울에 와서 거지도 안 되고 깡패도 안 되고 이런 의젓한 가게의 점원이 된 것만도 수남이로서는 눈부신 성공인데, 벼락 맞을 노릇이지 어떻게 감히 공부까지를 바라겠는가.

그러면서도 자기 또래의 고등학생만 보면 가슴이 짜릿짜릿하던 수남이다. 처음 전기용품 취급이 서툴러 시험을 하다 툭하면 손끝에 감전이 되어 짜릿하며 화들짝 놀랐던 것처럼 고등학교 교복은 수남이의 심장에 짜릿한 감전을 일으키며 가슴을 온통 마구 휘젓는 이상한 힘이 있었다.

그런 수남이의 비밀을 주인 영감님은 알고 있었던 것이다. 수남이는 부끄럽고도 기뻤다.

그래서 수남이는 "내년 봄에 시험 봐서 들어가야 해. 야학이라도 일류로……" 할 때의 주인 영감님이 그렇게 좋을 수가 없다. 그 소리를 듣기 위해서라면 그까짓 알밤쯤 하루 골백번을 맞으면 대수랴 싶다. 그런 소리를 자기를 위해 해 주는 주인 영감님을 위해서라면 뼛골이 부러지게 일을 한들 눈곱만큼도 억울할 것이 없을 것 같다. 월급은 좀 짜게 주지만 그 감미로운 소리를 어찌 후한 월급에 비기겠는가.

수남이의 하루는 눈코 뜰 새 없이 고단하지만 행복하다. 내년 봄— 내년 봄은 올봄보다는 멀지만 오기는 올 것이다. 그리고 영감님이 잘못 알아서 그렇지 시험 볼 때는 봄이 아니라 겨울이다. 겨울은 봄보다 이르다.

수남이는 온종일 눈코 뜰 새 없이 바쁘게 일을 하고 밤에는 가게 방에서 숙직을 한다. 꾀죄죄한 다후다11 이불에 몸을 휘감고 나면 방바닥이야 차건 더웁건 잠이 쏟아진다.

그럴 때 "인석은 그저 틈만 있으면 책이라고" 하던 주인 영감님의 목소리가 생생하게 들려온다. 수남이는 낮 동안 책은커녕 신문 한 귀퉁이 읽은 적이 없다. 도대체가 그럴 틈이 없다. 점원이 적어도 세 명은 있어야 해낼 가게 일을 혼자서 해내자니 여간 벅찬 것이 아니다. 그래도 수남이는 혹사당하고 있다는 억울한 생각 같은 것은 전연 없다. 어쩌다 남들이 영감님에게,

"꼬마 혼자 데리고 벅차시겠습니다. 좀 큰 애 하나 더 쓰셔야죠."

영감님은 그런 소리를 제일 싫어한다. 벌레라도 씹어 먹은 듯이 이상야릇한 얼굴로 상대방을 흘겨보며,

"누가 뭐 사람 더 쓰기 싫어 안 쓰나. 어디 사람 놈 같은 게 있어야 말이지. 깡패 놈이라도 걸려들어 봐. 우리 수남이가 물든다고. 이런 순진한 놈일수록 구정물 들긴 쉽거든."

얼마나 고마운 주인 영감님인가. 이런 고마운 어른을 위해 그까짓 세 사람이 할 일 혼자서 못 할까고 양팔의 근육이 팽팽히 긴장한다.

그런 고마운 어른이 보지도 않는 책을 틈만 있으면 본다고 남들에게 자랑을 한 뜻은 밤에라도 잠만 자지 말고 열심히 공부해 두라는 뜻일

---

11 다후다 : 태피터. 광택이 있는 얇은 비단. 여성복이나 양복 안감, 넥타이, 리본 따위를 만드는 데에 쓴다.

것이다. 수남이가 그렇게 풀이한 것이다. 그런 생각을 하면 눈이 말똥 말똥해지며 잠이 저만큼 달아난다. 혹시나 하고 보따리 속에 찔러 가지고 온 중학교 때 교과서랑 고등학교까지 다닌 형이 쓰던 참고서 나부랭이를 이렇게 유용하게 쓸 줄은 정말 몰랐었다. 책이라야 통틀어 그것뿐이다.

주인 영감님이 심심할 때 사 본 주간지 같은 것이 굴러다닐 적도 있어서 소년다운 호기심이 동하지 않는 것도 아니었지만 "인석이 그저 틈만 있으면 책이라고" 하며 주인 영감님이 가리키는 책이란 결코 이런 주간지 조각이 아닐 것이라는 영리한 짐작으로 수남이는 결코 그런 데 한눈을 파는 법이 없다. 시간이 아까워서라도 그렇게는 할 수 없다.

가게를 닫고 셈을 맞추고 주인댁 식모12가 날라 온 저녁을 먹고 나서 혼자가 될 수 있는 시간은 거의 열한 시경이다.

그때부터 공부라고 해야 되는 것이다. 그러고도 수남이는 이 가게 동네의 누구보다도 먼저 일어나야 하는 것이다. 수남이의 부지런함은 이 근처에서도 평판13이 자자했다14.

제일 먼저 가게 문을 열고, 물뿌리개로 골목길에 물을 뿌리고는 긴 골목길을 남의 가게 앞까지 말끔히 쓸고 나서 가게 안의 물건을 먼지를

---

12 식모 : 남의 집에 고용되어 주로 부엌일을 맡아 하는 여자
13 평판 : 세상 사람들의 비평
14 자자하다 : 여러 사람의 입에 오르내려 떠들썩하다.

털고, 어떡하면 보기 좋을까 연구를 해 가며 다시 진열을 하고 제 몸단
장까지 개운하게 끝낸다. 그제야 주인 영감님이 나온다.

주인 영감님은 만족한 듯 빙긋 웃고 '짜아식' 하며 손으로 수남이의
머리를 더듬는다. 그러나 알밤을 먹이는 일은 한 번도 없었다. 따뜻하고
큰 손으로 머리를 빗질하듯 두어 번 쓸어내려 주고는, 부드러운 볼로 해
서 둥근 턱까지를 큰 손바닥에 한꺼번에 감쌌다가는 다시 한 번 '짜아
식' 하곤 놓아 준다. 수남이는 그 시간이 좋다. 그래서 남보다 일찍 일어
나야 하는 것이다.

아직은 육친애[15]에 철모르고 푸근히 감싸여야 할 나이다. 그를 실제
나이보다 어려 뵈게 하는 아직 상하지 않은 순진성이 더욱 그에게 육친
애를 목마르게 한다. 주인 영감님의 든든하고 거친 손에서 볼과 턱을 타
고 전해 오는 따뜻함, 훈훈함은 거의 육친애적이었고 그래서 수남이는
그 시간이 기다려질 만큼 좋았고, 꿀같이 단 새벽잠을 떨쳐 낸 보람을
느끼고도 남을 충족된 시간이기도 했다.

그 어느 해보다도 긴 겨울이 가고 봄이 왔다. 내년 봄이 아니라 올봄이
온 것이다. 캘린더에는 벚꽃이 만발해 있었다. 그런데도 그 어느 해보다도
길게 해 먹은 겨울은 뭘 아직도 덜 해 먹었는지 화창한 봄날에 끼어들어
심술을 부렸다. 별안간 기온이 급강하하더니 바람까지 세차게 몰아쳤다.

낮 동안 떼어서 세워 놓은 가게 판자문이 요란한 소리를 내고 나자빠

---

15 육친애 : 가족 간의 애정

지는가 하면 가게 함석지붕[16]은 얇은 헝겊처럼 곧 뒤집힐 듯이 펄럭대고, 골목 위 공중을 가로지른 전화줄에서는 온종일 귀신의 휘파람 같은 이상한 소리가 났다.

낮에는 이 가게 골목에서 사고까지 났다. 전선을 도매하는 집 아크릴 간판이 다 마른 빨래처럼 훨훨 날으는가 했더니 곧장 땅으로 떨어지면서 때마침 지나가던 아가씨의 정수리를 들이받고 떨어졌다.

피가 아가씨의 분결 같은 볼을 타고 흘러 흰 스웨터에 선명한 붉은 반점을 줄줄이 그렸다. 피를 보자 다 큰 아가씨가 어린애처럼 앙앙 울어 댔다.

가게마다에서 사람들이 뛰어나왔으나 아가씨를 부축해서 병원으로 달려간 것은 바람에 간판을 날린 전선 도매집 주인아저씨였다.

사람들은 모두 치료비를 톡톡히 부담해야 할 그 아저씨를 동정했다. 지랄스런 바람이지, 그 아저씨가 무슨 잘못이 있기에 생돈[17]을 빼앗기느냐고, 그렇지만 돈지갑 옆구리에 차고 부는 바람 못 봤으니, 그 재수 나쁜 아가씬들 그 재수 나쁜 아저씨한테 떼를 쓸밖에 도리 없지 않겠느냐고 사람들은 쑥덕댔다.

하여튼 수남이가 알 수 있는 것은 그 아가씨도 그렇고 그 아저씨도 그렇고 오늘 재수 옴[18] 붙었다는 것뿐이었다.

---

16 함석지붕 : 얇은 철판으로 인 지붕
17 생돈 : 쓸데없는 곳에 괜히 쓰는 돈
18 옴 : 옴진드기가 옮아 붙어서 생기는 전염 피부병. '재수 옴 붙었다'는 재수가 아주 없음을 이르는 말이다.

수남이는 문득 자기도 재수 옴 붙을 것 같은 예감이 들었다. 그래서 화들짝 놀라 그는 큰 간판을 다시 점검하고 힘껏 흔들어 보고, 대롱대롱 매달린 아크릴 간판은 아예 떼어서 안에다 갖다 두고, 떼어 세워 놓은 빈지문[19]은 좁은 옆 골목 변소 옆에 끼워 놓았다.

바람 부는 서울의 뒷골목은 흉흉하고 을씨년스러웠다. 먼지는 물론 온갖 잡동사니들이 다 날아들어 가게 앞에 쓰레기 무더기를 만들었다. 쓸어도 쓸어도 당해 낼 도리가 없었다.

손님도 딴 날보다 적고 수남이는 까닭 없이 마음이 울적했다.

시골의 바람 부는 날 풍경이 생생하게 떠올랐다.

보리밭은 바람을 얼마나 우아하게 탈 줄 아는가, 큰 나무는 바람에 얼마나 의젓하게 춤추는가, 작은 나무는 바람에 얼마나 안달맞게[20] 들까부는가[21], 큰 나무와 작은 나무가 함께 사는 숲은 바람에 얼마나 우렁차고 비통하게 포효[22]하는가, 그것을 알고 있는 것은 이 골목에서 자기 혼자뿐이라는 생각이 수남이를 고독하게 했다.

전선 가게 아저씨가 병원으로부터 어두운 얼굴을 하고 돌아왔다. 가게 주인들이 우르르 전선 가게로 모였다. 아가씨의 안부보다도 그 아가씨 손해가 얼마인가 모두 그것이 궁금한 모양이었다.

---

19 빈지문 : 한 짝씩 끼웠다 떼었다 하게 만든 문. 비바람을 막기 위해 덧댄다.
20 안달맞다 : 속을 태우며 조급하게 군다.
21 들까불다 : 몹시 가볍고 방정맞게 행동하다.
22 포효하다 : 큰 소리로 으르렁거리거나 울부짖다.

수남이네 주인 영감님도 가더니, 한참 만에 돌아오면서 하늘을 쳐다보며 욕지거리를 했다.

"육시랄 놈의 바람, 무슨 끝장을 보려고 온종일 이 지랄야."

아마 전선 가게 아저씨 손해가 대단했던 모양이다. 그래서 동정 삼아 그렇게 화를 내는 눈치다. 하긴 그런 일이 아니더라도 서울 사람들에게는 바람이 손톱만큼도 반가울 리가 없겠다. 바람의 의미를, 간판이 날아가는 횡액23, 한없이 날아오는 먼지, 쓰레기 그것밖에 모르니까.

봄바람이 게으른 나무들에게, 잠든 뿌리들에게, 생경한24 꽃망울들에게 얼마나 신기한 마술을 베풀고 지나갔나를 모르니까. 봄바람이 한차례 지나고 거짓말같이 화창하고 아늑하게 갠 날, 들판이나 산등성이에 있어 본 적이 없을 테니까.

수남이는 다시 한 번 울고 싶도록 고독해진다.

전화를 받은 주인 영감님이 좀 생기가 나더니 계산서를 작성해 주면서 ××상회에 20W 형광 램프 다섯 상자만 배달해 주고 오란다. 가까운 데 있는 소매상에서는 이렇게 전화 주문으로 배달까지를 부탁해 오는 수가 많다. 수남이는 자전거도 잘 타 배달이라면 문제도 없다.

그래도 오늘은 바람이 유난해서 조심하느라 형광 램프 상자를 밧줄로 꼼꼼히 묶는다. 주인 영감님까지 묶는 걸 거들어 주면서,

---

23 횡액 : 뜻밖에 닥쳐오는 불행
24 생경하다 : 익숙하지 않아 어색하다.

"인석아, 까불지 말고 조심해. 사고 내 가지고 누구 못할 노릇 시키지 말고."

오늘 장사가 좀 잘 안 돼서 그런지 말씨가 퉁명스럽긴 했지만, 나쁜 말은 아닌데도 수남이는 고깝게25 듣는다.

꼭 네깐 놈 다칠 게 걱정이 아니라 나 손해 볼 게 겁난다는 소리로 들린다.

수남이는 보통 때 같으면 "할아버지 다녀오겠습니다." 하고 신바람 나게, 그리고 붙임성 있게 외치고는 방긋 웃어 보이고 나서야 페달을 밟고 씽 달렸을 터인데 오늘은 왠지 그래지지가 않는다. 아무 말 안 하고 자전거를 무거운 듯이 질질 끌다가 뭉기적26 올라타면서 느릿느릿 페달을 젓는다. 주인 영감님이 뒤에서 악을 쓴다.

"인석아 조심해. 까불지 말고."

주인 영감님의 목소리가 회오리바람을 타고 이상하게 날카롭고 기분 나쁘게 들린다. 수남이는 '쳇' 하고 혀를 차고는 도망치듯 씽 자전거의 속력을 낸다.

형광 램프를 ××상회에 부리고27 나서 수금28하는 데 또 한동안이 걸린다. 장사꾼의 생리란 묘한 데가 있다.

---

25 고깝다 : 섭섭하고 야속한 느낌이 있다.
26 뭉기적 : 일을 시원하게 처리하지 못하고 제자리에서 굼뜨게 뭉개는 모양
27 부리다 : 짐을 내리다.
28 수금 : 받을 돈을 거두어들임.

수남이는 아직도 그 생리만은 이해가 안 될뿐더러 문득문득 혐오감까지 느끼고 있다.

금고에 돈을 수북이 넣어 놓고도 꼭 땡전29 한 푼 없는 얼굴을 하고 도무지 돈을 내주려 들지를 않는다. 조금 있다 오란다. 그동안에 수금이 되면 주겠다는 것이다.

그러나 이쪽에선 그 수에 넘어가지 말고 악착30같이 지키고 서서 받아내야 하는 것이다. 그것이 수남이가 서울에 와서 점원 노릇하면서 배운 상인 철학 제일항이었다.

"아유, 오늘 더럽게 장사 안 된다."

××상회 주인은 니코틴이 새까맣게 달라붙은 이빨 안쪽을 드러내고 크게 하품을 한다. 돈을 빨리 안 주는 변명 같기도 하고, '인석아, 하루 종일 기다려 봐라, 누가 돈을 호락호락 내줄 줄 아니' 하는 공갈31 같기도 하다.

그러나 수남이는 들은 척도 안 하고 장승처럼 버티고 서 있다. 저런 수에 넘어가 호락호락 물러가면 주인 영감님에게 야단맞는 것도 맞는 거려니와, 앞으로 열 번도 넘게 헛걸음을 해야 수금을 끝마칠 수 있기 때문이다.

---

29 땡전 : 아주 적은 돈
30 악착 : 일을 해 나가는 태도가 매우 모질고 끈덕짐.
31 공갈 : 공포를 느끼도록 윽박지르며 협박함.

그것도 목돈이 아니라 오백 원, 천 원씩 푼돈을 녹여서 말이다.

이럴 때 수남이는 이 세상에 장사꾼처럼 징그러운 족속이 또 있을까 싶은 생각이 나서 한숨이 절로 난다. 그러면서도 자기도 어느 틈에 장사 꾼다운 징그러운 수를 쓰고 만다.

"오늘 물건 대금은 꼭 결제해 주셔야 돼요. 은행 막을 돈이란 말예요."

수남이는 은행 막는다는 말의 정확한 뜻을 잘 모른다. 그 번들번들하고 위엄 있는 은행이 뒤로 어디 큰 구멍이라도 뚫려 있단 소린지, 뚫려 있기로서니 왜 장사꾼이 막아야 하는지 잘 모르는 채로, 급하게 돈을 받아 내려는 장사꾼들이 으레 심각한 얼굴을 하고 그런 소리를 하길래 수남이도 그래 보는 것이다.

"짜아식, 알았어. 기다려 봐. 돈 들어오는 대로 줄게."

주인이 퉁명스럽게 대답하곤 수남이의 머리를 힘껏 알밤을 먹인다. 수남이는 잽싸게 고개를 움츠러뜨렸는데도 눈에 눈물이 핑 돌 만큼 독한 알밤이다.

장사 더럽게 안 된다는 주인 말과는 달리 손님이 쉴 새 없이 들락거린다. 정말로 가게는 조그맣지만 길목이 아주 좋다. 수남이는 좁은 가게에서 이리 밀리고 저리 밀리면서 잘 버틴다. 버틸 뿐 아니라 속으로 돈이 얼마나 들어오나 암산까지 하고 있다.

소매상이라 큰돈은 안 들어와도 그동안 들어온 돈이 어림잡아 만 원은 됨 직하다. 수남이는 비실비실 안 나오는 웃음을 웃으며,

"어떻게 결제 좀 해 줍쇼."

하고 또 한 번 빌붙는다. 주인은 '짜아식' 하며 또 한 번 알밤을 먹이곤

오백 원짜리, 백 원짜리 합해서 만 원을 세 번이나 세 보더니 아까운 듯이 내준다.

"짜아식 끈덕지기가 꼭 뙤놈[32] 같다니까, 됐어."

칭찬인지 욕인지 모를 소리를 하고 찍 웃는다. 수남이는 주인이 세 번씩이나 세어서 준 돈을 또 두 번이나 센다. 그러고 나서야 "고맙습니다. 안녕히 계십쇼." 하고는 저만큼 자전거를 세워 놓은 쪽으로 휑하니 달음질친다.

바람이 여전하다. 저만큼서 흙먼지가 땅을 한 꺼풀 벗겨 홑이불처럼 둘둘 말아오는 것같이 엄청난 기세로 몰려온다. 골목 안의 모든 것이 '뎅그렁' '와장창' '우르릉' 하고 제각기의 음색으로 소리 높이 비명을 지른다.

드디어 흙먼지 홑이불이 집어삼킬 듯이 수남이의 조그만 몸뚱이를 덮친다. 수남이는 눈을 꼭 감고 숨을 죽인다.

바람이 지난 후 수남이는 눈을 뜨고 침을 탁 뱉는다. 입 속에 모래가 들어와 깔깔하고 목구멍이 알싸하니[33] 아프다. 다시 자전거 쪽으로 걷는다. 좀 전만 해도 서 있던 자전거가 누워 있다. 그래도 날아가진 않았으니 다행이다.

자전거뿐 아니라 골목의 모든 것이 다 제자리에 그대로 있다. 수남이

---

32 뙤놈 : 되놈. 중국 사람을 낮잡아 이르는 말
33 알싸하다 : 매운맛이나 독한 냄새 따위로 코 속이나 혀끝이 알알하다.

는 그것이 신기하다. 누워 있는 자전거를 일으켜 세우고 날렵하게 올라타 막 페달을 밟으려는데 어디선지 고함 소리가 벽력34같이 들린다.

"이놈아, 어딜 도망가는 거야, 게 섰거라. 꼼짝 말고."

수남이는 처음에는 자기에게 지르는 고함은 아니겠지 싶어 그대로 페달을 밟는다.

"아니 이놈이, 어디로 도망을 가려고 이래."

뒷덜미를 사납게 붙들린다. 점잖고 깨끗한 신사다. 이런 신사가 자기에게 어떤 볼일이 있다는 것인지, 수남이는 도시35 짐작을 할 수 없다. 게다가 신사는 몹시 화가 나 있다. 신사를 화나게 할 일을 자기가 저질렀다고는 더구나 생각할 수 없다.

"임마, 꼼짝 말고 있어."

신사의 말이 아니더라도 꼼짝할래야 할 수 있을 처지가 아니다. 꼼짝은커녕 숨도 제대로 쉴 수 없을 만큼 수남이의 뒷덜미는 신사의 손에 잔뜩 움켜쥐어져 있다.

"임마, 네놈의 자전거가 쓰러지면서 내 차를 들이받았단 말야. 이런 고급차를 말야. 이런 미련한 놈, 왜 눈은 째려, 째리긴. 그러니 내 차에 흠이 안 나고 배겼겠냐. 내 차는 임마, 여자들 손톱만 살짝 닿아도 생채기가 나는 고급차야 임마, 알간?"

---

34 벽력 : 벼락
35 도시 : 도무지.

그리고는 거울처럼 티 하나 없이 번들대는 차체를 면밀히36 훑어보더니 "그러면 그렇지." 하고 환성을 질렀다. 아마 생채기를 찾아 낸 모양이다.

"일은 컸다. 임마, 칠만 살짝 긁혔어도 또 모르겠는데 여봐라, 여기가 이렇게 우그러지기까지 했으니 일은 컸다, 컸어."

신사가 덩칫값도 못하게 팔짝팔짝 뛰면서, 잘 봐 두라는 듯이 수남이의 얼굴을 차에다 바싹 밀어붙였다.

수남이는 차체에 비친 울상이 된 자기 얼굴을 볼 수 있을 뿐이었다. 꼭 오늘 재수 옴 붙은 일이 날 것 같더라만 이런 끔찍한 일이 일어나고 말았구나. 울음이 왈칵 솟구친다. 그러자 제 얼굴도, 차체의 흠도 아무것도 안 보이고 온 세상이 부옇게 흐려 보일 뿐이다.

"울긴, 임마. 너 한 달에 얼마나 버냐?"

신사의 목청이 다분히 누그러지며 목소리에 연민37이 담긴 것을 수남이는 재빨리 알아차린다. 그러나 흑흑 소리까지 내어 운다.

"울긴 짜아식, 할 수 없다. 너나 나나 오늘 재수 옴 붙은 걸로 치고 반반씩 손해 보자. 오천 원만 내."

수남이는 너무 놀라 울음까지 끄르륵 삼키고 신사를 쳐다본다. 그사이 사람들이 큰 구경이나 난 것처럼 모여들어 신사와 수남이를 에워

---

36 면밀히 : 자세하고 빈틈이 없이.
37 연민 : 불쌍하고 가련하게 여김.

싼다.

누군가가 뒤에서 "빌어, 이놈아. 그저 잘못했다고 무조건 빌어." 하고 속삭인다. 수남이는 여러 사람들이 자기를 동정하고 있다고 느끼자 적이[38] 용기가 난다.

"아저씨, 잘못했습니다. 한 번만 용서해 주십시오. 네, 아저씨."

제법 또렷한 소리로 용서를 빈다.

"용서라니, 이만큼 했으면 됐지 어떻게 더 용서를 해."

"아저씨, 그러시지 말고 한 번만 봐 주셔요. 네, 아저씨."

수남이는 주머니에 들은 만 원 생각을 하면 얼굴이 화끈대고 공연히 무섭기까지 하다. 그렇지만 주인 영감님을 위해 그 돈만은 죽기를 무릅쓰고 지킬 각오를 단단히 한다.

"아니 욘석이 이제 보니 이런 큰일 저지르고 그냥 내뺄 심사 아냐? 요런 악질 녀석 같으니라고."

신사의 표정은 은은히 감돌던 연민이 싹 가시고 점잖게 무표정해진다.

그러고는 옆에 섰던 운전사인 듯한 남자에게,

"안 되겠네. 요런 악질 깡패 녀석하고 시비해 봤댔자 공연히 시간만 낭비니, 자네 자물쇠 하나 마련해다 주게. 이 녀석 자전걸 잡아 놓기로 하세. 언제든지 오천 원 가져와서 찾아가라고."

그러고는 주머니에서 오백 원짜리를 한 장 꺼내서 운전사에게 주는

---

38 적이 : 꽤 어지간한 정도로.

것이었다. 수남이로서는 전혀 예기치 못했던 사태였다.

주머니의 만 원에 대해서만 생각했었지 자전거에 대해선 전연 생각이 미치지 못했었다.

운전사는 금방 커다란 자물쇠를 하나 사 가지고 왔다. 신사는 다시 네 놈은 쳐다보기도 싫다는 듯이 수남이를 전연 상대 안 하고, 묵묵히 자전거 바퀴에다 자물쇠를 채우고, 앞에 빌딩을 가리키면서,

"나 저기 306호 실에 있으니까 돈 오천 원 갖고 와. 그러면 열쇠 내줄 테니."

하고는 수남이를 힐끗 흘겨보고 유유히 빌딩 속으로 사라져 갔다.

수남이는 울지도 못하고 빌지도 못하고 그냥 막연히 서 있었다. 수남이와 신사의 시비를 흥미진진하게 구경하던 사람들도 헤어지지 않고 그냥 서 있었다. 아마 수남이가 앙앙 울거나, 펄펄 뛰면서 욕을 하거나 그런 일이 일어나 주기를 기다리는 눈치였다.

수남이는 바보가 돼 버린 아이처럼 조용히 멍청히 서 있었다. 누군가가 나직이 속삭였다.

"토껴라 토껴. 그까짓 것 갖고 토껴라."

그것은 악마의 속삭임처럼 은밀하고 감미로웠다. 수남이의 가슴은 크게 뛰었다. 이번에는 좀 더 점잖고 어른스러운 소리가 나섰다.

"그래라, 그래. 그까짓 거 들고 도망가렴. 뒷일은 우리가 감당할게."

그러자 모든 구경꾼이 수남이의 편이 되어 와글와글 외쳐 댔다.

"도망가라, 어서어서 자전거를 번쩍 들고 도망가라, 도망가라."

수남이는 자기 편이 되어 준 이 많은 사람들을 도저히 배반할 수 없었

다. 이상한 용기가 솟았다. 수남이는 자전거를 마치 검부러기[39]처럼 가볍게 옆구리에 끼고 질풍같이 달렸다.

정말이지 조금도 안 무거웠다. 타고 달릴 때보다 더 신나게 달렸다. 달리면서 마치 오래 참았던 오줌을 시원스레 내깔기는 듯한 쾌감까지 느꼈다.

주인 영감님은 자전거를 옆에 끼고 질풍처럼 달려온 놈을 눈을 휘둥그렇게 뜨고 바라볼 뿐이었다. 오늘 바람이 세더니만 필시 이 조그만 놈이 바람에 날아왔나, 설마 그럴 리야 없을 텐데 내 눈이 어떻게 된 것인가 그런 눈치였다.

수남이는 너무 숨이 차서 이런 주인 영감님의 궁금증을 시원히 풀어 주지 못하고 한동안 혁혁대기만 한다.

"임마, 말을 해. 무슨 일이야? 네놈 꼴이 영락없이 도둑놈 꼴이다, 임마."

도둑놈 꼴이라는 소리가 수남이의 가슴에 가시처럼 걸린다. 수남이는 겨우 숨을 가라앉히고 자초지종[40]을 주인 영감님께 고해바친다[41]. 다 듣고 난 주인 영감님은 무엇이 그리 좋은지 무릎을 치면서 통쾌해한다.

"잘했다, 잘했어. 맨날 촌놈인 줄만 알았더니 제법인데 제법야."

---

39 검부러기 : 마른 풀이나 낙엽 따위의 부스러기

40 자초지종 : 처음부터 끝까지의 과정

41 고해바치다 : 어떤 사실을 윗사람에게 말하여 알게 하다.

그러고는 가게에서 쓰는 드라이버니 펜치를 가지고 자전거에 채운 자물쇠를 분해하기 시작한다. 엎드려서 그 짓을 하고 있는 주인 영감님이 수남이의 눈에 흡사 도둑놈 두목 같아 보여 속으로 정이 떨어진다. 주인 영감님 얼굴이 누런 똥빛인 것조차 지금 깨달은 것 같아 속이 메스껍다.

마침내 자물쇠를 깨뜨렸나 보다. 영감님 얼굴에 회심[42]의 미소가 떠오르더니 자유롭게 된 자전거 바퀴를 시험이라도 하려는 듯이 자전거로 골목을 한 바퀴 빙그르르 돌아 들어와서는,

"네놈 오늘 운 텄다."

그러고는 수남이의 머리를 쓰다듬고 볼과 턱을 두둑한 손으로 귀여운 듯이 감쌌다. 영감님이 기분이 좋을 때면 수남이에 대한 애정의 표시로 으레 그렇게 했었고 수남이도 그걸 좋아했었다.

그런데 오늘은 싫다. 영감님의 손이 싫다. 그것이 운 트기는커녕 재수 옴 붙었다는 생각이 여전하고, 수남이는 그날 온종일 우울했다. 그러나 자기가 왜 그렇게 우울한지 그걸 차분히 생각할 새도 없는 바쁜 하루였다.

가게 문을 닫고 주인댁에서 날라 온 저녁밥을 먹고 나면 비로소 수남이 혼자만의 시간이다. 꿀 같은 시간이었다. 책을 펴 놓고 영어 단어를 찾고, 수학 문제를 풀어 보고, 턱을 괴고 소년답게 감미로운 공상에 잠길 수 있는 그런 시간이었다.

그러나 오늘 수남이는 그게 되지를 않았다. 책을 집어던졌다.

....

42 회심 : 마음에 흐뭇하게 느낌.

낮에 내가 한 짓은 옳은 짓이었을까? 옳을 것도 없지만 나쁠 것은 또 뭔가. 자가용까지 있는 주제에 나 같은 아이에게 오천 원을 우려내려고 그렇게 간악하게[43] 굴던 신사를 그 정도 골려 준 것이 뭐가 나쁜가? 그런데도 왜 무섭고 떨렸던가. 그때의 내 꼴이 어땠으면, 주인 영감님까지 "네놈 꼴이 꼭 도둑놈 꼴이다"고 하였을까.

그럼 내가 한 짓은 도둑질이었단 말인가. 그럼 나는 도둑질을 하면서 그렇게 기쁨을 느꼈더란 말인가.

수남이는 몸을 부르르 떨면서 낮에 자전거를 갖고 달리면서 맛본 공포와 함께 그 까닭 모를 쾌감을 회상한다. 마치 참았던 오줌을 내깔길 때처럼 무거운 억압이 갑자기 풀리면서 전신이 날아갈 듯이 가벼워지는 그 상쾌한 해방감—한번 맛보면 도저히 잊혀질 것 같지 않은 그 짙은 쾌감, 아아 도둑질하면서도 나는 죄책감보다는 쾌감을 더 짙게 느꼈던 것이다.

혹시 내 핏속에 도둑놈의 피가 흐르고 있기 때문이 아닐까. 순간 수남이는 방바닥에서 송곳이라도 치솟은 듯이 후닥닥 일어서서 안절부절 못하고 좁은 방안을 헤맸다.

수남이의 눈앞에는 수갑을 차고, 순경들에게 끌려와 도둑질 흉내를 그대로 내 보이던 형의 얼굴이 환히 떠오른다. 그리고 서울 가서 무슨 짓을 하든지 도둑질만은 하지 말라고 신신당부하던 아버지의 얼굴도 떠오른다.

---

43 간악하다 : 간사하고 악독하다.

수남이의 형 수길이는, 온 집안 식구가 기대를 걸고 고등학교까지 마쳐 준 보람도 없이 집에서 빈들대다가, 어느 날 갑자기 서울 가서 돈 벌고 성공해서 돌아오마는 말 한마디를 남기고 훌쩍 집을 나갔다.

편지 한 장, 하다못해 인편44에 안부 한마디 없는 이 년이 지났다. 그동안 아버지는 폭 노쇠하고, 어머니는 뼈만 남게 야위어서 수남이랑 동생들이랑을 들볶았다.

들볶는 푸념 속에서 무정한 장남에 대한 원망과 함께 그래도 행여나 하는 기대가 곁들여 있는 것을 수남이는 느낄 수 있었다.

수남이도 뭔가 형에 대한 기대를 안 할 수가 없었다. 동생들이 발바닥이 다 닳아 없어져 웃더껑이45만 남은 운동화를 신고 다니는 걸 봐도 "조금만 참아, 큰형이 돈 많이 벌어 가지고 오면 운동화랑 잠바랑 다 사줄께." 하는 말을 할 지경이었다.

형이 돈을 많이 벌어 오면—이런 기대에 온 집안 식구가 하루하루를 매달려 살았다. 어느 날 밤, 형은 돌아왔다. 옷과 운동화와 과자와 고기를 한 짐이나 되게 사 가지고, 형이 정말 돈을 벌어서 별의별 것을 다 사 가지고 온 것이었다. 아버지는 밤중이지만 동네 사람을 모아 큰 잔치를 벌이지 못해 했다. 형이 험악한 얼굴을 하고 안 된다고 했다.

잔치는커녕 동생들이 좋아서 떠드는 것도 못 하게 윽박질렀다.

---

44 인편 : 오거나 가는 사람의 편
45 웃더껑이 : 어떤 물건의 위를 덮어 놓는 물건을 이르는 말

수남이는 지금도 그날 밤 일이 생생하다. 그날 밤 형의 누런 똥빛 얼굴은 정말로 못 잊겠다. 꼭 악몽 같다.

다음 날 형은 읍내에서 온 순경한테 수갑이 채워져 붙들려 갔다. 형은 악을 써서 변명을 하며 갔다.

"이 년 만에 빈손으로 집에 들어갈 수는 없었단 말야. 도저히 그럴 수는 없었단 말야."

그래서 읍내 양품점을 털어 돈과 물건을 훔친 것이다. 다음에 수남이가 형을 본 것은 읍내에 현장 검증인가를 나왔을 때다. 도둑질한 것을 다시 한 번 되풀이해 보여 주는 것인데, 딴 구경꾼들 틈에 섞여 수남이는 몸서리를 치면서 그것을 봤다. 그 도둑놈과 형제간이란 게 두고두고 생각해도 몸서리가 쳤다.

아버지는 화병으로 몸져눕고 집안 형편은 말이 아니었다. 수남이는 드디어 어느 날 형이 그랬던 것처럼 서울 가서 돈 벌어 오겠다고 집을 나섰다. 아버지는 말리지 않았다. 문지방을 짚고 일어나 앉아서 띄엄띄엄 수남이를 타일렀다.

"무슨 짓을 하든지 그저 도둑질을 하지 말아라, 알았쟈."

그런데 도둑질을 하고 만 것이다. 하지만 수남이는 스스로 그것은 결코 도둑질이 아니었다고 변명을 한다.

그런데 왜 그때, 그렇게 떨리고 무서우면서도 짜릿하니 기분이 좋았던 것인가? 문제는 그때의 그 쾌감이었다. 자기 내부에 도사린 부도덕성이었다. 오늘 한 짓이 도둑질이 아닐지 모르지만 앞으로 도둑질을 할지도 모르겠다는 생각이 들었다. 형의 일이 자기와 정녕 무관한 일이 아니란 생각이 들었다.

소년은 아버지가 그리웠다. 도덕적으로 자기를 견제해 줄 어른이 그리웠다. 주인 영감님은 자기가 한 짓을 나무라기는커녕 손해 안 난 것만 좋아서 "오늘 운 텄다."고 좋아하지 않았던가.

수남이는 짐을 꾸렸다. 아아, 내일도 바람이 불었으면. 바람이 물결치는 보리밭을 보았으면.

마침내 결심을 굳힌 수남이의 얼굴은 누런 똥빛이 말끔히 가시고, 소년다운 청순함으로 빛났다.

선생님이 들려주는 그 시절 이야기

태환 : 선생님, 이번에 읽은 작품은 박완서의 「자전거 도둑」이에요. 오늘도 궁금한 거에 대해 설명해 주세요.

선생님 : 이 작품은 주인공이 너희 또래 소년인데, 재미있게 읽었니?

태환 : 재미있었다기보다는 좀 진지한 생각을 하게 됐어요.

선생님 : 어떤 생각이지?

태환 : 주인공 수남이가 자전거 사건으로 양심의 가책을 느끼면서 갈등하는 장면을 보니까, 저도 비슷한 상황에 처한 적이 있었던 거 같아요. 그때 제가 무슨 고민을 했는지, 어떤 게 올바른 거였는지 생각해 봤어요.

선생님 : 누구나 살아가면서 그런 갈등을 겪게 되지.

서연 : 저는 이 작품을 읽고, 올바른 선택을 하기 위해서는 자신의 잘못이나 결함까지도 반성할 수 있는 게 중요하다는 생각이 들었어요.

선생님 : 자세히 말해 볼래.

서연 : 수남이는 처음에 갈등하면서 자전거를 들고 온 일은 도둑질이 아니었다고 스스로 변명하잖아요? 또 간악하게 굴던 신사를 그 정도 골려 준 게 뭐가 나쁜가라는 생각도 하고요.

그러다가 자기 마음속을 솔직히 되돌아보고 나서 생각이 바뀌어요. 자전거를 들고 도망칠 때 죄책감이 아니라 쾌감을 느꼈던 사실을 떠올린 거지요. 그러고는 "자기 내부에 도사린 부도덕성이" 문제라고 깨달은 거고요.

그다음에 "오늘 한 짓이 도둑질이 아닐지 모르지만 앞으로 도둑질을 할지도 모르겠다는 생각이 들었다."고 하는데, 정말 맞는 말 같았어요. 그렇게 변명하고 자기 합리화를 한다면, 언젠가 자신도 모르는 사이에 부도덕한 사람이 될 거 같아요.

선생님 : 근본적으로 도덕성이란 자기 성찰과 양심에 귀 기울이는 행위를 통해서 갖출 수 있는 거지. 그게 작가가 이 작품에서 말하고 있는 것이기도 하고…….

태환 : 이 작품도 소년이 주인공으로 나오더니 성장소설의 성격을 띠고 있네요? 결말 부분에서 주인공이 나름대로 깨달음을 얻고 정신적으로 성장하니까 말이에요.

선생님 : 그래, 맞아. 어린이나 청소년이 주인공으로 나온다고 모두 성장소설은 아니지만, 인생에서 이 시기는 육체뿐 아니라 정신적으로 성장해 나가는 때니까 그런 작품들이 성장소설의 면모를 보이는 거란다.

태환 : 네, 알겠습니다. 이번에는 세운상가에 대해 좀 설명해 주세요. 주인공이 일하는 가게가 있는 곳으로 나오는데, 당시에는 꽤 유명한 곳이었던 거 같아요.

선생님 : 세운상가는 서울의 도심 한가운데에 있는 상가 단지야. 종로, 청계천로, 을지로, 퇴계로를 남북으로 관통하며 자리 잡고 있어. 1968년 완공된 국내 최초의 주상복합건물인데, 1~4층은

상가여서 종합 가전제품 판매상들이 들어서 있었고, 5층 이상은 주거시설로 연예인, 고위 공직자, 대학교수 등 상류층이 입주해 살았어.

그런데 1970년대 후반부터 서울 곳곳에 아파트들이 들어서고, 1987년에는 용산전자상가가 생기면서 점차 쇠퇴하게 시작했지. 그래서 2000년대 들어 모두 철거하고 공원으로 만들 예정이었는데, 계획이 바뀌어 지금은 리모델링을 통해 상가들이 다시 개장했단다.

어쨌든 이 작품의 시대적 배경이 되는 1970년대에 세운상가는 각종 전기, 전자제품 판매로 호황을 누렸고, 주거 시설로도 유명해서 서울의 명물로 꼽혔어.

서연 : 그래서 주인공이 일한 가게가 세운상가에 있는 전기용품 도매상으로 나오는 거군요. 당시에는 유명한 곳이었고 장사가 잘돼 일자리도 많았을 테니까요.

그런데 이 작품의 등장인물들은 이곳에 살거나 장사하는 사람들인데, 대부분 이기적이고 비양심적인 사람들로 그려지고 있잖아요? 왜 그런가요?

선생님 : 그건 작품의 시대적 배경과 관련해 이해할 수 있을 거 같아. 1970년대는 산업화와 도시화가 한창 진행 중인 시기였고, 세운상가는 그렇게 팽창해 가는 서울의 대표적인 상가단지였다고 할 수 있어. 그만큼 당시의 세태를 보여 주기에 적합한 무대라 할 수 있겠지.

태환 : 어떤 세태를 말하는 거죠?

선생님 : 그때 우리나라는 경제개발을 통해 산업화가 빠르게 진행되면서 사람들의 소득이 늘어나고 생활수준이 향상되었어. 하지만 이와 함께 물질적 가치만을 추구하면서 각박해지고 황금만능주의와 부도덕한 태도가 사회 전반에 뿌리내리는 현상을 보였어.

태환 : 사람들이 돈을 좇고 부도덕한 행동을 하는 것이 이 시기에만 일어난 일은 아니지 않나요?

선생님 : 물론 그렇지. 하지만 이 시기는 우리나라의 경제와 사회 구조가 근본적으로 변하면서, 사람들의 의식도 급변하던 때라고 볼 수 있어.

서연 : 좀 더 자세히 설명해 주세요.

선생님 : 우리나라는 1960년대 이전까지는 제대로 된 산업 시설이나 공장 등이 별로 없었어. 대다수 국민들이 농업에 종사하며 살았지. 그래서 가난했던 거고. 그런데 경제개발로 산업화가 진행되자 농촌에 살던 많은 사람들이 도시로 모여 들었어. 곡식 가격이 낮아 농사를 지어도 먹고살기 힘들었기 때문이야.

이런 식으로 사람들이 농촌을 버리고 도시로 떠나는 현상을 '이농 현상'이라고 하는데, 이 시기에는 '무작정 상경'이라는 말이 생겨날 정도로 수많은 사람들이 이주해 갔어. 그건 일자리가 있는 공장이나 기업이 대부분 서울을 비롯한 도시에 있었기 때문이야. 산업화 현상은 필연적으로 도시화를 수반한다고 할 수 있지.

태환 : 수남이와 형 수길이도 그렇게 해서 서울로 돈 벌러 온 거군요?

선생님 : 그래, 맞아. 수남이처럼 미성년자들조차 일자리를 찾아 서울로 가곤 했어. 그런데 무작정 서울로 간다고 돈을 쉽게 벌 수 있었던 건 아니야. 별다른 지식이나 기술도 없는 사람들은 저임금 노동자로 어렵게 살거나 도시 빈민으로 전락하기도 했어. 또 삭막한 환경에서 서로 경쟁하며 돈을 좇다가 도덕성을 잃어버리기 쉬웠지.

서연 : 형 수길이가 2년 만에 고향에 오면서, 빈손으로 올 수 없어 도둑질을 했다는 게 바로 그런 사정에서였군요.

선생님 : 도둑질을 합리화해서는 안 되겠지만, 수길의 행위가 당시 현실의 한 단면을 보여 주는 것은 사실이야.

태환 : 선생님 말씀을 듣고, 그 시대와 작품을 더 잘 이해하게 됐어요. 감사합니다.

서연 : 저도 감사합니다!

아버지의 사랑과
어머니에 대한 그리움

현덕 「나비를 잡는 아버지」 / 황순원 「별」

아버지의 깊은 사랑을 이해하게 되는 과정과 어머니에 대한
그리움으로 겪는 심리적 방황을 형상화한 작품들이다.
소년 주인공들이 갈등과 방황 속에 성장해가는 모습을
인상적으로 그렸다.

나비를 잡는 아버지

현덕 (1909~?)

작가 소개

현덕은 1909년 서울에서 출생하였다. 대부공립보통학교와 중동학교를 거쳐, 1925년 제일고등보통학교에 입학했으나 집안 형편이 어려워 중퇴하였다. 이후 일본으로 건너가 막노동으로 생계를 이어가며 힘들게 생활한 것으로 알려진다.

귀국 후 그는 1927년 『조선일보』 신춘문예에 동화 작품을 응모하여 「달에서 떨어진 토끼」가 당선되었고, 1932년에는 『동아일보』에 동화 「고무신」이 가작으로 뽑히면서 아동문학가로 활동을 시작하였다. 이 무렵 그는 작가 김유정과 교유하며 문학적 열정을 더욱 키워갔고, 1938년에는 『조선일보』 신춘문예에 소설 「남생이」가 당선되어 소설가로도 등단하였다.

이때부터 약 2, 3년 동안 그는 많은 동화 작품과 소설을 발표하며 왕성한 활동을 펼쳤으나, 1940년 이후에는 창작이 힘들어진 시대 환경과 건강상의 문제로 집필을 중단하였다.

해방 후에는 좌익 문학단체인 조선문학가동맹에 참여하면서, 이미 발표한 작품들을 묶어 동화집 『포도와 구슬』, 『토끼 삼형제』, 소년소설집 『집을 나간 소년』, 그리고 소설집 『남생이』 등을 출간하였다. 한국전쟁 중에 월북하여 종군작가로도 참여하며 북한에서 작품 활동을 했으나, 1960년대 이후의 행적은 거의 알려지지 않았다.

현덕의 소설들은 사회 비판 의식을 강하게 표출하는 경향을 보인다. 그는 어린아이가 등장하는 소설을 많이 창작하였는데, 등단작인 「남생이」를 비롯하여 「경칩」, 「두꺼비가 먹은 돈」 등이 대표적이다. 이들 작품에서는 도시 변두리로 이주해온 농민들이 빈민으로 전락해 가는 과정이 그려지는데, '노마'라는 소년의 가족 이야기가 중심을 이룬다. 어린아이의 시선으로 일제 말기 하층민들의 비참한 삶을 생생하게 형상화하고 있다.

이 밖에 어린아이가 등장하지 않는 작품들도 치밀한 묘사로 당시의 암울한 사회상을 담아내고 있다. 가령 「군맹」과 같은 작품에서 작가는 철거를 앞둔 판자촌을 배경으로 이기적이고 속악한 인물이나 무기력한 지식인을 통해 도시 빈민들의 절망적인 생활상을 사실적으로 그려내고 있다.

이와 같은 작품 세계로 인해, 작가는 1930년 후반 식민지 현실의 모순과 어두움을 사실주의 방법으로 세련된 형식 속에 담아낸 소설가로 평가받고 있다.

작품 해설

이 소설은 1930년대 농촌 마을의 한 소년이 마름의 아들인 친구와 싸운 일로 인해 아버지와 갈등을 겪다가 아버지의 사랑을 깨닫게 되는 이야기를 그리고 있다.

바우는 경환이가 방학에 내려와 나비를 잡으러 다니는 꼴이 보기 싫었다. 둘은 같은 소학교를 졸업한 친구였지만, 바우가 가난하여 진학을 포기한 데 반해 마름의 아들인 경환이는 서울의 상급학교에 진학했던 터였다.

바우가 나비를 잡아서 놀던 중에 경환이가 나타나 방학 숙제라며 달라고 한다. 그러나 바우가 나비를 그냥 놓아 보내면서 둘은 다툰다. 앙심을 품은 경환이는 나비를 잡는다며 일부러 바우네 참외밭을 망가뜨리고, 화가 난 바우는 경환이와 몸싸움을 벌인다.

이 일로 바우의 부모는 경환이네에 불려가 싫은 소리를 듣는다. 바우가 사과하지 않으면 땅을 떼일 거라는 것이다. 아버지는 바우에게 나비를 잡아 가서 용서를 빌라고 한다. 바우는 그런 아버지가 야속하기만 해서 뒷산에 올라 집을 나갈 생각까지 한다.

그러다가 저 너머 메밀밭에서 나비를 잡고 있는 아버지를 보게 된다. 잠시 멍해졌던 바우는 곧 아버지가 불쌍하고 정답게 여겨져 울음이 터져 나오려 한다. 바우는 아버지를 소리쳐 부르며 언덕을 뛰어 내려간다.

이 작품에서 중심 내용을 이루는 것은 바우가 아버지와 갈등하다가 화해에 이르는 모습이다. 특히 자신을 위해 나비를 잡는 아버지를 보고, 바우가 그동안의 서운하고 원망했던 마음을 모두 잊고 아버지를 부르며 달려가는 장면은 감동적으로 다가온다.

　하지만 이 작품이 애틋한 가족애만을 다루고 있는 것은 아니다. 바우와 아버지의 갈등은 근본적으로 가족 외부의 사회적 현실에서 비롯된 것이기 때문이다. 마름과 소작농이라는 부조리한 사회적 관계가 그것이다. 아버지를 믿고 바우를 깔보는 경환이와 소작권으로 세도를 부리는 경환이 부모의 모습이 이를 잘 보여준다.

　이처럼 이 소설은 한 소년이 어려운 현실 속에서도 가족을 위해 애쓰는 아버지의 사랑을 이해하게 되는 과정을 그리면서, 동시에 그 이면에 자리하고 있는 사회적 모순을 비판적으로 드러내고 있는 작품이라 할 수 있다.

　작가는 이와 같은 주제 의식을 자존심이 강하면서도 속이 깊은 바우라는 소년의 심리를 섬세하게 그려냄으로써 인상적으로 형상화하였다.

나비를 잡는 아버지

황혼의 종로로 방향을 돌려서
뻐스는 떠난다. 경쾌스럽게.

건드러진[1] 노랫소리가 푸른 언덕을 넘어온다. 바우는 송아지를 뜯기며 밤나무 그늘에 앉아 그림 그리는 책을 펴 들었다. 송아지가 움직이는 대로 자리를 옮아앉으며 옆으로 풀을 뜯는 송아지 모양을 그리느라 열심히 들여다보고 연필을 놀리고 하더니 잠시 멈추고 귀를 기울인다. 그리고 "흥!" 하고 빈정거리는 웃음을 한 번 웃고는 그 소리가 듣기 싫다는 듯 그편에 등을 대고 돌아앉는다.

'겨우 서울 가서 공부한다고 배워 가지고 온 것이 유행가 나부랭이냐. 그리고 나비 잡는 것하구.'

지난해 봄에 바우와 경환이는 한날에 그곳 소학교[2]를 졸업을 하였다. 그리고 경환이는 서울로 상급 학교를 가고 바우 자기는 집에서 꾸벅꾸벅 땅이나 파며 있지 않으면 아니 될 때 바우는 무척 슬퍼하고 억울해

---

1 건드러지다 : 목소리 따위가 아름다우며 멋들어지게 부드럽고 가늘다.
2 소학교 : '초등학교'의 이전 명칭

하고 따라서 경환이를 부러워도 하였다. 바우 자기가 값없이3 보내는 그 하루하루에 경환이는 좋은 학교, 훌륭한 선생 아래서 날마다 새로워 가고 높아 갈 것을 생각할 때 바우는 가만히 있지 못했다. 그 상급 학교 에 가지 못하는 벌충4을 여기다 하려는 듯이 틈 있는 대로 그림을 그리 었고 또 그것으로 즐거움이 되었다.

  그리고 얼마 전에 그 경환이가 하기휴가5를 하고 서울서 집에 돌아왔 다. 그러나 전보다 얼굴빛이 희어지고 바지통이 넓은 양복에 흰 테두리 한 모자를 멋있게 쓴 것이 달라졌을 뿐, 서울이 얼마나 좋고 자기 다니 는 학교가 얼마나 훌륭한 곳인가를 자랑하는 것과 또는 활동사진6 배우 중 누구는 어떻고 누구는 어쩌고, 그리고 잡된7 유행가를 부르며 동네 어린아이들을 몰고 다니며 나비를 잡는 것이 하는 일이었다. 아마 경환 이 자기는 이러는 것으로 전일8 보통학교9 때 늘 바우에게 성적으로 머 리를 눌려 오던 분풀이를 하려는 듯이 뻐기며 다니는 것이다. 바우는 그 꼴이 곱게 보일 수 없었다.

---

3 값없이 : 아무 보람이나 가치가 없이.
4 벌충 : 부족하거나 모자라는 것을 다른 것으로 대신 보충하여 채움.
5 하기휴가 : 여름휴가. 즉 여름방학을 말한다.
6 활동사진 : 움직이는 사진이라는 뜻으로 영화의 옛 용어
7 잡되다 : 중요하지 않고 보잘것없다.
8 전일 : 일정한 시기를 기준으로 그 이전
9 보통학교 : 일제강점기에 '초등학교'를 이르던 말. 이전에 '소학교'로 불리던 초등학교의 명칭을
   1906년에 '보통학교'로 바꾸었다.

꽃 피는 남산으로 방향을 돌려서
뻐스는 떠난다. 가로수 그늘.

노랫소리는 점점 가까워 온다. 그리고 잠시 언덕 너머가 떠들썩하더니
호랑나비 한 마리가 피로한 나래로 갈팡질팡 날아와 밤나무 가지에 야
트막하게 앉는다. 바우는 그 나비를 쉽게 잡을 수 있었다. 그리고 잠깐
그 호사스런10 모양, 찬란한 빛깔을 들여다보다가 도로 날려 보내려 할
즈음, 언덕 위로 동네 아이들의 머리가 불쑥불쑥 나타나며 뒤미처 경환
이가 나비 잡는 채를 휘두르며 뛰어 내려온다. 경환이는 바우가 앉았는
밤나무 그늘로 들어서며
"너, 호랑나비 어디로 날아가는 거 봤니?"
하다가는 바우 손에 잡히어 있는 나비를 보고는 반색11을 한다.
"나 다우."
하고 으레12 줄 것으로 알고 손을 내미는 것이나 바우는 그 손을 툭 쳐
버리고 몸을 돌린다.
"넌 무슨 까닭으로 어린애들을 몰고 다니며 앰한13 나비를 못살게 하
는 거냐?"

---

10 호사스럽다 : 사치스럽고 화려하다.
11 반색 : 매우 반가워함.
12 으레 : 두말할 것 없이 당연히.
13 앰하다 : 아무 잘못 없이 꾸중을 듣거나 벌을 받아 억울하다.

"뭐?"

하고 경환이는 뜻하지 않은 말에 잠시 멍하니 바라보다가는

"누가 장난으로 잡는 거냐? 학교서 숙제를 냈어. 동물 표본을 만들어 오라구."

"장난 아니믄, 벌써 너 나비 잡기 시작한 지가 며칠이냐. 그동안에 못 잡아도 백 마리는 잡았겠구나. 거 다 동물 표본 만들고도 모자라서 또 잡는 거냐?"

"모두 못 쓰게 잡았으니까 그렇지. 날개가 상하구."

하다가는 경환이는 변색14을 하고 한 발자국 다가서며

"넌 남이 나빌 잡건 말건 무슨 상관이냐, 건방지게."

"나두 상관할 만해서 그런다."

"무슨 상관이야."

"너 때문으로 해서 담부턴 나비 구경을 못 하게 되겠으니까 허는 말이다."

하고 바우는 경환이 얼굴을 마주 노리다가

"늬가 동물 표본을 만들기에 나비가 필요하다면 난 그림 그리는 데 필요한 나비야. 너만 위해서 생긴 나비는 아니지."

그러나 경환이는 "흥!" 하고 코웃음을 친다. 바우는 한층 음성을 높여 계속한다.

---

14 변색 : 놀라거나 화가 나서 얼굴빛이 달라짐.

"그리고 어린아이들에게 잡된 유행가는 너 왜 가르치는 거냐? 부르고 싶으면 네나 부르지."

이 말엔 매우 괘씸한 모양, 경환이는 낯15을 붉히며 대든다.

"이 동네서 나 하는 거 시비할 사람 없어. 건방지게 왜 이래?"

하는 그 말 속엔 분명 자기는 마름16집 외아들로서 지위가 높은 몸, 너 같은 소나 뜯기는 놈에게 시비를 받을 몸이 아니라는 빈정거림이 있다. 바우는 썩 비위가 상해서

"흥!"

하고 마주 코웃음을 치고 그리고 좀 더 골17을 올리려고 두 손가락에 날개를 접어 쥔 나비를, 이것 너 줄까, 하는 시늉으로 경환이 등을 향해 두어 번 겨누다가는 그대로 공중으로 날려 버린다. 나비는, 방향이 없이 어지러이 한 바퀴 맴을 돌더니 언덕 아래로 높았다 낮았다 날아간다. 경환이는 갑자기 몸을 날려 그 나비를 쫓아간다. 그러다가 나비가 아래 논 가운데로 날아가자 뒤돌아서 바우를 무섭게 한 번 눈을 흘겨보고 그리고 돌 하나를 집어 근처에서 풀을 뜯고 있는 송아지를 때리고는 언덕 아래로 달아났다.

그러나 경환이의 심술은 이것만으로 고만두지 않았다. 송아지에게 먹

---

15 낯 : 얼굴의 앞쪽 면
16 마름 : 땅 주인을 대신하여 농사지을 수 있는 권리를 관리하는 사람
17 골 : 비위에 거슬리거나 언짢은 일을 당하여 벌컥 내는 화

을 만치 풀을 뜯기고 언덕 아래로 몰고 내려와 수수밭 모퉁이를 돌아섰을 때 바우는 다시금 놀랐다. 개울 건너 바우네 참외밭에서 경환이란 놈이 나비 잡는 채를 휘두르며 날뛰고 있다. 그까짓 송장나비를 잡으려고 그러는 것이 아닐 텐데 경환이는 그 나비를 좇아 구두 신은 발로 지금 한창 참외가 열기 시작하는 넝쿨을 함부로 질겅질겅 밟으며 이리 뛰고 저리 뛰고 한다. 일부러 그러는 것이 분명하다. 나비를 잡는 척 참외밭으로 몰아넣고 참외 넝쿨을 결딴내는18 것이리라. 바우는 눈이 뒤집혔다. 더욱이 그 참외밭은 장차 햇곡식19 나기 전까지의 바우 집 식구들의 식량을 거기다 예산하고20 있는 것이요, 바우 자기도 잘 열면 책 한 권쯤 사 달래려고 벼르고 있던 터다. 바우는 나는 듯 개울을 건너 뒤로 좇아가 한 번 등줄기를 후리고 그리고

"인마, 눈 없어! 이거 못 봐!"

하고 낭자한21 그 자취를 손으로 가리키며

"넌 남의 집 농사 결딴내두 상관없니, 인마?"

그러나 경환이는

"우리 집 땅 내가 밟았기로 무슨 상관야."

하고 기가 막히다는 듯 피이 하고 고개를 옆으로 돌린다. 그러나 사실

---

18 결딴내다 : 어떤 일이나 물건 따위를 완전히 망가뜨리다.
19 햇곡식 : 그해에 새로 난 곡식
20 예산하다 : 필요한 비용을 미리 헤아려 계산하다.
21 낭자하다 : 여기저기 흩어져서 어지럽다.

기가 막히기는 바우다.

"우리 집 땅?"

하고 허 참, 하늘을 쳐다보고 탄식하고

"땅은 너이 집 거라두 참이[22] 넝쿨은 우리 집 거 아니냐. 누가 너이 집 땅을 밟는대서 말야. 우리 집 참이 넝쿨을 결딴내니까 말이지."

그러니 경환이는 머리에 썼던 운동모자를 벗으며 한 발자국 다가선다.

"너이 집 참이 넝쿨은 그렇게 소중히 알면서, 어째 남의 나비 잡는 건 훼방을 놓는 거냐? 나두 장난으로 잡는 건 아냐."

"장난이 아닌지는 몰라도 넌 나비를 잡는 거고 우리 집 참이 넝쿨은 거기서 양식도 팔고 그래야 헐 것이거든. 그래 나비가 중하냐, 사람 사는 게 중하냐?"

바우는 팔을 저어 시늉하며 어느 것이 소중하냐고 턱[23]을 대는데 경환이는

"나두 거기 학교 성적이 달린 거야."

하고 피이 — 하고 업신여기는 웃음을 짓더니

"너이 집 집안 살림을 내가 알게 뭐냐."

하고 같은 웃음으로 좌우를 돌라본다. 개울 건너 길가에 동네 아이들이 모여 섰고, 그 뒤로 지게를 진 어른들도 섰다. 바우는 낯이 화끈 달았다.

---

22 참이 : '참외'의 방언
23 턱 : 마땅히 그래야 할 까닭이나 이치. '턱을 대다'는 어떤 까닭이나 이치를 따진다는 말이다.

"뭐, 인마?"

하고 대뜸 상대의 멱살을 잡고

"그래서 남의 참외밭 결딴내는 거냐? 나빈 우리 집 참외밭에만 있구, 다른 덴 없어? 인마."

경환이는 멱살을 잡히고 이리저리 목을 저으며

"이게 유도 맛을 보지 못해 이래. 너 다 그랬니. 다 그랬어?"

하고 어르다가 날래게 궁둥이를 들이대고 팔을 낚아 넘겨치려 하나 그러나 원체 나무통처럼 버티고 섰는 바우의 몸은 호리호리한 경환의 허리 힘으로는 꺾이지 않았다. 도리어 바우가 슬쩍 딴죽24을 걸고 밀자 경환이 자신이 쿵 나둥그러졌다. 그러나 쓰러졌다가 다시 일어설 때 경환이는 손에 돌을 집어 들고 그리고 얼굴에 울음을 만들고는

"이 자식아, 남 나비 잡는 사람, 왜 때리고 훼방을 놓는 거야, 왜!"

하고 비겁하게 돌 든 손을 머리 위로 쳐들어 겨누는 것이다. 결국 싸움은 이때껏 아이들 등 뒤에 입을 벌리고 서서 보고만 있던 동네 어른 하나가 성큼성큼 개울을 건너가 사이를 뜯어 놓고 그리고 경환이를 참외밭 밖으로 이끌어 나간 것으로 끝났으나, 그러나 경환이가 손목을 이끌려 가면서 연해25 뒤를 돌아보며 어디 두고 보자고 벼르던 그 말이 허사26가 아니었다.

---

24 딴죽 : 씨름이나 태껸에서, 발로 상대편의 다리를 옆으로 치거나 끌어당겨 넘어뜨리는 기술
25 연하다 : 끊이지 않고 계속 이어지다.
26 허사 : 거짓말

바우가 자기 집 장독간27 앞에서 벌통을 들여다보고 앉았는데, 경환이 집에서 부엌 심부름을 하는 계집아이가 왔다. 바우는 까닭 없이 가슴이 성큼했다.

"바우 어머니 집에 있수?"

하고 계집아이는 안방과 부엌을 기웃거리다가 마당에 섰는 바우를 보고

"너 우리 집 서울 학생 때렸니?"

하고 쳐다보다가 대답이 없으니까

"너 야단났다. 우리 집 아씨가 막 역정28이 나서 너이 어머니 불러오래, 얘."

마침 우물에서 돌아오는 바우 어머니를 보고 계집아이는 다시 한 번 그 말을 옮겨 들리며 함께 문밖으로 사라졌다.

'난 잘못한 거 없으니까.'

하면서 바우는 가슴이 두근거리었다. 일없이29 뒤꼍30으로 갔다, 마당으로 나왔다 하며 어머니가 돌아올 때를 기다리면서 조마조마한다.

먼저 아버지가 뒷밭에서 돌아왔다. 이맛살을 찌푸린 얼굴로 아버지는 기색이 좋지 못하다. 호미를 마당 가운데 던지더니 아버지는 갑자기 큰 소리를 냈다.

---

27 장독간 : 장독 따위를 놓아두는 곳. 장독은 간장이나 된장 등을 담아 두는 독을 말한다.
28 역정 : 몹시 언짢거나 못마땅하여 내는 화
29 일없이 : 아무 이유나 실속이 없이.
30 뒤꼍 : 집 뒤에 있는 뜰이나 마당

"참이밭에서 누구하구 싸웠니?"

바우는 벌통 앞에 돌아앉아서 말이 없다.

"너두 눈 있거든 참이밭에 좀 가 봐. 넝쿨 하나고 성한 게 있나. 인마, 그 밭에 도지[31]가 을만지 아니? 벼루 열 말야. 참이는 안 돼두 낼 것은 내야지. 그리고 허구헌 날 먹을 건 먹어야지. 그런 걱정은 없구, 인마, 참이밭에서 싸움이 뭐냐, 싸움이."

바우는 벌통 앞에서 일어서며 볼멘소리로

"누가 싸웠나. 경환이가 나빌 잡는다고 참이밭에서 막 넝쿨을 밟길래 말린 거지."

그러나 아버지는 일층[32] 음성을 거슬렸다.

"내가 뭐랬어. 참이밭 근처서 멀리 떠나지 말고 지키랬지. 그놈의 그림책 이리 내놔라. 그것만 잡고 앉았으면 정신없다가 참이밭을 결딴내는 것두 몰랐지, 인마."

하고 그 그림책을 찾는 것처럼 두리번거리고 뒤꼍으로 가며 아버지는 혼잣말로 서울 가서 공부한 것이 나비 잡는다고 남의 집 참외밭 결딴내는 거냐고 중얼중얼 울타리에서 호박잎을 따고 있다. 아마 부러진 참외 넝쿨을 그것으로 이어 보려는 것이리라. 조금 후 아버지는 호박잎을 따 가지고 나오며

----

31 도지 : 땅 주인에게 치르는 사용료
32 일층 : 한층. 일정한 정도에서 한 단계 더.

"너이 어머니 어디 갔니?"

그러나 바우는 경환이 집에서 어머니를 불러 갔다는 말은 아니 나왔다. 묵묵히 바우는 대답이 없다. 하지만 아버지는 더 묻지 않아도 좋았다. 바로 그 어머니가 상기한[33] 얼굴로 대문을 들어섰다.

어머니는 다짜고짜로 바우에게로 달려가 등줄기를 후리고는

"자식이 어떻게 했으면 어미 망신을 그렇게 시키니. 어서 나비 잡아 가지고 가서 빌어라, 빌어."

그리고 아버지를 향하고는

"당신도 가보우. 바깥사랑에서 부릅디다."

아버지는 어리둥절하여 바우와 어머니를 번갈아 쳐다보다가

"어떻게 된 일야, 응?"

그러나 어머니는 바우를 향해서만 또

"남 나빌 잡거나 말거나 내버려 두지 어쭙잖게[34] 왜 다니며 훼방을 놓는 거냐?"

"누가 훼방을 놓았나. 남의 참이밭에 들어가 그러길래 못 하게 말린 거지."

"아, 늬가 밤나뭇골 언덕에서 손에 잡았던 나비까지 날려 보내며 뭐라구 그랬다는데그래."

---

33 상기하다 : 흥분이나 수치감으로 붉어지다.
34 어쭙잖다 : 비웃음을 살 만큼 언행이 분수에 넘치는 데가 있다.

그리고 어머니는 경환이 집 안주인이 꾸중꾸중하더라는 것, 그리고 바우가 나비를 잡아 가지고 와서 경환이에게 빌지 않으면 내년부턴 땅 얻어 부칠 생각을 말라더란 말을 옮기며 또 바우에게

"어서 나비 잡아 가지고 가서 빌어라, 빌어."

아버지는 연해 끙끙 땅이 꺼지는 못마땅한 소리로 뒷짐을 지고 마당을 오락가락하며 무섭게 눈을 흘겨 바우를 본다. 그리고 바우는 어머니가 등을 미는 대로 부엌으로 뒤꼍으로 피하다가는 대문 밖으로 나갔다. 그러나 담 밑에 붙어 서서 움직이지 않는 바우를 어머니는 쫓아 나와 다조진다35.

"이렇게 고집을 부리고 안 가면 어떡헐 셈이냐. 땅 떨어져도 좋겠니? 너두 소견36이 있지."

그러나 바우는 이슬렁어슬렁 길로 나가더니 우물 앞 정자나무 앞에 이르자 걸음을 멈추고 그리고 동네 노인들이 장기를 두고 앉았는 것을 넋을 놓고 들여다보고 섰다. 장기가 두 캐37가 끝나고 세 캐가 끝나고 모였던 사람이 헤어져도 바우는 자리를 뜨지 않는다. 바우는 다만 자기가 조금도 잘못한 것이 없는 것, 그러니까 누구에게든 머리를 굽힐 까닭이 없다는 고집이 정자나무통만큼 뻣뻣할 뿐이었다.

---

35 다조지다 : 일이나 말을 재촉하다.
36 소견 : 어떤 일이니 사물을 보고 느끼는 생각이나 의견
37 캐 : 판

해가 저물었다. 지붕 너머로 바우 집 굴뚝에도 연기가 오르고 그리고 그 연기가 잦아든 때에야 바우는 슬슬 눈치를 살피며 대문을 들어섰다. 그러나 건넌방 쪽에 눈이 갔을 때 바우는 크게 놀랐다. 아궁이 앞에 위하던[38] 그림 그리는 책이 조각조각 찢기어 허옇게 흩어져 있다. 바우는 그 앞에 이르러 멍멍히[39] 내려다보고 섰는데 등 뒤에서 아버지 음성이 났다.

"인마, 남은 서울 학교 다녀서 다 나비도 잡고 그러는 건데 건방지게 왜 다니며 훼방을 놓는 거냐, 훼방을."

그리고 바우가 그림 그리는 것과 그것은 아랑곳없는 일일 텐데 아버지는

"담부턴 내 눈앞에 그 그림 그리는 꼴 보이지 말어라. 네깟 놈이 그림 그걸루 남처럼 이름을 내겠니, 먹고살게 되겠니?"

하고 돌아서 문밖으로 나가려다가 다시 돌아서며 아버지는

"나빈 잡아 갔지?"

하고 다져 묻는다. 바우는 고개를 숙인 채 묵묵하다. 아버지는 기가 막힌 듯 잠시 건너다보기만 하다가 언성을 높였다.

"이때껏 나가서 뭘 했어. 인마, 간 봄에 늙은 아비가 땅 얻어 부치느라고 갖은 애 다 쓰던 것을 네 눈으로도 보았지. 가뜩한데[40] 너까지 말썽

---

38 위하다 : 소중하게 여기다.
39 멍멍히 : 정신이 **빠진** 것같이 어리벙벙하게.
40 가뜩하다 : 감정이나 정서, 생각 등이 많거나 강하다.

일 게 뭐냐. 어서 가서 빌지 못하겠어."

아버지는 담뱃대 끝으로 바우의 수그린 머리를 찌를 듯 겨눈다. 그러는 대로 바우는 무춤무춤[41] 피할 뿐 조금도 걸음을 옮기려지 않는다.

"그래도 네 고집만 실 테냐. 그럴라거든 아주 나가거라. 아주 나가."

하고 아버지는 빗자루를 들고 나섰다. 이런 때 어머니가 방에서 나와 그걸 빼앗아 던져버리고

"가서 빌기만 허면 뭘 하우. 나빌 잡아 가야지. 그리고 지금은 어둬서 잡겠수. 내일 잡아 가라지."

그리고 어머니는 바우의 등을 밀며

"어서 올라가 저녁이나 먹어라."

하지만 아버지는 여전히 못마땅한 눈으로 흘겨보며

"저런 놈 저녁은 먹여 뭘 해. 아주 내쫓으라니깐그래."

하고 자기가 먼저 문밖으로 나간다. 어머니는 그 아버지가 들어오기 전에 어서 저녁을 먹으라고 권한다. 그러나 바우는 섰는 자리에 그대로 고개를 숙이고 어머니가 달랠수록 더 짜증만 낸다. 한종일[42] 아버지 어머니에게 애매한 미움을 받고 또 그림책을 찢기우고 한 그 억울한 감이 가슴속에 벅차 다른 무엇이 들어갈 여지가 없었다.

이튿날 아침이다. 건넌방 모퉁이서 바우는 아버지와 얼굴이 마주쳤다.

---

41 무춤무춤 : 놀라거나 어색해서 하던 행동을 자꾸 멈추는 모양을 나타내는 말
42 한종일 : 해가 질 때까지.

아버지는 어제와 다름없는 그 얼굴 그 음성으로 부엌에서 아침을 짓는 어머니를 향해 소리쳤다.

"오늘도 저놈이 제 고집만 세고 나빌 잡아 가지 않거든 밥 주지 말어."

그리고 바우를 향해서는

"오늘은 나빌 잡아 가지고 가 봐야 허지, 그러지 않으랴거든 영 집에 들어올 생각 말어라, 인마."

그 아버지가 보이지 않는 곳에 이르자 어머니는 부엌에서 나와 작은 음성으로 바우를 달랜다.

"아버지 속상하시게 하지 말고 오늘은 나빌 잡아 가지고 가 봐라. 땅이 떨어지거나 하면 너는 좋겠니? 생각해 봐라."

바우는 여전히 말이 없다. 어머니는 그것을 바우가 순종하는 뜻으로 여긴 모양, 부엌에서 아침을 차리기에 분주하였다.

"얼른 밥 차려 줄게 먹고 나가 봐."

그러나 바우는 어머니가 밥상을 날라 오기 전에 자기가 먼저 슬며시 집 밖으로 나갔다. 밥을 열 끼를 굶는 한이 있더라도 그 경환이 앞에 나비를 잡아 가지고 가서 머리를 숙이기는 무엇보다 싫었다. 아들의 그만한 체면쯤 보아줄 줄 모르고 자기네 요구만 고집하는 아버지가 그리고 어머니까지 바우는 무척 야속했다[43]. 노여웠다.

....

43 야속하다 : 언짢고 섭섭하다.

바우는 동구44 밖 아랫마을로 가는 길가 축동45, 버드나무 그늘 밑을 고개를 숙여 생각에 잠기며 걷는다. 아침부터 요란스레 매미는 울고 그리고 속상하게 눈에 보이는 것은 여기저기 풀 위로 너훌거리는 나비다. 바우는 그 나비를 피해 가는 듯 문득 걸음을 바꿔 뒷산으로 올라갔다. 거기서 바우는 일상 하던 버릇으로 풀을 베어 널고 그 위에 벌렁 나동그러져 하늘을 쳐다본다. 집에서보다 갑절 어버이에게 대한 야속함과 노여움이 사무친다.

'아버지 말대로 정말 집을 나오고 말까? 그러면 아버지도 뉘우칠 때가 있겠지. 그리고 서울 같은 도회46로 가서 어떻게 고학47이라도 해 볼까?'

바우는 정말 그렇게 해 볼 것처럼 벌떡 일어선다. 그리고 걸음 걸리는 대로 따라 산 아래로 내려간다. 산 중턱쯤 이르렀다. 건너다보이는 맞은편 언덕을 너머 메밀밭 두덩48에 허연 사람의 그림자가 엎드렸다 일어섰다 하며 무엇을 쫓는 모양으로 움직인다.

'흥! 경환이 저놈이 또 나비를 잡는구나.'

하고 바우는 입가에 업신여기는 웃음을 짓는다. 산을 또 좀 내려와 바라

---

44 동구 : 동네 어귀. 마을로 들어서는 첫머리
45 축동 : 물을 막기 위해 크게 쌓은 둑
46 도회 : 사람이 많이 살고 상공업이 발달한 지역
47 고학 : 학비를 스스로 벌어 고생하며 배움
48 두덩 : 우묵하게 들어간 땅의 가장자리에 약간 불룩한 곳

볼 때 경환이로 본 그것은 어른이 분명했다.

'흥! 경환이란 놈이 저이 집 머슴을 시켜 나비를 잡게 하는구나.'

그리고 바우는 또 한 번 같은 웃음을 웃는다.

바우는 산을 내려와 맞은편 언덕 위로 올라섰다. 그리고 가까운 거리에서 메밀밭을 내려다보았을 때 그는 놀라 벌린 입을 다물지 못했다. 경환이 집 머슴으로 본 사람은 남 아닌 바로 자기 아버지였다. 아버지는 농립49을 벗어 들고 나비를 쫓아 엎드렸다 일어섰다 하며 그 똑똑지 못한 걸음으로 밭두덩50을 지척지척51 돌고 있다.

바우는 머리를 얻어맞은 듯 멍하니 아래를 바라보고 섰다. 그러다가 갑자기 언덕 모래 비탈을 지르르 미끄러져 내려가며 그렇게 빠른 속력으로 지금까지 잠기어 있던 어둔 마음에서 벗어나 그 아버지가 무척 불쌍하고 정답고 그리고 그 아버지를 위하여서는 어떠한 어려운 일이든지 못할 것이 없을 것 같고, 바우는 울음이 되어 터져 나오려는 마음을 가슴 가득히 참으며 언덕 아래 메밀밭을 향해 소리쳤다.

"―아버지."

"―아버지."

"―아버지."

---

49 농립 : 여름에 농사일을 할 때 쓰는 모자
50 밭두덩 : 밭의 가장자리를 흙으로 둘러막아 경계를 이룬 곳
51 지척지척 : 힘없이 다리를 끌면서 억지로 걷는 모양

선생님이 들려주는 그 시절 이야기

태환 : 선생님, 안녕하세요? 오늘은 현덕의 「나비를 잡는 아버지」에 대해 이야기해 주세요.

선생님 : 그래, 알았다. 우선 작품을 읽고 어떤 느낌이 들었니?

태환 : 초등학교를 막 졸업한 소년의 이야기인데, 아이의 심리가 잘 그려진 거 같아요. 주인공 바우의 심정이 생생하게 느껴지고 공감이 잘 되었어요. 작품을 읽어 보면, 똑똑하고 자존심이 강하면서도 속이 깊은 아이라는 생각이 들어요.

선생님 : 구체적으로 어떤 점에서 공감이 잘 됐니?

태환 : 음…… 우선, 공부도 더 못했으면서 서울서 학교 다닌다고 우쭐대고, 마름인 아버지를 믿고 오만하게 구는 경환이를 싫어하는 거요. 저라도 그런 애를 만났으면 엄청 싫었을 거예요.

또 상급 학교에 진학하지 못해 속이 상하면서도 그림을 열심히 그리면서 꿈을 잃지 않으려 애쓰는 모습이 기특했고, 아버지가 나비를 잡아 가서 사과하라는데 고집을 부리는 것도 충분히 이해가 됐어요. 자기가 잘못한 것도 없는데, 그런 애한테 머리 숙이기는 정말 싫지 않나요?

그리고 아버지가 그림책까지 찢어버렸을 때 야속하고 노여운 마음이 들었던 거랑 마지막에 아버지가 나비 잡는 모습을 보고

서 울컥하며 아버지의 사랑을 깨닫게 된 거도 아주 잘 공감이
됐어요.

선생님 : 그래, 태환이가 작품을 잘 읽었구나. 주인공 소년의 심리를 섬세
하게 그려낸 게 이 작품의 장점이지.

참고로 이 작가는 소설가이기도 하지만, 동화 작품을 더 많이 창
작한 아동 문학가이기도 해. 그래서 그런지 소설을 쓸 때도 어린
아이를 주인공으로 삼은 작품이 많았고, 아이들의 심리 묘사에
도 능했다고 할 수 있단다.

서연 : 네, 저도 주인공 소년의 심리나 행동이 인상적으로 느껴졌어요.
특히 아버지를 부르며 언덕을 뛰어 내려가는 마지막 장면에서는
가슴이 뭉클했어요.

선생님 : 아버지에 대한 원망이 안쓰러운 감정과 사랑으로 바뀌는 순간이
지. 자기 생각만 고집하다가 아버지가 처해 있는 현실까지 이해
하게 된 거니까, 바우가 그만큼 정신적으로 성장한 모습을 보여
준다고 할 수 있겠지.

태환 : 그럼 이 작품도 성장소설적 성격을 지니고 있는 거네요? 황순원
의 「별」처럼요.

선생님 : 맞아. 그것이 작품의 초점은 아니지만, 그런 성격을 지닌다고 말
할 수 있지.

서연 : 그건 그렇고, 이 작품에서도 마름과 소작농의 이야기가 나오네
요? 지난번에 읽은 김유정의 「동백꽃」이나 「봄봄」에서도 그랬는
데……

선생님 : 소작농과 마름의 이야기는 일제강점기의 농촌을 배경으로 하는 작품에서 자주 나오는 소재야. 당시 조선 민중의 대부분이 농민이었는데, 그들에게 농사지을 땅과 관련된 소작 문제는 생존이 걸린 절박한 문제였기 때문이지. 작가들이 당대의 현실을 다루면서 주목할 수밖에 없는 문제라고 할 수 있어.

서연 : 네, 그렇군요. 저는 이 작품을 읽으면서 커다란 사회적 문제가 어떻게 개인에게 영향을 끼치는지 생각해보게 되었어요. 소작농 문제가 어린아이의 마음에도 큰 상처를 남기고 가족 간의 갈등까지 일으키고 있잖아요?

선생님 : 그래, 개인은 자신을 둘러싼 사회 환경에 의해 영향받을 수밖에 없는 법이지. 그래서 잘못된 사회 현실에 대해 비판하고 이를 개선해 좋은 사회를 만들기 위해 모두 노력하는 거 아니겠니? 그리고 이런 주제 의식을 두 아이의 갈등과 싸움을 통해 잘 보여주고 있는 게 이 작품의 특징 중 하나지.

서연 : 알겠습니다, 선생님. 그런데 지난번에 김유정의 「동백꽃」에 대해 이야기하면서 소작농에 대해 설명해 주셨잖아요? 그때 많은 농민들이 자기 땅을 잃어버린 게 일제의 농간과 수탈 때문이었다고 하셨는데, 구체적으로 일제가 농민들의 땅을 어떻게 빼앗은 거죠?

선생님 : 토지조사사업을 실시해서 그렇게 했단다.

태환 : 토지조사사업이 뭐예요?

선생님 : 일제가 우리나라의 토지를 빼앗기 위하여 벌인 대규모의 국토

조사 사업을 말해. 우리나라를 식민지로 만든 해인 1910년부터 1918년까지 시행했지. 전국에 있는 토지의 소유권과 가격, 지형 등을 조사하는 거였어.

일제는 근대적 토지제도를 확립한다는 명분을 내세웠지만, 실제로는 세금을 걷거나 수탈할 자원을 정확히 파악해서 식민통치를 원활하게 하려는 의도였어. 또 주인이 불분명하거나 신고하지 않는 토지를 국유화해서 일본인이 조선에 정착할 땅으로 나눠주고, 총독부의 재정을 튼튼히 하려는 목적도 있었지.

실제로 이 토지조사사업이 끝난 뒤, 전통적인 양반 계층 출신의 조선인 지주 약간을 제외하고는 토지를 실질적으로 소유해 왔던 수백만의 농민들이 토지에 대한 권리를 잃어버렸어. 이렇게 땅을 빼앗긴 농민들은 소작농이나 산악 지역의 화전민이 되었고, 아니면 고향을 버리고 만주나 북간도로 이주해 갔단다.

반면 조선총독부는 전 국토의 40%에 해당하는 땅을 차지했어. 그리고는 이 토지를 동양척식주식회사라는 회사를 통해 일본에서 온 이주민들에게 무상이나 싼값에 넘겨 일본인 대지주가 많이 생겨났지.

그런데 이런 지주들은 대개 농토가 있는 마을이 아니라 다른 지역에서 살았어. 이를 부재지주라고 하는데, 직접 땅을 관리하고 소작인들을 감독하기 힘드니까 마름을 두었던 거야.

결국 마름은 땅 주인도 아니고 중간관리자였던 셈인데, 이들이 소작료를 걷고 소작인을 관리하면서 경작권을 가지고 소작농에게 횡포를 부린 경우가 많았던 거란다.

서연 : 선생님 말씀을 듣고 일제가 어떤 방식으로 우리 농민들의 땅을
　　　빼앗아 갔는지 알게 됐어요. 당시 소설에 마름과 소작농 이야기
　　　가 많이 나오는 이유도요.

태환 : 저도요, 선생님. 감사합니다.

서연 : 오늘도 좋은 말씀해 주셔서 감사합니다!

별

황순원 (1915~2000)

작가 소개

황순원은 평안남도 대동면에서 태어났다. 평양의 숭실중학교를 졸업한 후 일본으로 건너가 와세다대학 영문과를 다녔다. 1939년 대학을 졸업하고 귀국해서는 중고등학교 교사로 재직하였다. 1946년에 가족과 함께 고향을 떠나 남쪽으로 내려왔으며, 경희대학교 국문과 교수로 재직하며 학생들을 가르치다 정년 퇴임하였다.

그는 1930년대에 문단에 나온 후, 일제 말기와 해방, 분단과 전쟁의 혼란기를 거치는 동안 지속적으로 주목받는 작품을 발표하며 자신만의 문학 세계를 구축하였다. 이어 1980년대까지 꾸준한 창작 활동을 펼치면서 뛰어난 작품들을 많이 남겨, 해방 이후 우리나라의 대표 작가 중의 한 명으로 손꼽히고 있다.

황순원이 처음 문학 활동을 시작한 것은 시인으로서였다. 1931년 잡지 『동광』에 첫 작품 「나의 꿈」을 발표한 후, 수년 사이에 두 권의 시집을 출간하였다.

그러다가 1937년 문학동인지 『단층』의 동인으로 참여하면서 소설에 관심을 가지게 되고, 1940년 첫 단편집 『늪』을 내면서부터는 소설 창작에 전념하였다. 일제 말기에 이르러 탄압이 심해지자 고향으로 내려가 집필에만 몰두하였는데, 이때 쓰인 「독 짓는 늙은이」 등의 작품은 해방 후에야 발표되었다.

그의 초기 소설 중에는 소년, 소녀가 주인공으로 등장하는 작품이 많다. 「별」과 「소나기」 등이 대표적인데, 이들 작품에서 작가는 어린 주인공들이 죽음과 상실, 사랑과 이별 등을 충격적으로 경험하면서 성장해가는 모습을 서정적으로 그렸다.

한편 동심의 세계와는 달리, 혼란한 시대를 배경으로 고통스러운 현실을 그린 작품들도 많이 발표하였다. 그중에서 각각 일제강점기와 한국전쟁을 배경으로 하는 단편 「목넘이 마을의 개」와 「학」이 유명하다.

한국전쟁 이후부터는 장편소설을 주로 발표하였는데, 해방 직후 북한의 토지 개혁을 둘러싼 이야기를 그린 『카인의 후예』를 비롯하여, 『나무들 비탈에 서다』, 『일월』, 『움직이는 성』 등이 이에 해당한다. 이 작품들에서는 시대적 모순에서 비롯되는 극한의 상황 속에서도 인간의 존엄성과 순수성, 정신적 아름다움을 지키려는 모습이 주로 그려지고 있다.

이와 같은 작가의 문학 세계는 간결하고 세련된 언어와 다양한 소설적 기법을 통해 인간의 본원적 모습에 대한 성찰과 생명 존중의 정신을 서정적 아름다움 속에 형상화하고 있다는 평가를 받고 있다.

작품 해설

이 소설은 어렸을 때 어머니를 여읜 소년이 어머니에 대한 절대적 그리움과 환상을 품고 그것에 집착하면서 겪는 심리적 방황을 그린 작품이다.

'아이'는 어느 날 누이가 죽은 어머니를 닮았다는 동네 노파의 말을 듣는다. 하지만 아이는 그토록 그리워해 오던 어머니가 누이처럼 못생겼을 리가 없다고 반발한다. 노파를 찾아가 어머니와 누이가 닮지 않았다는 대답을 억지로 요구해 듣고, 누이가 만들어준 인형도 땅에 파묻어버린다.

누이는 여전히 아이에게 애정을 보이며 그를 기쁘게 해주려 애쓰지만, 소년은 그런 누이를 뿌리치고 미워한다. 누이가 어머니처럼 여겨질 때마다 더욱 싫어진다. 누이가 시집가는 날에도 아이는 몸을 숨기고 끝내 나타나지 않는다.

얼마 후 시집 간 누이가 죽었다는 소식이 전해진다. 그제야 아이의 눈에 눈물이 괴고, 그 눈 속에 밤하늘의 별이 내려온다. 오른쪽 눈에 내려온 별은 어머니처럼 느껴지고, 왼쪽 눈에 내려온 별은 누이 같다. 그러나 아무래도 누이가 어머니와 같은 아름다운 별이 되어서는 안 된다고 고개를 젓고 눈을 감아 별을 내몬다.

이러한 작품의 내용은 주인공 소년의 내면 심리에 초점을 맞춰 서술

되고 있다. 어릴 적 어머니를 여읜 소년은 아이다운 상상으로 기억하지도 못하는 어머니의 모습을 이상화하고 그리워한다. 그렇게 상상된 어머니의 아름다움은 하늘의 별처럼 빛나고 완전한 것이어서, 현실에서는 존재할 수 없는 환상이라 할 수 있다.

소년에게 그 환상은 어머니에 대한 오랜 그리움에서 비롯된 것이어서 완강한 집착의 대상이 된다. 그러나 환상은 언젠가는 현실에 부딪혀 깨지기 마련이다. 누이가 죽은 어머니를 닮았다는 동네 노파의 말이 발단이 되어, 소년은 심리적 갈등과 방황을 겪게 된다. 현실 속의 못생긴 누이가 어머니를 닮았다는 사실이 환상을 깨뜨리기 때문이다. 누이에 대한 미움과 반발은 소년이 자기만의 세계를 지키기 위해 보이는 왜곡된 반응이라 할 수 있다.

이런 소년의 의식 세계는 누이의 죽음을 계기로 변화의 조짐을 보인다. 묻어버린 인형을 다시 찾아 땅에서 파내려 하고, 눈물이 괸 눈에 누이의 별이 내려오는 걸 느낀다. 그러면서도 누이가 어머니처럼 아름다울 수는 없다고 끝까지 고집하기도 한다.

이처럼 이 소설은 미성숙한 아이의 의식 세계가 심리적 방황을 겪으며 성장해 가는 과정을 그리고 있다. 이런 측면에서 성장소설의 성격을 지닌다고 할 수 있다. 토속적인 방언을 구사하며 어린 주인공이 겪는 내적 갈등과 애증의 심리를 적절한 생략과 암시, 상징적 소재를 통해 인상 깊게 그려내 작가의 초기 대표작의 하나로 평가받는다.

별

　동네 애들과 노는 아이를 한동네 과수1 노파가 보고, 같이 저자2에라
도 다녀오는 듯한 젊은 여인에게 무심코, 쟈 동복누이3가 꼭 죽은 쟈 오
마니 닮았디 왜, 한 말을 얼김에 듣자 아이는 동무들과 놀던 것도 잊어
버리고 일어섰다. 아이는 얼핏 누이의 얼굴을 생각해 내려 하였으나 암
만해도 떠오르지 않았다. 집으로 뛰면서 아이는 저도 모르게, 오마니 오
마니, 수없이 외었다. 집 뜰에서 이복동생4을 업고 있는 누이를 발견하
고 달려가 얼굴부터 들여다보았다. 너무나 엷은 입술이 지나치게 큰 데
비겨 눈은 짭짭하니 작고, 그 눈이 또 늘 몽롱히 흐려 있는 누이의 얼굴.
아홉 살 난 아이의 눈은 벌써 누이의 그런 얼굴 속에서 기억에는 없으
나 마음속으로 그렇게 그려 오던 돌아간 어머니의 모습을 더듬으며 떨
리는 속으로 찬찬히 누이를 바라보았다. 참으로 오마니는 이 누이의 얼
굴과 같았을까. 그러자 제법 어른처럼 갓난 이복동생을 업고 있던 열한
살잡이 누이는 전에 없이 별나게 자기를 자세히 들여다보는 동복 남동

---

1 과수 : 남편이 죽고 혼자 사는 여자
2 저자 : 반찬거리를 사고팔기 위하여 아침저녁으로 열리는 작은 규모의 시장
3 동복누이 : 한 어머니에게서 난 누이
4 이복동생 : 아버지는 같고 어머니가 다른 동생

생에게 마치 어머니다운 애정이 끓어오르거나 한 듯이 미소를 지어 보였을 때, 아이는 누이의 지나치게 큰 입 새로 드러난 검은 잇몸을 바라보며 누이에게서 돌아간 어머니의 그림자를 찾던 마음은 온전히 사라지고, 어머니가 누이처럼 미워서는 안 된다고 머리를 옆으로 저었다. 우리 오마니는 지금 눈앞에 있는 누이로서는 흉내도 못 내게스레 무척 이뻤으리라. 그냥 남동생이 귀엽다는 듯이 미소를 짓고 있는 누이에게 아이는 처음으로 눈을 흘기며 무서운 상을 해 보였다. 미운 누이의 얼굴이 놀라 한층 밉게 찌그러질 만큼. 생각다 못해 종내5 아이는 누이가 꼭 어머니 같다고 한 동네 과수 노파를 찾아 자기 집에서 왼편 쪽으로 마주 난 골목 막다른 집으로 갔다. 마침 노파는 새로 지은 저고리 동정6에 인두질7을 하고 있었다. 늘 남에게 삯바느질8을 시켜 말쑥한 옷만 입고 다녀 동네에서 이름난 과수 노파가 제 손으로 인두질을 하다니 웬일일까. 그러나 아이를 보자 과수 노파는 아이보다도 더 의아스러운 듯한 눈치를 하면서 인두를 화로에 꽂는다. 아이는 곧 노파에게, 아니 우리 오마니하구 우리 뉘하구 같이 생겼단 말은 거짓말이디요? 했다. 노파는 더욱 수상하다는 듯이 아이를 바라보다가 그러나 남의 일에는 흥미 없다

---

5 종내 : 끝내. 끝에 가서 드디어.
6 동정 : 한복의 저고리 깃 위에 덧대어 꾸미는 흰 헝겊 조각
7 인두질 : 인두로 구김살을 펴거나 천을 꿰맨 줄을 누르는 일. '인두'는 바느질할 때 불에 달구어 주로 천의 구김살을 눌러 없애는 데 쓰는 기구이다.
8 삯바느질 : 남의 돈을 받고 해 주는 바느질

는 얼굴로, 왜 닮았디, 했다. 아이는 떨리는 입술로 다시, 아니 우리 오마니 입하구 뉘 입하구 다르게 생기디 않았이요? 하고 열심히 물었다. 노파는 이번에는 화로에 꽂았던 인두를 뽑아 자기 입술 가까이 갖다 대어보고 나서, 반만큼 세운 왼쪽 무릎 치마에 문대고는⁹ 일감을 잡으며 그저, 그러구 보믄 다르든 것 같기두 하군, 했다. 아이는 인두질하는 과수 노파의 손 가까이로 다가서며 퍼뜩 과수 노파의 손이 나이보다는 젊고 고와 보인다는 생각을 하면서, 우리 오마니 닛몸은 우리 뉘 닛몸터럼 검디 않구 이뻤디요? 했다. 과수 노파는 아이가 가까이 다가와 어둡다는 듯이 갑자기 인두 든 손으로 아이를 물러나라고 손짓하고 나서 한결같이 흥 없이, 그래앤, 했다. 그러나 아이만은 여기서 만족하여 과수 노파의 집을 나서 그달음으로 자기 집까지 뛰어오면서, 그러면 그렇지 우리 오마니가 뉘처럼 미워서야 될 말이냐고 속으로 수없이 되뇌었다. 안뜰에 들어서자 누이가 안 보임을 다행으로 여기며 방 안으로 들어갔다. 그리고 책상 앞으로 가 란도셀¹⁰ 속에서 산수책을 꺼내다가 그 속에 인형을 발견하고 주춤 손을 거두었다. 누이가 비단 색헝겊을 모아 만들어 준 낭자¹¹를 튼 예쁜 각시 인형이었다. 그리고 아이가 언제나 란도셀 속에 넣어 가지고 다니는 인형이었다. 과목은 요일을 따라 바뀌었으나 항상 란

---

9 문대다 : 대고 문지르거나 서로 비비다.
10 란도셀 : 초등학생들이 메는 네모난 가방. 네덜란드어로 가방을 뜻하는 'ransel'이 1800년대 후반 일본에 들어오면서 일본식으로 발음된 명칭이다.
11 낭자 : 시집간 여자가 긴 머리를 땋아 뒤통수에다 틀어 올린 다음 비녀를 꽂은 머리

도셀 속에 이 인형만은 변함없이 들어 있었다. 아이는 인형을 꺼내 들었다. 그러나 지금 아이는 이 인형의 여태까지 그렇게 이쁘던 얼굴이 누이의 얼굴이나처럼 미워짐을 어쩔 수 없었다. 곧 아이는 인형을 내다 버려야 한다는 걸 느꼈다. 그걸 품에 품고 밖으로 나섰다. 저녁 그늘이 내린 과수 노파가 사는 골목을 얼마 들어가다 아이는 주위에 사람 없는 것을 살피고 나서 주머니에서 칼을 꺼냈다. 칼끝으로 땅을 파 가지고 거기에다 품속의 인형을 묻었다. 그리고는 그곳을 떠났다. 인형인가 누이인가 분간 못 할 서로 얽힌 손들이 매달리는 것 같음을 아이는 느꼈다. 그러나 아이는 어머니와 다른 그 손들을 쉽사리 뿌리칠 수 있었다. 골목을 다 나온 곳에서 달구지12를 벗은 당나귀가 아이의 아랫도리를 찼다. 아이는 굴러 나가동그라졌다. 분하다. 일어난 아이는 당나귀 고삐13를 쥐고 달구지채14로 해서 당나귀 등에 올라탔다. 당나귀가 제 꼬리를 물려는 듯이 돌다가 날뛰기 시작했다. 아이는, 그럼 우리 오마니가 뉘터럼 생겠단 말이가? 뉘터럼 생겠단 말이가? 하고 당나귀가 알아나 듣는 것처럼 소리를 질렀다. 당나귀가 더 날뛰었다. 아이의, 뉘터럼 생겼단 말이가? 하는 소리가 더 커 갔다. 그러다가 별안간 뒤에서 누이의, 데런15! 하는 부르짖음 소리를 듣고 아이는 그만 당나귀 등에서 떨어지고 말았

12 달구지 : 소나 말이 끄는 짐수레
13 고삐 : 소의 코뚜레나 말의 재갈에 잡아매어, 몰거나 부릴 때 손에 잡고 끄는 줄
14 달구지채 : 달구지의 앞쪽 양옆에 댄 긴 나무
15 데런 : '저런'의 방언. 뜻밖에 놀라운 일 또는 딱한 일을 보거나 들었을 때 하는 말

다. 땅에 떨어진 아이는 다리 하나를 약간 삔 채로 나자빠져 있었다. 누이가 분주히 달려왔다. 그러나 아이는 누이가 위에서 굽어보며 붙들어 일으키려는 것을 무지스럽게16 손으로 뿌리치고는 혼자 벌떡 일어나, 삔 다리를 예사롭게17 놀려 집으로 돌아갔다.

 갓난 이복동생을 업어 주는 것이 학교 다녀온 뒤의 나날의 일과가 되어 있는 누이가, 하루는 아이의 거동에서 자기를 꺼리고 있다는 것을 눈치채고는 그런 동생을 기쁘게 해 주려는 듯이, 업은 애의 볼기짝을 돌려대더니 꼬집기 시작했다. 물론 누이의 손은 힘껏 꼬집는 시늉만 했고, 그럴 적마다 그 작은 눈을 힘주는 듯이 끔쩍끔쩍하였지만, 결국은 애가 울지 않을 정도로 조심하면서 꼬집어 대는 것이었다. 사실 줄곧 누이에게만 애를 업히는 의붓어머니18에게 슬그머니 불평 같은 것이 가고 누이에게는 동정이 가던 아이었다. 그러나 이날 아이는 자기를 기껍게19나 해 주려는 듯이 이복동생의 볼기짝을 힘껏 꼬집는 시늉을 하는 누이에게 재미있다는 생각이 일기는커녕 도리어 밉고, 실눈을 끔쩍일 적마다 흉하게만 여겨졌다. 아이는 문득 누이를 혼내어 줄 계교가 생각났다. 그는 날렵하게 달려가 이복동생의 볼기짝을 진짜로 꼬집어 댔다. 그리고

---

16 무지스럽다 : 너무 크거나 우악스러운 데가 있다.
17 예사롭다 : 예전과 별다를 바가 없다.
18 의붓어머니 : 아버지가 재혼함으로써 생긴 어머니
19 기껍다 : 마음속으로 은근히 기쁘다.

업힌 애가 울음을 터뜨리는 걸 보고야 꼬집기를 멈추고 골목으로 뛰어가 숨었다. 이제 턱이 밭은[20] 의붓어머니가 달려 나와, 왜 애를 그렇게 갑자기 울리느냐고 누이를 꾸짖으리라. 아이는 골목에서 몰래 의붓어머니가 나오기만 기다렸다. 사실 곧 의붓어머니는 나왔다. 그리고 또 어김없이 누이를 내려다보면서, 앨 왜 그렇게 갑자기 울리니, 했다. 아이는 재미나하는 장난스런 미소를 떠올렸다 그러나 다음 순간 아이는 누이의 대답이 어떨까 하는 생각이 들면서, 이번에는 저도 모르게 미소가 걷히고 귀가 기울어졌다. 그렇게 자기들에게 몹쓸게 굴지는 않는다고 생각되면서도 어딘가 어렵고 두렵게만 여겨지는 의붓어머니에게 겁난 누이가 그만 자기가 꼬집어서 운다고 바로 이르기나 하면 어쩌나. 그러나 누이는 의붓어머니가 어렵고 힘들고 두렵게 생각키우지도 않는지 대담스레 고개를 들고, 아마 내 등을 빨다가 울 젠 배가 고파 그런가 봐요, 하지 않는가. 아, 기묘한 거짓말을 잘 돌려댄다. 그러나 지금 대담하게 의붓어머니에게 거짓말을 하여 자기를 감싸주는 누이에게서 어머니의 애정 같은 것이 풍기어 오는 듯함을 느끼자 아이는, 우리 오마니가 뉘 같지는 않았다고 속으로 부르짖으며 숨었던 골목에서 나와 의붓어머니에게로 걸어갔다. 그리고는, 난 또 애 업구 어디 넘어디디나 않았나 했군, 하면서 누이의 등에서 어린애를 풀어내고 있는 의붓어머니에게 아이도 이번에는 겁내지 않고, 이자 내가 애 엉뎅일 꼬집었이요, 했다.

---

20 밭다 : 길이가 짧다.

아이는 옥수수를 좋아했다. 옥수수를 줄줄이 다음다음 뜯어 먹는 게 참 재미있었다. 알이 배고 줄이 곧은 자루면 엄지손가락 쪽의 손바닥으로 되도록 여러 알을 한꺼번에 눌러 밀어 얼마나 많이 붙은 쌍둥이를 떼 낼 수 있나 누이와 내기하기도 했었다. 물론 아이는 이 내기에서 누이한테 늘 졌다. 누이는 줄이 곧지 않은 옥수수를 가지고도 꽤는 잘 여러 알 붙은 쌍둥이를 떼 내곤 했다. 그렇게 떼 낸 쌍둥이를 누이가 손바닥에 놓아 내밀어 아이는 맛있게 그걸 집어 먹기도 했었다. 그러나 이날 아이는 누이가, 우리 누가 많이 쌍둥이를 만드나 내기할까? 하는 것을 단박에, 싫어! 해 버렸다. 누이는 혼자 아이로서는 엄두도 못 낼 긴 쌍둥이를 떼 냈다. 아이는 일부러 줄이 곧게 생긴 옥수수 자루인데도 쌍둥이를 떼 내지 않고 알알이 뜯어 먹고만 있었다. 누이는 금방 뜯어 낸 쌍둥이를 아이에게 내주었다. 그러나 아이는 거칠게, 싫어! 하고 머리를 도리질21하고 말았다. 누이가 새로 더 긴 쌍둥이를 뜯어내서는 다시 아이에게 내밀었다. 그러나 누이가 마치 어머니처럼 굴 적마다 도리어 돌아간 어머니가 누이와 같지 않다는 생각으로 해서 더 누이에게 냉정할 수 있는 아이는, 내민 누이의 손을 쳐 쌍둥이를 떨궈버리고 말았다. 그러던 어떤 날 저녁, 어둑어둑한 속에서 아이가 하늘의 별을 세며 별은 흡사 땅 위의 이슬과 같다고 생각하고 있는데, 누이가 조심스레 걸어오더니 어둑한 속에서도 분명한 옥수수 한 자루를 치마폭 밑에서 꺼내어 아이

---

21 도리질 : 싫다거나 아니라는 뜻으로 머리를 좌우로 흔드는 행동

에게 쥐어 주었다. 그러나 아이는 그것을 먹어 볼 생각도 않고 그냥 뜨물[22] 항아리 있는 데로 가 그 속에 떨구듯 넣어 버렸다.

　아이는 또 땅바닥에 갖가지 지도 같은 금을 그으며 놀기를 잘했다. 바다를 모르는 아이는 바다 아닌 대동강을 여러 개 그리고, 산으로는 모란봉을 몇 개고 그리곤 했다. 그러다가 동무가 있으면 땅따먹기[23]도 했다. 상대편의 말을 맞히고 뼘을 재어 구름이 피어오르는 듯한 땅과 무성한 나무 같은 땅을 만드는 게 재미있었다. 그날도 아이는 옆집 애와 길가에서 땅따먹기를 하고 있었다. 옆집 애의 땅한테 아이의 땅이 거의 잠식당하고 있었다. 한쪽 금에 붙어 꼭 반달처럼 생긴 땅과 거기에 붙은 한 뼘 남짓한 땅이 남았을 뿐이었다. 그것마저 옆집 애가 새로 말을 맞히고 한 뼘 재먹은 뒤에는 또 줄었다. 이번에는 아이가 칠 차례였다. 옆집 애가 말을 놓았다. 그것은 아이의 반달 땅 끝에서 한껏 먼 곳이었다. 그러나 아이는 기어코 반달 끝에다 자기의 말을 놓았다. 옆 집 애는 아이의 반달 땅에 달린 다른 나머지 땅에서가 자기의 말이 제일 가까운데 왜 하필 반달 끝에서 치려는지 이상히 여기는 눈치였다. 사실 어디까지나 반달 끝에

─────────────────────

22 뜨물 : 곡식을 씻어내 부옇게 된 물

23 땅따먹기 : 어린이 놀이의 하나로 지방에 따라 다양한 방법이 있다. 일반적인 방법은 땅바닥의 일정한 구역 안에서 각자 말로 쓸 만한 작은 돌이나 병뚜껑, 사금파리 등을 손톱으로 퉁겨서 그 궤적만큼 땅을 차지해 가는 것이다. 이 작품에서는 공격자가 손가락으로 말을 튀겨서 상대의 말을 맞히면 상대의 땅을 자신의 뼘으로 한 뼘씩 차지하고, 맞히지 못하면 공격권을 넘겨주는 방식의 놀이를 묘사하고 있다.

다 한 뼘 맘껏 둘러 재어 동그라미를 그어 놓으면 얼마나 아름다울지 모르겠다는 아이의 계획을 옆집 애는 알 턱 없었다. 아이는 반달 끝에서 옆집 애의 말까지의 길을 닦았다. 이번에는 꼭 맞혀 이 반달 위에 무지개 같은 동그라미를 그어 놓으리라. 아이의 입은 꼭 다물어지고 눈은 빛났다. 뒤이어 아이는 옆집 애의 말을 겨누어 엄지손가락에 버텼던 장가락[24]을 퉁기었다. 그러나 아이의 장가락 손톱에 맞은 말은 옆집 애의 말에서 꽤 먼 거리를 두고 빗지나갔다. 옆집 애가 됐다는 듯이 곧 자기의 말을 집어 들며 아이가 아무리 먼 곳에 말을 놓더라도 대번에 맞혀 버리겠다는 득의[25]의 미소를 떠올렸다. 그러면서 아이의 말 놓기를 기다리다가 흐려지지도 않은 경계선을 사금파리[26] 말을 세워 그었다. 아이의 반달 끝이 이지러지게 그어졌다. 아이가, 이건 왜 이르캐? 하고 고함쳤다. 옆집 애는 곧 다시 고쳐 금을 그었다. 옆집 애는 아이가 자기의 땅을 줄게 그어서 그러는 줄로 알았는지 이번에는 반달의 등이 약간 살찌게 그어 놓았다. 아이는 그래도, 것두 아냐! 했다. 그러는데 어느새 왔었는지 누이가 등 뒤에서 옆집 애의 말을 빼앗아서는 동생을 도와 반달의 배가 부르게 긋기 시작했다. 그러나 아이는 누이가 채 다 긋기도 전에 손바닥으로 막 지워 버리면서, 이건 더 아냐! 이건 더 아냐! 하고 소리 질렀다.

---

24 장가락 : '가운뎃손가락'의 방언
25 득의 : 일이 뜻대로 이루어져 만족해하거나 뽐냄.
26 사금파리 : 사기그릇의 깨어진 작은 조각

하루는 아이가 뜰 안에서 혼자 땅바닥에다 지도 같은 금을 그으며 놀고 있는데, 바깥에서 누이가 뒷집 계집애와 싸우는 소리가 들려, 마침 안의 어른들이 듣지 못하고 있는 것을 다행으로 열린 대문 새로 내다보았다. 아이가 늘 이쁘다고 생각해 오던 뒷집 계집애의 내민 역시 이쁜 얼굴에서, 그래 안 맞았단 말이가? 하는 말소리가 빠른 속도로 계속 되는 대로, 또 누이의 내민 밉게 찌그러진 얼굴에서는, 안 맞디 않구, 하는 소리가 같은 속도로 계속되고 있었다. 땅따먹기 하다가 말이 맞았거니 안 맞았거니 해서 난 싸움이 분명했다. 어느 편이 하나 물러나는 법 없이 점점 더 다가들면서 내민 입으로 자기의 말소리를 좀더 이악스레27 빠르게들 하고 있는데, 저쪽에서 뒷집 계집애의 남동생이 달려오더니 다짜고짜로 누이에게 흙을 움켜 뿌리는 것이 아닌가. 그러자 뒷집 계집애의 이쁜 얼굴이 더 내밀어지며, 그래 안 맞았단 말이가? 하는 소리가 더 날카롭게 빠르게 계속되는 한편, 누이는 먼저 한 걸음 물러나며, 안 맞디 않구, 하는 소리도 떠져갔다28. 뒷집 계집애의 남동생이 또 흙을 움켜 뿌렸다. 뒷집 계집애의 남동생이 흙을 움켜 뿌릴 적마다 이쪽 누이는 흠칫흠칫 물러나며 말소리가 줄고, 뒷집 계집애의 말소리는 더욱 잦아갔다29. 그러자 아이는 저도 깨닫지 못하고 대문을 나서 그리로 걸어갔다.

---

27 이악스레 : 억세고 끈덕지게 기세를 부리는 데가 있게.
28 떠지다 : 속도가 더디어지다.
29 잦다 : 여러 차례로 거듭되는 간격이 매우 짧다.

아이를 보자 뒷집 계집애의 남동생이 우선 흙 뿌리기를 멈추고, 다음에 뒷집 계집애가 다가오기를 멈추고, 다음에 계집애의 말소리가 늦추어지고, 다음에 누이가 뒷걸음치던 걸음을 멈추었다. 그리고 누이는 뒷집 계집애의 남동생처럼 자기의 남동생도 역성을 들러 오는 것으로만 안 모양이어서 차차 기운을 내어 다가나가며, 안 맞디 않구, 안 맞디 않구, 하는 소리를 점점 빠르게 회복하고 있었다. 거기 따라 뒷집 계집애는 도로 물러나며 점차, 그래 안 맞았단 말이가? 하는 소리를 늦추고 있고, 뒷집 계집애의 남동생도 한옆으로 아이를 피하고 있었다. 그러나 아이는 싸움터로 가까이 가자 누이의 흥분된 얼굴이 전에 없이 더 흉하게 느껴지면서, 어디 어머니가 저래서야 될 말이냐는 생각에, 냉연하게 그곳을 지나쳐 버리고 말았다. 그리고 등 뒤로 도로 빨라 가는 뒷집 계집애의 말소리와 급작스레 떠가는30 누이의 말소리를 들으면서도 아이는 누이보다 이쁜 뒷집 계집애가 싸움에 이기는 게 옳다고 생각하며 저만큼 골목 어귀에서 여물31을 먹고 있는 당나귀에게로 걸어갔다.

열네 살의 소년이 된 아이는 뒷집 계집애보다 더 이쁜 소녀와 알게 되었다. 검고 맑고 깊은 눈하며, 깨끗하고 건강한 볼, 그리고 약간 노란 듯한 머리카락에서 풍기는 숫한 향기. 아이는 소녀와 함께 있으면서 그

---

30 뜨다 : 말수가 적다.
31 여물 : 말이나 소 따위를 먹이기 위하여 말려서 썬 짚이나 마른풀

맑은 눈과 건강한 볼과 머리카락 향기에 온전히 홀린 마음으로 그녀를 바라보기만 하면 그만이었다. 그러나 소녀 편에서는 차차 말없이 자기를 쳐다보기만 하는 아이에게 마음 한 구석으로 어떤 부족감을 느끼는 듯했다. 하루는 아이와 소녀는 모란봉 뒤 한 언덕에 대동강을 등지고 나란히 앉아 있었다. 언덕 앞 연보랏빛 하늘에는 희고 산뜻한 구름이 빛나며 떠가고 있었다. 아이가 구름에 주었던 눈을 소녀에게로 돌렸다. 그러고는 소녀의 얼굴을 언제까지나 들여다보기 시작했다. 소녀의 맑은 눈에도 연보랏빛 하늘이 가득 차 있었다. 이제 구름도 피어나리라. 그러나 이때 소녀는 또 자기만 말끄러미 바라보고 있는 아이에게 느껴지는 어떤 부족감을 못 참겠다는 듯한 기색을 떠올렸는가 하면, 아이의 어깨를 끌어당기면서 어느새 자기의 입술을 아이의 입에다 갖다 대고 비비었다. 아이는 저도 모르게 피하는 자세를 취하였으나 서로 입술을 비비고 난 뒤에야 소녀에게서 물러났다. 벌떡 일어났다. 그리고 아이는, 거친 숨을 쉬면서 상기돼 있는 소녀를 내려다보았다. 이미 소녀는 아이에게 결코 아름다운 소녀는 아니었다, 얼마나 추잡스러운 눈인가. 이 소녀도 어머니가 아니라는 생각이 불현듯 떠올랐다. 아이는 소녀에게서 돌아섰다. 소녀는 실망과 멸시[32]로 찬 아이의 기색을 느끼며 아이를 붙들려 했으나 아이는 쉽게 그녀를 뿌리치고 무성한 여름의 언덕길을 뛰어내릴 수 있었다.

---

32 멸시 : 업신여기거나 하찮게 여겨 깔봄.

하늘에 별이 별나게 많은 첫가을 밤이었다. 아이는 전에 땅 위의 이슬 같이만 느껴지던 별이 오늘밤엔 그 어느 하나가 꼭 어머니일 것 같은 생각이 들어, 수많은 별을 뒤지고 있었다. 그러나 아이는 곧 안에서 누구를 꾸짖는 듯한 아버지의 음성에 정신을 깨치고 말았다. 아이는 다시 하늘로 눈을 부었으나 다시는 어느 별 하나가 어머니라는 환상을 붙들 수는 없었다. 아쉬웠다. 다시 아버지의 누구를 꾸짖는 듯한 음성이 들려 나왔다. 아이는 아쉬운 마음으로 아버지의 음성이 들려오는 창 가까이로 갔다. 안에서는 아버지가, 두 번 다시 그런 눈치만 뵀단 봐라, 죽여 없애 구 말 테니, 꼭대기 피두 안 마른 년이 누굴 망신시키려구, 하는 품이 누이 때문에 여간 노한 게 아닌 것 같았다. 좁한 일에는 노하는 일이 없는 아버지가 이렇도록 노함에는 심상치 않은 일이 일어났음에 틀림없었다. 의붓어머니의 조심스런 음성으로, 좌우간 그편 집안을 알아보시구레, 하는 말이 들려나왔다. 이어서 여전히 아버지의, 알아보긴 쥐뿔을 알아 봐! 하는 노기 찬 음성이 뒤따랐다. 이번엔 누이의 나직이 떨리는 음성이 한 번, 동무의 오래비요, 했다. 이젠 학교두 고만둬라, 하는 아버지의 고함에, 누이 아닌 아이가 등골[33]이 서늘해짐을 느꼈다. 그러면서 얼마 전에 누이가 호리호리한 키에 흰 얼굴을 한 청년과 과수 노파가 살고 있는 골목 안에 마주 서 있는 것을 본 일이 생각났다. 그때 누이는 청년이 한반 동무의 오빠인데 심부름을 왔었다고 변명하듯 말했고, 아이

---

33 등골 : 등 한가운데로 길게 고랑이 진 곳

는 아이대로 그저 모른 체하고 있었으나, 속으로는 누이 같은 여자와 좋아하는 청년의 마음을 정말 모르겠다고 생각했었다. 그 청년과 누이가 만나는 것을 집안에서도 알았음에 틀림없었다. 지금 안에서 의붓어머니의 낮으나 힘이 든 음성으로, 얘 넌 또 웬 성냥 장난이가! 하는 것만은 이제는 유치원에 다니게 된 이복동생을 꾸짖는 소리리라. 요사이 차차 의붓어머니가 어렵고 두렵기만 한 게 아니고 진정으로 자기네를 골고루 위해 주고 있다는 것을 깨닫게 된 아이는, 동복인 누이의 일로 의붓어머니를 걱정시키는 것이 아버지에게보다 더 안됐다고 생각됐다. 다시 의붓어머니의 조심성 있고 은근한 음성으로, 넌두 생각이 있갔디만 이제 네게 잘못이라두 생기믄 땅 속에 있는 너의 어머니한테 어떻게 내가 낯을 들겠니, 자 이젠 네 방으루 건너가그라, 함에 아이는 이번에는 의붓어머니의 애정에 얼굴이 달아오르면서, 정말 누이가 돌아간 어머니까지 들추어내게 하는 일을 저질렀다가는 용서 않는다고 절로 주먹이 쥐어졌다. 어디서 스며오듯 누이의 흐느끼는 소리가 들려왔다. 두 번 다시 그런 일만 있었단 봐라, 초매34루 묶어서 강물에 집어넣구 말디 않나, 하는 아버지의 약간 노염은 풀렸으나 아직 엄한 음성에, 아이는 이번에는 또 밤바람과 함께 온몸을 한 번 부르르 떨었다.

 쫴 쌀쌀한 어떤 날 밤이었다. 의붓어머니가 아버지에게 애걸하다시피

---

34 초매 : '치마'의 방언

하여 학교만은 그냥 다니게 된 누이보고 아이가, 우리 산보 가, 했다. 누이는 먼저 뜻하지 않았던 일에 놀란 듯 흐린 눈을 크게 떠 보이고 나서 곧 아이를 따라나섰다. 밖은 조각달이 달려 있었다. 그리고 수많은 별들이 빛나고 있었다. 싸늘한 바람이 불어왔다. 바람이 불어올 적마다 별들은 빛난다기보다 떨고 있는 것만 같았다. 아이는 앞서 대동강 쪽으로 난 길을 접어들었다. 누이는 그저 아이를 따랐다. 어둑한 속에서도 이제 누이를 놀래어 주리라는 계교 때문에 아이의 얼굴은 미소가 떠올라 있었다. 강둑을 거슬러 오르니까 더 써느러웠다. 전에 없이 남동생이 자기를 밖으로 이끌어 낸 것을 의아하게 여기는 눈치로, 그러나 즐거운 듯이 누이가 아이에게, 춥디 않니? 했다. 아이는 거칠게 머리를 옆으로 저었다. 젓고 나서 어둠으로 해서 누이가 자기의 머리 저음을 분간치 못했으리라고 깨달았으나 아이는 그냥 잠자코 말았다. 누이가 돌연 혼잣말처럼, 사실 나 혼자였다믄 벌써 죽구 말았어, 죽구 말디 않구, 살믄 멀 하노…… 그래두 네가 있어 그렇디, 둘이 있다 하나가 죽으믄 남는 게 더 불쌍할 것 같애서…… 난 정말 그래, 하며 바람 때문인지 약간 느끼는 듯했다. 아이는 혹시 집에서 누이의 연애 사건을 알게 된 것이 자기가 아버지나 의붓어머니에게 고자질한 것으로 잘못 알고 있지나 않나 하는 생각이 들자, 누이를 쓸어안고 변명이나 할 듯이 홱 돌아섰다. 누이도 섰다. 그러나 아이는 계획해 온 일을 실현할 좋은 계기를 바로 붙잡았음을 기뻐하며 누이에게, 초매 벗어라! 하고 고함을 치고 말았다. 뜻밖에 당하는 일로 잠시 어쩔 줄 모르고 섰다가 겨우 깨달은 듯이 누이는 어둠 속에서 조용히 저고리를 벗고 어깨치마를 머리 위로 벗어 냈다. 아이가 치마를 빼앗아 땅에 길게 폈다. 그리고 아이는 아버지처럼 엄하게 가루 뉘라! 했다. 누이는 또 곧 순순히 하라는 대로 했다. 그러나 아이는 치마로 누이를 묶어 강물에 집어넣는 차례에 이르러서는 자기의 하는 일이면 누이가 죽는 한이 있더라도 아무 항거 없이 도리어 어머니다운 애정으로 따라 할 것만 같은 생각이 들며, 누이가 돌아간 어머니와 같은 애정을 베풀어서는 안 된다고 치마 위에 이미 죽은 듯이 누워 있는 누이를 그대로 남겨둔 채 돌아서 그곳을 떠나고 말았다.

누이는 시내 어떤 실업가의 막내아들이라는 작달막한 키에 얼굴이 검푸른, 누이의 한반 동무의 오빠라는 청년과는 비슷도 안한 남자와 아무 불평 없이 혼약을 맺었다. 그러고 나서 얼마 안 되어 결혼하는 날, 누이는 가마 앞에서 의붓어머니의 팔을 붙잡고는 무던하나 슬프게 울었다. 아이는 골목에 몸을 숨기고 있었다. 누이는 동네 아낙네들이 떼어놓는 대로 가마에 오르기 전에 젖은 얼굴을 들었다. 자기를 찾고 있음에 틀림없다고 생각하면서도, 아이는 그냥 몸을 숨기고 있었다. 그리고 누이가 시집간 지 또 얼마 안 되는 어느 날, 별나게 빨간 놀이 진 늦저녁 때 아이네는 누이의 부고35를 받았다. 아이는 언뜻 누이의 얼굴을 생각해 내려 하였으나 도무지 떠오르지가 않았다. 슬프지도 않았다. 그러다가 아이는 지난날 누이가 자기에게 만들어 주었던, 뒤에 과수 노파가 사는 골

---

35 부고 : 사람의 죽음을 알림.

목 안에 묻어 버린 인형의 얼굴이 떠오를 듯함을 느꼈다. 아이는 골목으로 뛰어갔다. 거기서 아이는 인형 묻었던 자리라고 생각 키우는 곳을 손으로 팠다. 흙이 단단했다. 손가락을 세워 힘껏힘껏 파 댔다. 없었다. 짐작되는 곳을 또 파 보았으나 없었다. 벌써 썩어 흙과 분간치 못하게 된 지가 오래리라. 도로 골목을 나오는데 전처럼 당나귀가 매어 있는 게 눈에 띄었다. 그러나 전처럼 당나귀가 아이를 차지는 않았다. 아이는 달구지채에 올라서지도 않고 전보다 쉽사리 당나귀 등에 올라탔다. 당나귀가 전처럼 제 꼬리를 물려는 듯이 돌다가 날뛰기 시작했다. 그리고 아이는 당나귀에게나처럼, 우리 뉠 왜 쥑엔! 왜 쥑엔! 하고 소리 질렀다. 당나귀가 더 날뛰었다. 당나귀가 더 날뛸수록 아이의, 왜 쥑엔! 왜 쥑엔! 하는 지름소리가 더 커 갔다. 그러다가 아이는 문득 골목 밖에서 누이의, 데런! 하는 부르짖음을 들은 거로 착각하면서, 부러36 당나귀 등에서 떨어져 굴렀다. 이번에는 어느 쪽 다리도 삐지 않았다. 그러나 아이의 눈에는 그제야 눈물이 괴었다. 어느새 어두워지는 하늘에 별이 돋아났다가 눈물 괸 아이의 눈에 내려왔다. 아이는 지금 자기의 오른쪽 눈에 내려온 별이 돌아간 어머니라고 느끼면서, 그럼 왼쪽 눈에 내려온 별은 죽은 누이가 아니냐는 생각에 미치자 아무래도 누이는 어머니와 같은 아름다운 별이 되어서는 안 된다고 머리를 옆으로 저으며 눈을 감아 눈 속의 별을 내몰았다.

---

36 부러 : 실없이 거짓으로.

선생님이 들려주는 그 시절 이야기

서연 : 안녕하세요, 선생님. 이번에 읽은 소설은 황순원의 「별」이에요. 이 작품에 관한 얘기를 듣고 싶어요.

태환 : 네, 저도요. 이 소설은 얼마 전에 읽은 「소나기」처럼 소년이 주인공이네요. 그때 성장소설에 대해 이야기해주셨는데, 이어서 좀 더 말씀해 주세요.

선생님 : 그래, 알았어. 차근차근 이야기해 보자. 우선 작품을 읽고 어떤 생각이 들었니?

서연 : 음 ……, 작품 속에서 여러 사건이 벌어지지만 결국 중요한 건 '아이'의 심리를 이해하는 거 같아요.

선생님 : 맞아. 이 소설은 어린 소년이 겪는 내면적 갈등과 방황을 그려낸 작품이야. 아이의 심리와 그것이 어떻게 변해 가는지를 이해하는 게 중요하지. 그래, 작품 속 아이의 마음이 이해되고 공감이 갔니?

서연 : 소년이 누이를 미워하고 거부하는 이유는 알겠어요. 죽은 어머니에 대한 그리움과 환상 때문이잖아요? 그런데 솔직히 아이가 좀 심하다는 생각이 들었어요. 죽은 누이가 불쌍하기도 하고 …….

선생님 : 그렇게 느껴질 만도 해. 아이의 태도가 집착에 가깝고 매우 완강하니까. 그렇다면 아이가 왜 그토록 집착한 걸까?

태환 : 어머니에 대한 그리움이 너무 컸던 게 이유가 아닐까요? 죽은 어머니를 오래도록 그리워하면서 매우 아름다운 모습으로 상상해 왔기 때문에 실제로는 그게 아니라는 사실을 받아들이지 못하는 거지요.

선생님 : 그래, 잘 보았어. 어머니의 아름다움에 대한 아이의 생각은 사실 환상이지. 어릴 적에 돌아가셔서 어머니의 모습이 기억에 남아 있지도 않으니까.

이렇게 아이가 환상을 가지게 된 건 현실에서의 결핍 때문이라 할 수 있어. 아이들에게 엄마가 얼마나 소중한 존재인지는 새삼 말할 필요가 없을 거야. 소년은 그런 어머니가 없는 불행한 현실을 살아가면서, 간절한 그리움으로 어머니의 모습을 더할 나위 없이 아름답고 완전한 것으로 상상했던 거지.

그런데 이처럼 부재하는 대상을 이상화하는 것은 낭만주의적인 사고의 특징이기도 해. 낭만주의 작품들은 흔히 현실과 반대되는 이상 세계를 설정하고 그것을 그리워하는 경향을 보이지. 쉽게 말해 불완전한 현실 속에서 가장 아름답고 완전한 것을 꿈꾸는 거라고 할 수 있어.

작품에서 소년의 어머니가 하늘 위에서 빛나는 별의 이미지로 그려지는 것도 이런 관점으로 이해할 수 있지. 지상이 결핍과 추함의 공간이라면, 천상은 완전함과 아름다움의 공간인 거야. 작품 속 아이의 집착이 조금 극단적이고 유아적이긴 하지만, 사실 그것은 사람들이 이상과 현실의 괴리 속에서 보편적으로 가지는 사고방식에 닿아 있는 것이라 할 수 있지.

서연 : 조금 어렵긴 하지만, 무슨 말씀인지 알 거 같아요. 그러니까 현실이 불행할수록 그와 반대되는 이상적인 상태를 꿈꾸고 그리워한다는 거죠?

선생님 : 그래, 맞아. 잘 이해한 거다.

태환 : 선생님, 이제는 성장소설에 대해 이야기해 주세요. 지난번에 「소나기」에 대해 얘기하시면서, 소년, 소녀가 주인공으로 등장하는 황순원의 작품들이 흔히 성장소설적인 성격을 띠는데, 이 작품에서 그런 특성이 더 분명하다고 하셨죠?

선생님 : 그래, 그랬지. 그럼 성장소설이 뭐라고 했지? 기억을 떠올려 볼까?

태환 : 아이가 어른이 되기까지 정신적으로 성장해 가는 과정을 다룬 소설을 말해요. 유년이나 소년의 주인공이 여러 가지 일을 겪으면서 미성숙한 아이의 세계에서 벗어나 어른의 세계로 나아가는 내용을 담고 있고요.

선생님 : 정확하게 기억하고 있구나. 그러면 그런 개념에 비추어, 이 작품의 내용을 어떻게 설명할 수 있겠니?

태환 : 조금 전에 이 작품은 어린 소년이 겪는 내면적 갈등과 방황을 그려낸 것이어서, 아이의 심리와 그것이 변해가는 과정을 이해하는 게 중요하다고 하셨죠? 바로 이런 변화 과정이 소년의 정신적 성장을 보여주는 거 아닌가요?

선생님 : 맞아, 좀 더 이야기해 볼래?

태환 : 그러니까 아이의 심리적 갈등은 죽은 어머니에 대한 환상에서 비롯된 것인데, 어머니와 닮았다는 이유로 누이에 대한 미움으로 나타난 거죠. 그리고 그런 어린애 같은 집착과 의식 세계가 결말 부분에서 누이의 죽음을 계기로 변화하게 된 거고요.

선생님 : 아주 잘 이해하고 있구나. 더 설명할 필요가 없겠는걸?

서연 : 그런데 선생님, 조금 생각해 보니 「소나기」에서는 소녀의 죽음이 나오고, 이 작품에서는 누이의 죽음이 중요한 사건으로 그려지네요. 성장소설과 죽음이 무슨 관련이 있나요?

선생님 : 어떤 필연적인 관계가 있지는 않아. 하지만 성장소설에서 흔히 죽음이 중요한 사건으로 제시되는 건 사실이지. 그건 아마도 아직 어린 소년 소녀에게 가족이나 가까운 사람의 죽음은 매우 충격적인 사건이어서, 각성의 계기로 작용하기 쉽기 때문인 거 같구나.

어쨌든 「소나기」는 소녀의 죽음을 접한 이후 소년이 어떤 심경의 변화를 겪었는지에 대해 독자의 상상에 맡기는 결말을 보이지만, 이 작품은 소년의 내면적 변화를 나타내 보이고 있지. 그토록 완강하게 거부하던 아이가 누이의 죽음에 이르러서야 누이의 진정한 사랑을 깨닫고 정신적으로 변화하는 모습을 보이니까 말이다.

서연 : 네, 알겠습니다. 그런데 작품의 결말 부분에서 정말 소년이 정신적으로 성장한 게 맞나요? 맨 마지막 문장을 보면, 아이의 눈에 하늘의 별이 내려오는데 오른쪽 눈에 내려온 별을 어머니라고

느끼면서 왼쪽 눈에 내려온 별은 죽은 누이가 아니냐는 생각이 들자, 아무래도 누이가 어머니처럼 아름다울 수는 없다고 도리질하며 눈을 감아 별을 내몰잖아요.

이건 소년이 어머니의 아름다움에 대한 환상을 끝내 포기하지 않은 것을 나타내지 않나요? 만약 그렇다면 아이의 의식 세계는 여전히 성장하지 못한 거고요.

선생님 : 마지막 문장이 그렇게 끝맺고 있으니, 네 생각도 일리가 있어. 하지만 누이의 죽음을 접한 이후의 아이의 행동들을 보면 큰 변화를 보이는 것도 사실이야.

누이에 대한 반발심으로 파묻은 인형을 다시 찾아 파내려 하고, 누이를 거부할 때 올라탔던 당나귀에 다시 올라타 누이를 왜 죽였냐고 소리를 치다 떨어지고, 또 스스로는 애써 부정하고 있지만 어머니를 상징하던 별처럼 죽은 누이도 또 하나의 별이 되어 눈물이 괸 아이의 눈 속에 내려오지 않니?

사실 이 결말 부분에 대한 해석은 사람에 따라 조금씩 다를 수도 있을 거 같아. 그래도 선생님 생각에는 소년이 그동안 고수하던 완강한 태도가 크게 흔들리며 변화의 조짐을 보인 것에 주목해야 할 거 같아. 다시 말해 아이가 한 순간에 완전한 성숙에 이른 것은 아니지만, 누이의 죽음이 주는 충격과 혼란 속에 어린 시절의 집착과 의식 세계가 깨지기 시작하는 걸로 이해되는구나.

서연 : 선생님 말씀은 소년이 아직 미숙한 의식 세계에서 완전히 벗어

나지는 못했지만, 이제 어른의 세계에 접근해 가기 시작한 걸로 보인다는 거죠?

선생님 : 그래, 그렇게 이해하면 될 듯하다.

서연 : 네, 잘 알겠습니다.

태환 : 오늘도 좋은 말씀 잘 들었습니다. 감사합니다.